LOUIS DUMUR

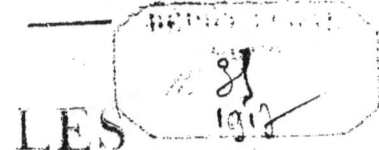

LES
DEUX SUISSE

1914-1917

ÉDITIONS BOSSARD
43, RUE MADAME, 43
PARIS
1917

LES DEUX SUISSE

LOUIS DUMUR

LES
DEUX SUISSE

1914–1917

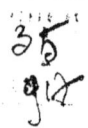

ÉDITIONS BOSSARD
43, RUE MADAME, 43
PARIS
1917

‍ᘓᘓᘓᘓᘓᘓᘓᘓᘓᘓᘓᘓᘓᘓᘓᘓ

INTRODUCTION

———

MON POINT DE VUE

JE réunis ici les articles que j'ai publiés, de 1915 à 1917, dans le *Mercure de France*. On les a peu lus, en Suisse, mais on les a beaucoup critiqués. Je ne les aurais pas recueillis sans cette circonstance. Puisqu'on en a tant parlé, sans les connaître, il m'a semblé qu'il conviendrait, maintenant, qu'on les lût D'autant qu'ils n'ont rien perdu, malheureusement, de leur actualité.

Je n'ai rien à y changer. A les retrouver tels que je les écrivis, les plus anciens il y a près de deux ans, je découvre presque avec étonnement combien j'avais vu juste. Qui, se relisant à cet intervalle, n'aurait pas à raturer, à supprimer, à dire souvent le contraire de ce qu'il avait avancé ? Je me suis demandé plus d'une fois non sans inquiétude, je l'avoue rétrospectivement, si je n'étais pas trop pessimiste, trop imprudent. Non. Les faits ont dépassé mes présomptions. Plusieurs de mes chroniques ont fait scandale. Si j'eusse dit par avance ce qui devait se produire en réalité, où n'aurait pas monté l'indignation ? Car, chez nous, on s'indigne plus contre ce qui se dit que contre ce qui se commet.

Sans avoir la prétention de se hausser à l'histoire, ces articles n'en constituent pas moins un document. Ils sont le témoignage sincère de ce qu'aura pensé un Suisse indépendant, à mesure que s'exposaient à ses yeux étonnés les diverses attitudes de son pays pendant la grande guerre. A ce titre, l'historien pourra les consulter, d'autant que ce que pensait ce Suisse, un grand nombre de ses compatriotes, il en a la certitude, le pensaient en même temps que lui.

Je les donne donc, les uns après les autres, à leur date, sans autre changement que l'adjonction des passages supprimés par une censure trop courtoise à l'égard de nos autorités.

Qu'ils se défendent eux-mêmes. Il se peut qu'ils soient encore attaqués. Peu importe. Je ne souhaite qu'une chose, c'est que l'avenir que je redoute pour mon pays ne leur donne pas trop raison.

∾

Ceci n'est pas un livre. S'il s'y trouve à peu près tout ce que j'avais à dire, l'argumentation, morcelée au hasard des circonstances, n'y est ni méthodique, ni coordonnée. Ce n'est pas une étude agencée sur un passé révolu, mais une suite de considérations occasionnelles sur un présent qui évolue sans cesse.

Je voudrais donc, dans cette introduction, réta-

blir sommairement la suite logique, l'ordre serré
des raisonnements qui ne se présentent, au cours de
ces pages, qu'en ordre dispersé. Quelle est la pensée
du Suisse que je veux être, du Suisse que je me sens
profondément ? Quelle est la parole que je désire
faire entendre ? Quel est le point de vue auquel je
me place et que je voudrais voir prévaloir chez tout
Suisse conscient du passé et soucieux des destinées
de sa patrie ? Le voici très exactement.

Des États d'origine, de mœurs et d'histoire différentes se sont unis à des époques diverses pour former
la Confédération helvétique. L'objet du pacte fédéral
est d'assurer à chacun de ces États, aussi bien qu'à
leur ensemble, l' « indépendance *contre l'étranger* [1]»,
le « maintien de la tranquillité et de l'ordre à l'intérieur », la « protection de la liberté et des droits des
confédérés » et l' « accroissement de leur prospérité
commune ». Mais qui ne voit que ces trois derniers
points, le dernier surtout, sont subordonnés au premier, l'indépendance ? L'indépendance reste le but
principal et primordial de la Confédération. Qui
voudrait, par exemple, d'un accroissement de prospérité qui serait obtenu aux dépens de l'indépendance ? La chose cependant serait possible, de même
que le maintien de l'ordre. Mais nul vrai Suisse n'en
voudrait à ce prix. L'indépendance prime tout.

Avoisinée durant toute son histoire et jusqu'à nos
jours par des puissances menaçantes, à visées an-
nexionistes ou hégémoniques, Autriche, Savoie,

[1] *Sic.* Constitution fédérale de 1874.

Bourgogne, France, Prusse, Allemagne, la Suisse a toujours résisté à leurs tentatives, sournoises ou brutales, au prix souvent des plus grands sacrifices, versant sans compter le sang de ses enfants ou prête à le verser, ne cédant, parfois, car cela lui arriva, qu'à bout d'épuisement, pour se relever ensuite plus héroïque et plus fière.

Ce fut vrai non seulement aux temps anciens, mais encore pendant tout le cours du XIXe siècle. Ce l'était en 1857, quand la Suisse entière se levait contre la Prusse aux accents nouveaux du chant d'Amiel :

> Roulez, tambours, pour couvrir la frontière,
> Aux bords du Rhin guidez-nous au combat !...

Ce l'était encore en 1889, quand l'incident de l'espion Wohlgemuth, dévoilant les menées occultes de Bismarck, dressa de nouveau une Suisse unanime contre l'intrusion d'une Allemagne menaçante. Saluons cette page de notre histoire. Non qu'elle relate un fait particulièrement remarquable, mais c'est la dernière fois que nous trouvons une Suisse unie, semblable à elle-même, conforme à la haute idée qu'elle nous paraissait représenter jusqu'ici dans le monde.

Que se passa-t-il ensuite ? Quel travail souterrain s'accomplit ? Rien ne nous le révèle. Mais en 1907, dix-huit ans plus tard, nous voyons, à la seconde Conférence de La Haye, paraître une Suisse nouvelle, une Suisse ayant abdiqué son indépendance, une Suisse féale de l'Allemagne et qui, reniant tous ses principes, vote contre l'arbitrage obligatoire, accepté par une majorité de trente-trois États, en compagnie

d'une petite minorité de puissances où figurent, derrière l'Allemagne, leur suzeraine, l'Autriche-Hongrie,
la Turquie, la Bulgarie et la Grèce ([1]).

1889-1907, c'est entre ces deux dates qu'il faut
placer la prussification de la Suisse. En 1907, le travail est achevé. Ce sont alors les entreprises pangermanistes dans notre pays, les ligues pour la culture,
l'absorption des universités et de la presse, la mainmise sur l'industrie, la banque, le commerce, l'invasion toujours grandissante des immigrés d'outre-
Rhin, les naturalisations sous le bénéfice de la loi
Delbrück, la visite impériale à Berne et les manœuvres au pas de parade sous l'œil du Kaiser. En 1913,
c'est la Convention du Gothard, première manifestation du nouvel ordre de choses qui parvienne à inquiéter l'opinion, car l'affaire de La Haye, pourtant
significative, avait passé complètement inaperçue.

On pouvait encore croire — et j'étais du nombre
de ceux qui n'en doutaient pas — que la Suisse dans
son ensemble, dans l'immense majorité de son peuple
démocratique et républicain, ne participait pas à
cette frénésie ; que, jouée par ses intellectuels, ses
politiciens et ses gens d'affaires, trahie par ses mandataires, la masse helvétique, tout au moins, demeurait ce qu'elle avait toujours été. Les premiers
jours d'août 1914 balayèrent cette noble illusion.
Au son décisif du canon qui commençait à ébranler
l'Europe, la Suisse alémanique, à de rares exceptions

([1]) Cette minorité se composait en tout de huit puissances. Les deux
autres étaient la Roumanie et la Belgique, inféodées alors, non moins
que la Suisse, à l'Allemagne.

près, se révélait entièrement et fanatiquement germanophile. La guerre exerçait son œuvre et, comme sous l'effet d'un réactif violent, la Suisse se dissociait aussitôt en deux parties inégales, foncièrement et irréductiblement adverses d'esprit et de sentiment.

Certes, au cours des cent dernières années, de nombreuses dissensions intestines avaient pu troubler passagèrement la concorde helvétique. Mais jamais différend plus grave, touchant si profondément à l'essence même de l'idéal national, n'avait divisé les Confédérés. Il s'agissait d'un principe sacré, celui sur lequel repose le statut fédéral, l'idée de droit, de respect des traités, d'indépendance des peuples, de liberté des citoyens. Et il se trouvait des Suisses pour admirer l'Allemagne profanatrice du droit, violatrice des traités, l'Allemagne impériale et brutale, l'Allemagne dont l'ambition forcenée venait de déchaîner le plus effroyable cataclysme dont se fût encore souillée la tragique histoire de l'humanité. Il se trouvait des Suisses pour souhaiter son triomphe et applaudir à ses exploits monstrueux. Pas un Suisse méritant ce nom ne pouvait être germanophile. Or, sur trois millions et demi de Suisses, deux millions et demi l'étaient ouvertement.

Qu'on n'invoque pas les changements qui ont pu se produire depuis, et qui restent d'ailleurs problématiques. Quel que soit l'état moral de la population alémanique, il n'en demeure pas moins que si l'Allemagne avait triomphé, aucun revirement dans l'opinion ne se serait jamais produit ; le culte de la force germanique n'aurait fait que croître et aurait trouvé

dans la réussite sa consécration. Nous aurions été
mûrs pour l'empire et, à l'heure présente, il n'y aurait plus de Suisse, — sinon comme il y a une Bavière.
S'il doit en rester une dans l'avenir, — ce qui n'est
pas certain, — ce n'est pas à nous que nous le devrons. Belle page dans notre histoire !

La gravité exceptionnelle du conflit provient donc
de ce fait unique dans nos annales, de ce fait qu'on voit
se produire pour la première fois depuis six cents
ans, c'est que l'on n'est pas d'accord, en Suisse, sur
ce que c'est que d'être Suisse. Le fondement de notre
nationalité vient de s'effondrer tout d'un coup. Les
uns ont conservé, de la Suisse, la notion qui prévalait
encore il y a vingt ou trente ans ; les autres l'ont
abandonnée pour adopter la conception prussienne
et bismarckienne de l'État. L'abîme ou, comme on
a dit médiocrement, le fossé entre les uns et les autres
est infranchissable. Ailleurs, où le principe qui crée
la nationalité est d'une autre nature, les citoyens
peuvent différer profondément de point de vue sur le
régime politique de leur pays sans cesser de se sentir
compatriotes : des Français peuvent être républicains, royalistes, impérialistes, ce seront toujours
des Français. En Suisse, il n'en est pas de même, et
renoncer à ce qui fut jusqu'ici le fondement national
helvétique pour embrasser les idées politiques allemandes, céder aux injonctions d'une communauté
de race ou de langage et s'enivrer aux fumées or-
gueilleuses de la culture germanique, ce n'est plus
rester Suisse, c'est devenir Allemand.

Il y a donc aujourd'hui deux Suisse : l'une qui

est encore suisse, l'autre qui ne l'est plus. Quelle est
l'importance numérique de cette dernière ? Considérable au début de la guerre, elle a pu diminuer. On
l'a dit, mais, en fait, nous n'en savons rien. A s'en
tenir aux indices extérieurs, on n'aperçoit pas que
la situation ait changé. Le ton de la presse est demeuré le même ; il n'y a pas eu de votation explicite ;
il n'a été pris aucune initiative ; aucune manifestation ne s'est produite en Suisse aĺémanique qui
puisse faire inférer une modification dans la pensée
populaire. On a crié : Vive la France ! sur le passage
de trains de blessés venant d'Allemagne. Qu'est-ce
que cela prouve ? J'ai été le témoin, à Genève, d'ova-
tions en l'honneur de blessés allemands. Sans doute,
l'élan de la pitié, au contact des horreurs de la guerre,
a été digne d'éloge ; il y a eu des dévouements ad-
mirables. On sait que le peuple suisse est bon et généreux. Tous les belligérants ont eu leur part de cette
charité indistincte et collective. Mais cela n'a rien à
voir avec le grave sujet qui nous occupe. L'humanité
n'est pas du civisme, ce n'est pas du courage, ce n'est
peut-être même pas de la justice.

Quel que soit le changement qui puisse être sur-
venu, au cours de la guerre, dans l'opinion alémanique, et en lui concédant toute l'importance qu'on
voudra, un fait est cependant certain, qui nous suffit
pour ne point avoir à modifier notre point de vue.
Les sphères dirigeantes, au gouvernement, aux administrations, à l'armée, aux affaires, aux rédactions,
aux écoles, — sauf toujours les rares exceptions que
l'on peut signaler, — sont restées immuablement

germanophiles. Telles elles étaient en 1914, telles on les retrouve en 1917. Nul changement n'a été apporté dans ce haut personnel. Les mêmes hommes sont là, toujours identiques. On les laisse parfaitement tranquilles. Ils font ce qu'ils veulent. Or, la Suisse, c'est eux ; la Suisse est à eux ; ils sont la Suisse. Il est donc assez indifférent de décider du plus ou moins de recul de l'idée pangermaniste dans nos populations alémaniques, le fait subsistant de la majorisation d'un petit tiers de notre pays par les deux grands tiers, ceux-ci entièrement dominés à leur tour par une puissante minorité oligarchique, qui, elle, n'a pas changé et ne changera pas.

Il est vrai, nous dira-t-on, la Suisse d'aujourd'hui n'est plus celle que nous connaissions. Sa mentalité s'est transformée. Mais la raison en est aussi simple que suffisante : l'intérêt de la Suisse le commandait. Avant tout, il faut vivre. *Primum vivere, deinde philosophari*, ce qui se traduit par : D'abord prospérer, ensuite cultiver l'idéal national. C'est une politique ; c'est même de la *Realpolitik*.

Soit ! Si nos aïeux avaient fait de la *Realpolitik*, leur intérêt eût été non pas de résister à l'Autriche, mais de lui céder, non pas de combattre la Bourgogne, mais de s'unir à elle, non pas de succomber glorieusement à Marignan, mais de se vendre à la France, ce qu'ils firent d'ailleurs en partie. Ils eussent été ainsi beaucoup plus prospères; mais depuis longtemps la Suisse n'existerait plus. L'Allemagne est venue à son tour et a vaincu. La fierté helvétique s'est courbée goulûment sur le flot de prospérité qui se déversait du Nord. Depuis vingt ans nous avons appris à y boire à longs traits, et l'ivresse nous a couchés à terre. Aussi, en 1914, aucun doute n'effleura-t-il l'âme réaliste de nos gouvernants. L'Allemagne serait victorieuse, il fallait être du côté de l'Allemagne. Et toute la Suisse, même réfractaire, leur fit confiance. Ne géraient-ils pas au mieux les intérêts de la Suisse ?

Sacrifier ainsi la conscience nationale sur l'autel de l'intérêt, assister sans un geste réprobateur à l'invasion de la Belgique et du Luxembourg, à l'anéantissement de la Serbie, aux massacres de civils, aux incendies de villes, aux bombardements de cathédrales et d'édifices d'art, aux torpillages de paquebots, aux déportations en masse, aux violations de toutes les conventions sous lesquelles la Suisse avait mis sa signature, ne pouvait avoir qu'une excuse : la victoire, en effet, la victoire éclatante, irrésistible de celui qu'on considérait comme le plus fort. A cette condition, la politique de l'intérêt, telle que nous l'avons pratiquée, prenait son sens, un sens peu honorable, mais un sens.

Or, nos politiciens se sont trompés ; nos soi-disant réalistes ont réalisé de travers. La seule hypothèse qu'ils avaient envisagée ne s'est pas vérifiée ; l'éventualité sur laquelle, seule, ils avaient compté ne s'est pas produite. Non seulement l'Allemagne n'est pas victorieuse et ne le sera pas, mais il n'est même pas certain qu'elle ne sera pas battue. L'erreur est complète. Et c'est à cette erreur qu'on a sacrifié la dignité de la patrie et, comble d'ironie, en même temps que sa dignité, ses véritables intérêts !

Que devait faire la Suisse ? C'était pourtant simple. La formule était : le gouvernement neutre, la constitution respectée, l'opinion libre. Or, le gouvernement n'est pas resté neutre, la constitution a été violée et l'opinion n'est pas libre.

S'imagine-t-on, peut-être, que notre gouvernement soit neutre, que nous vivions sous le régime de nos lois constitutionnelles et que la liberté d'opinion subsiste chez nous ? On le dit à Berne, on feint de le croire en Suisse : mais le monde entier sait que non.

Depuis le 3 août 1914, nous vivons sous le régime absolu d'un coup d'État, perpétré par l'Assemblée fédérale, qui a délégué inconstitutionnellement au Conseil fédéral des pleins pouvoirs qu'elle ne possédait pas et que, les eût-elle possédés, elle n'avait pas le droit de déléguer. Ainsi armé, et formidablement, par l'abdication de députés inconscients, le Conseil devenu omnipotent s'est immédiatement mis à gouverner selon son bon plaisir, affichant le plus souverain mépris pour la constitution, dont il violait délibérément tous les articles qui gênaient l'exercice de son hégémonie, muselant l'opinion, asservissant la justice et finissant par se ligoter lui-même et se remettre pieds et poings liés entre les mains d'un État-major irresponsable, encore plus que lui inféodé à l'Allemagne, afin de mieux assurer la prédominance du pouvoir militaire sur le pouvoir civil et faire régner sur tout le pays une *manus militaris* brutale, réactionnaire et gantée à la prussienne.

C'est alors toute la série des scandales, dont la nomenclature serait ici fastidieuse, qui ont effrayé et
bouleversé les éléments demeurés suisses de notre
peuple, pour réussir enfin, par leur implacable ré-
pétition, à les prostrer dans le sentiment de leur impuissance et dans une apathie voisine du fatalisme.
Dénis de justice, arrestations arbitraires, cabinet
noir, inquisitions policières, interdictions de journaux,
de livres, de conférences, corruption de fonctionnaires, manifestations d'officiers factieux, trahisons,
acquittements révoltants ou condamnations draconiennes, tous ces faits, depuis les plus minimes,
comme les attentats quotidiens à la liberté d'opinion,
jusqu'aux plus graves, comme les menaces d'occupation militaire des régions suspectes, toutes ces violations continuelles des garanties constitutionnelles,
tant fédérales que cantonales, présentent un caractère commun, c'est de se produire dans leur presque
totalité au bénéfice de l'une des parties belligérantes,
l'Austro-Allemagne, les rares illégalités que l'on pourrait citer en contre-partie paraissant bien plutôt
faites pour donner un change facile à une opinion
complaisante et joindre ainsi à la rupture flagrante
de neutralité les faux-fuyants de l'hypocrisie.

Notre neutralité n'est qu'un simulacre. Nous ne
sommes pas neutres ; nous ne l'avons jamais été
pendant cette guerre. Comment aurions-nous pu
l'être ? Notre haut personnel politique et militaire
est germanophile. Nous avons confirmé dans leurs
fonctions, aggravées de pleins pouvoirs, nos sept
conseillers fédéraux, tous plus ou moins germano-

philes (¹), plusieurs notoirement, et dont l'un est même le fils d'un Allemand. Nous avons nommé ou laissé nommer à la tête de notre armée des chefs qui, par leur passé, leurs relations de famille et par toute leur mentalité, pouvaient moins encore être neutres et garantir la neutralité du pays : l'un qui, afin que nul n'en ignore, débute dans son haut commandement par de cyniques ordres du jour qu'il fait lire sur le front des troupes et où il célèbre les triomphes allemands en Belgique ; un second qui, publiquement, dans une occasion solennelle, dénonce la neutralité comme impossible à observer et contraire à la sûreté de l'armée ; deux autres qui, au bout de dix-huit mois de travaux, sont convaincus de traîtrise ; un cinquième qui, disposant de la moitié des troupes de langue française, préconise l'intervention militaire de la Suisse en faveur de l'Allemagne ; sans compter les traîne-rapière de moindre importance, colonels frais émoulus du service de Prusse ou majors graphomanes, qui se livrent impunément aux pires manifestations contre la constitution et contre la neutralité.

Comme le Conseil fédéral, l'État-major est germanophile. Or, l'État-major et le Conseil fédéral tiennent la Suisse, représentent la Suisse, qui s'est refusée jusqu'ici à exister en dehors d'eux. Par son

---

(¹) On pourrait excepter M. Decoppet. Est-ce la peine ? — Il ne faut pas oublier d'autre part que nos conseillers fédéraux sont des politiciens, et des politiciens réalistes, aptes par conséquent à céder opportunément aux circonstances. Il est certain, par exemple, que M. Schulthess ou M. Motta n'agissent et ne pensent pas en 1917 comme ils pensaient et agissaient en 1914 et 1915, qui sont les années révélatrices. Il ne faudrait même pas s'étonner, en cas de victoire de l'Entente, de voir plusieurs de ces honorables magistrats se résoudre, sans plus de vergogne, à changer leur arbalète d'épaule.

2

approbation, son silence ou son impuissance, infi-
dèle avec eux à l'idéal national, la Suisse, peuple souverain, partage leur reniement comme leur responsabilité.

Sans doute, les frontières politiques ont été res-
pectées, les frontières géographiques, jusqu'à présent, n'ont pas été violées ; mais les frontières intellectuelles et morales le sont depuis longtemps. Elles
le sont, tout au moins, depuis le 3 août 1914, ostensiblement. Et nous ne disons rien, nous ne protestons
pas, nous ne nous défendons pas, nous parlons encore
de patrie et de neutralit é et nous paraissons parfai
tement satisfaits d'être demeurés à l'abri de la
guerre.

Je souhaite, du fond du cœur, que cette satisfaction
illusoire puisse s'épanouir longtemps encore. Mais le
danger est à nos portes. La suite des opérations de
guerre peut déterminer de nouvelles perturbations.
Certes, le peuple, les troupes sont insoupçonnables.
Devant une agression matérielle, brutale, le sentiment national reprendrait le dessus. Mais les nécessités stratégiques sont mystérieuses ; les astuces
de la diplomatie sont innombrables ; les prétextes
se créent ; les incidents se façonnent et s'exploi-
tent ; on manœuvre habilement le chantage et les
aspirations à la paix ; l'opinion se pétrit, se ma-
laxe ; et à voir la facilité avec laquelle nos frontières intellectuelles et morales ont été franchies, je
me demande, non sans angoisse, comment nos frontières politiques et géographiques seraient defendues.

Où donc est cette majorité qu'au bout de deux ans

et demi de guerre on nous affirme s'être désolidarisée enfin, dans ses conceptions et ses sympathies, d'avec l'Allemagne profanatrice de tout ce qui avait constitué jusqu'ici notre conscience helvétique ? Que fait-elle ? Où se cache-t-elle ? Pourquoi n'intervient-elle pas et ne fait-elle pas prévaloir sa volonté ? Pourquoi persiste-t-elle à maintenir sa confiance à des hommes qui devraient lui être suspects au plus haut point ? Comment souffre-t-elle qu'on continue à violer les lois constitutionnelles qu'elle s'est souverainement données et qu'on la traite comme les plus mauvaises monarchies traitent à peine leurs sujets ? La réponse, la seule réponse logique qui puisse être faite, c'est que cette majorité n'existe pas. La Suisse allemande, sinon dans son ensemble comme en 1914, du moins dans sa plus importante masse, n'a pas cessé d'être germanophile et, comme telle, doit vraisemblablement juger que les actes et tendances de ses autorités civiles ou militaires correspondent exactement à ses propres dispositions.

Ceux qui ne veulent pas se rendre à l'évidence nous répliqueront : « Non, cette majorité existe bien, mais elle se tait ; elle se tait patriotiquement, elle se recueille. Nous la retrouverons à la paix. Pour le moment, elle fait confiance à ses autorités et, faisant la part des circonstances exceptionnelles que nous traversons, elle considère les mesures, fâcheuses assurément, que ces autorités se voient forcées de prendre, comme de simples mesures de salut public. Nous rentrerons dans la légalité, une fois l'ordre rétabli dans le monde. »

L'argument serait à peine acceptable si nous étions
en guerre. Mais nous ne sommes pas en guerre. Or,
où a-t-on vu un autre pays neutre offrir un spectacle pareil à celui qui depuis deux ans et demi remplit le monde de stupéfaction et tout ce qui nous
reste de bons citoyens de douleur et de honte ? Où
a-t-on vu, ailleurs que dans notre libre Suisse, modifier brusquement le régime existant, violer la constitution, instaurer la dictature, soumettre le pays
au joug de décrets illégaux et d'arrêts de forfaiture,
museler l'opinion, intimider la presse et suspendre
sur toutes les autonomies de menaçantes coercitions
qu'il ne tient qu'au bon plaisir de l'autorité de retenir
ou d'abattre ? Nulle part, ni en Amérique, ni en
Espagne, ni en Hollande, ni au Danemark, ni en
Suède, ni en Norvège, on n'a eu l'idée de recourir à
de semblables mesures. Partout les lois fonctionnent
normalement, partout l'opinion est respectée, jusque
dans ses excès, partout la presse peut s'exprimer en
toute licence dans les sens les plus divers et sans
autres restrictions que celles qui s'exerçaient en
temps de paix ; partout les publications, les conférences interdites en Suisse circulent ou se font librement. Il en était de même en Italie et en Roumanie,
au temps où ces pays étaient neutres [1]. Un seul pays
fait exception avec la Suisse : la Grèce. Mais en Grèce,
on peut admettre qu'une minorité, qui règne et cor-

[1] Et il en est de même dans plusieurs des pays belligérants, si bien
que M. Deschanel, dans son discours de réouverture de la Chambre
française, le 12 janvier 1917, pouvait déclarer : « Ce sera l'éternel honneur de notre pays d'avoir su faire face au plus grand bouleversement
de tous les âges sans toucher aux lois. »

rompt, soit seule responsable. En Suisse, où l'on n'a pas l'habitude — du moins ne l'avait-on pas jusqu'ici — de ployer sous une camarilla, c'est la majorité, c'est la nation qui consent à cet état de choses·

Cette majorité germanisante, qui a perdu tout ce qui fit jadis le sens et la dignité de notre patrie, cette majorité se gonfle encore de toute une portion de confédérés, tant romands qu'alémaniques, pour qui le cataclysme le plus épouvantable serait une scission de la Suisse Devant ce danger, le plus grand à leurs yeux que puisse courir la Confédération, ils oublient toute autre considération, tiennent pour secondaires les droits primordiaux des citoyens et des États cantonaux, les fondements mêmes de notre indépendance, les raisons historiques pour lesquelles nous nous sommes fédérés, dans l'appréhension majeure qui les domine de creuser entre compatriotes ce fameux « fossé » qu'ils ne songent plus qu'à combler avec leur abdication. Ils se sont fait de la Suisse un mythe, une religion, du drapeau fédéral un fétiche ; tout doit être sacrifié à ce mot, qui fut beau, à cet emblème, qui fut noble, tout, y compris les réalités essentielles qui se drapaient autrefois dans ce mot, sous cet emblème Ils voudraient bien être neutres, honnêtement, loyalement, avec toutes les prérogatives de conscience et d'honneur qu'impliquerait ce terme constitutionnel bien compris ; mais la Suisse officielle, appuyée sur sa majorité docile, ne l'étant pas, ils ne sont plus que ses muets fidèles : des « neutraux », des neutralistes. Les neutralistes ne sont pas germanophiles, mais ils le deviendraient plutôt que de perdre l'amitié, un peu méprisante, de leurs confédérés. Les neutralistes seraient heureux, sans doute, de voir les germanophiles revenir à des sentiments qu'ils pussent mieux approuver, mais ne les voyant pas changer, déçus dans leur espoir, ne pouvant ou n'osant pas les affronter, ils se sont faits peu à peu à l'idée d'aller à eux. En un mot, les neutralistes sont des Suisses qui consentiraient à devenir Allemands pour rester Suisses.

Ils sont nombreux. Ils auraient pu sauver la Suisse. Ce sont eux, surtout, qui la perdront, par leur inertie, leur faiblesse, leur pusillanimité, leur aveuglement, leur sottise et leur confiance sans borne en des hommes qui ne la méritent guère.

Germanophiles et neutralistes, séparés par les principes, se rejoignent dans la pratique et, les uns par leur activité, les autres par leur passivité, collaborent en somme à la même œuvre : la transformation de la mentalité suisse, qui n'aura bientôt plus de suisse que le nom.

Qu'on me comprenne. Je ne dis pas qu'il faille être francophile, anglophile, italophile ou même serbophile pour manifester des sentiments suisses : je dis que, dans la guerre actuelle, un Suisse ne peut pas être germanophile ou tolérer qu'on soit germanophile, sans cesser par cela même d'être un Suisse. Je ne dis pas que l'Allemagne ne sera pas la plus forte, je ne fais aucune prédiction, je ne flatte personne, je ne me mets pas « sur les routes de la victoire » : je dis simplement qu'un Suisse qui fait des vœux pour la victoire de l'Allemagne n'est plus un Suisse. Je ne dis

pas qu'il ne soit pas dans l'intérêt matériel, sinon de
la Suisse, du moins de certaines régions de la Suisse
ou de certaines classes sociales de la Suisse, de marcher économiquement avec l'Allemagne ; je n'en sais
rien, je crois que non, mais je ne m'occupe pas de
cette question et je suis sur ce point parfaitement
incompétent : je dis que, le vasselage économique
entraînant fatalement, surtout avec l'Allemagne,
la sujétion politique, le Suisse qui n'est pas prêt à
sacrifier ses intérêts matériels pour sauvegarder l'indépendance absolue de la patrie doit abandonner
la prétention d'être un Suisse. Un bon Allemand vaut
certainement, comme homme, un mauvais Suisse :
que ce mauvais Suisse cesse donc de se dire Suisse.
Je ne fais pas là de la morale, de la politique, de la
propagande pour une cause ou pour une autre : je
constate, je tire une conclusion de prémisses, j'applique une formule. Étant donné qu'un Suisse est
telle chose, et non pas autre chose, étant donné,
dis-je, qu'un Suisse constitue son sentiment national
par-dessus les idées de langue, de race, de religion,
de culture, qu'il s'est fédéré pour maintenir envers
et contre tous, dans tous les domaines, son indépendance propre et celle de ses confédérés, étant donné
qu'il est fédéraliste et non centraliste, respectueux
des traités, par conséquent du droit, et non de la
force, qu'il est républicain, et non royaliste ou impérialiste, étant donné tout cela, un Suisse qui est
autre chose, ou qui met ce qu'il croit son intérêt au-
dessus de son sens national, ce Suisse n'est plus un
Suisse et nul vrai Suisse ne saurait continuer à le

considérer comme son compatriote. Un point, c'est tout. Je n'ai rien dit d'autre. Il n'y a là de ma part aucune passion. C'est de l'algèbre, c'est de la géométrie.

Eh bien, nous autres, Suisses indépendants, nous autres, Suisses restés Suisses, nous ne voulons pas devenir Allemands. Nous ne voulons même pas vivre en bons termes avec l'Allemagne, tant que l'Allemagne, qui a déchaîné la guerre, restera ce que nous la voyons lumineusement aujourd'hui, prussianisée, militarisée, féodale, criminelle, parjure et conquérante. Même si nos intérêts, ce qui n'est pas, nous commandaient le contraire, nous sacrifierions nos intérêts sur l'autel, pour nous toujours sacré, de la vieille indépendance helvétique.

Car si les intérêts devaient devenir la raison suprême de la Suisse, il n'y aurait plus de Suisse. Nous n'aurions plus dès lors qu'à nous séparer selon ces mêmes intérêts, puisque les intérêts ne sont pas les mêmes partout. Genève, Bâle, Lugano ont des intérêts divergents, et ni Genève, ni Bâle, ni Lugano, s'il n'y a plus que des intérêts, n'ont à subordonner les leurs à ceux de Berne ou de Zurich.

La Confédération n'a pas été lentement et patriotiquement édifiée pour cela. Ce n'est pas pour cela qu'au 1er août 1914, nous avons fait l'union sacrée. On fait l'union sacrée pour défendre quelque chose de noble. Nous ne voulons pas d'union sacrée pour nous permettre d'avoir du charbon ou du blé aux meilleures conditions possibles. La Suisse n'est pas une Confédération d'économie politique, mais bien

d'indépendance nationale pour nos vingt-deux États
souverains. En dehors de cela, il n'y a pas de Suisse,
et il n'y a pas d'union sacrée. Que chacun reprenne
alors sa liberté, avec sa dignité.

∽

Au cours de la publication des articles successifs
où j'ai pu, avec plus ou moins de facilité, exprimer
ces idées, on m'a adressé, de Suisse, de nombreuses
critiques, parfois très violentes, auxquelles je désire
ne pas me dispenser de répondre. Elles se réduisent
d'ailleurs à quelques chefs d'accusation, que je vais
produire. Car si mes censeurs ont été divers, ils n'ont
guère fait que se répéter.

Les uns, qui opèrent surtout en Suisse alémanique
et dont la nationalité reste indécise, car dans la presse
helvético-germanique on ne sait jamais si on a affaire
à des Allemands ou à des Suisses, se sont bornés,
pour toute argumentation, à la négation et à l'injure.
On reconnaît là la méthode allemande. Elle est simple
et elle est catégorique. C'est le coup de matraque,
auquel il n'y a rien à répliquer. On ne peut que ren-
voyer aux faits et qu'à observer ensuite que s'il y a
chez nous deux façons de les juger, c'est qu'il y a, en
effet, en Suisse deux patries intellectuelles bien différentes.

D'autres m'ont dit : « Mais non, cela n'est pas si
grave. Vous exagérez les choses ; vous généralisez
trop. Il y a eu des erreurs, c'est entendu, de regrettables erreurs, et nous avons été les premiers à les

blâmer. Mais nos confédérés sont de braves gens ;
nous pouvons avoir confiance en eux. Ils voient un
peu différemment de nous, c'est certain : pourquoi
leur en faire un crime ? Ils ne considèrent, comme
nous, que le bien de la Suisse. Leur manière n'est pas
la nôtre, sans doute, mais ils nous font un heureux
équilibre. Efforçons-nous de les comprendre, et, surtout, ne déprécions pas leurs excellentes intentions. »
Cela, c'est la méthode romande.

Elle n'est pas toujours aussi doucereuse. Elle, non
plus, ne répugne pas à l'injure, volontiers transposée,
il est vrai, en une bienséante perfidie. Mais, quel
qu'en soit le mode d'expression, le raisonnement est
à peu près le même : « Confiance... Union... Drapeau
fédéral... » et : « Ce n'est pas si grave... »

Ce n'est pas si grave !... Eh bien, ce qu'on ne trouve
pas grave, je le trouve, moi, extrêmement grave. Je
trouve d'une extrême gravité qu'on ait suspendu les
garanties constitutionnelles, qu'on ait installé les
pleins pouvoirs à Berne, couvé pendant dix-huit
mois la trahison à l'État-major, faussé l'appareil de
la justice, supprimé la liberté d'opinion, soumis le
pays à un régime d'état de siège, préparé à deux reprises des occupations militaires... Que veut-on de
plus ? Qu'attend-on pour s'émouvoir et trouver enfin
la situation grave ? Que la conspiration ensanglante
nos rues et qu'on se massacre entre citoyens comme à
Athènes ? Que les Allemands entrent chez nous et
que notre pays, comme en 1798, comme en 1799,
comme en 1813 devienne un champ de bataille ou un
champ de manœuvre de l'Europe ?

Cela ne sera rien, disent certaines gens
   Lorsque la tempête est prochaine ;
Pourquoi nous affliger avant que le mal vienne ?
— Pourquoi? Pour l'éviter, s'il en est encor temps.

Ainsi débute certaine fable du bon Florian, que je me rappelle avoir apprise dans mon jeune âge, au collège de Genève. L'anecdote est de saison ; remémorons-la tout entière :

   Un capitaine de navire,
   Fort brave homme, mais peu prudent.
   Se mit en mer malgré le vent.
   Le pilote avait beau lui dire
   Qu'il risquait sa vie et son bien,
   Notre homme ne faisait qu'en rire,
Et répétait toujours : *Cela ne sera rien*.
   Un perroquet de l'équipage,
   A force d'entendre ces mots,
Les retint et les dit pendant tout le voyage.
Le navire égaré voguait au gré des flots,
   Quand un calme plat vous l'arrête.
   Les vivres tiraient à leur fin ;
Point de terre voisine, et bientôt plus de pain.
Chacun des passagers s'attriste, s'inquiète ;
   Notre capitaine se tait.
Cela ne sera rien, criait le perroquet.
Le calme continue ; on vit vaille que vaille ;
   Il ne reste plus de volaille ;
On mange les oiseaux, triste et dernier moyen ;
Perruches, cardinaux, cakatois, tout y passe.
   Le perroquet, la tête basse,
Disait plus doucement : *Cela ne sera rien*.
Il pouvait encor fuir : sa cage était trouée.
Il attendit ; il fut étranglé bel et bien,
Et, mourant, il criait d'une voix enrouée :
   Cela... cela ne sera rien.

Commentant cette fable, le judicieux Saint-Marc Girardin notait : « C'est une maladie du temps que signale le fabuliste. Le trouble avait déjà succédé au repos ; les mauvais jours de la Révolution commençaient. Beaucoup de personnes, pourtant, cherchant à se faire illusion, *ou ne pouvant pas croire au mal, par je ne sais quelle mollesse de caractère qui croit anéantir le danger qu'elle se dissimule,* beaucoup de personnes s'obstinaient à dire : *Cela ne sera rien .*»

Cela ne sera rien, ce n'est pas si grave, continueront-elles à dire jusque sous la catastrophe finale.

Confiance dans le pays, confiance dans le gouvernement, confiance en l'état-major, confiance en l'armée... C'est surtout cette dernière qu'on me reproche de ne pas avoir. « Comment, me dit-on, vous osez suspecter l'armée ? L'armée, rempart de notre liberté ! L'armée, prête à courir aux frontières au moindre danger qui menacerait notre sol ! Mais c'est épouvantable ! Vous êtes un criminel, un blasphémateur ! » Pour un peu, on me traiterait d'athée.

J'ai dit, en effet, que je n'avais pas confiance en l'armée ; mais on ne m'a pas compris ou l'on a feint de ne pas me comprendre. En parlant de l'armée, je n'ai pas voulu soupçonner les troupes, composées, j'en suis persuadé, d'une grande majorité de braves gens, de bons soldats et d'honnêtes citoyens. Mais les troupes ne sont que les troupes, qu'on les dote de toutes les qualités qu'on voudra et auxquelles je souscris, en y comprenant la discipline, l'obéissance et le silence. Les troupes ne sont pas l'armée. Une

armée se compose de troupes et de chefs. Or, les chefs
sont tout dans l'armée, puisqu'ils commandent les
troupes, qui ne sont entre leurs mains qu'un instrument, hormis le cas, que nul ne saurait légitimement
prévoir, d'insubordination et de révolte. L'armée
suisse est entre les mains de quelques hommes. Parmi
ces quelques hommes figurèrent pendant un an et
demi un Egli et un von Wattenwyl. Ils seraient encore à leur poste d'honneur sans l'intervention, jugée
par bien des gens inopportune, de quelques courageux citoyens romands. Les 180.000 hommes de
l'armée de Metz formaient un corps admirable, com-
posé d'excellents Français et de valeureux soldats.
Il a suffi d'un Bazaine à leur tête pour en faire une
armée de défaite et de trahison.

Mais un autre reproche plus accablant encore m'a
été adressé : « Vous écrivez, m'a-t-on dit, à l'étranger.
Vous vous exprimez librement, trop librement dans
une revue française sur le compte de votre pays.
Vous vous employez à le discréditer aux yeux de
l'Europe. Vous êtes un mauvais Suisse, un antipatriote. »
Tout d'abord, je ferai remarquer que je ne suis pas
à l'étranger, au *Mercure de France*, dans cette revue
dont je suis un des fondateurs et où je n'ai cessé de
collaborer depuis l'origine. J'y suis chez moi. Mais le
Mercure de France se publie à Paris et, de ce fait, je
devrais, selon mes censeurs, m'abstenir d'y faire la
moindre allusion à la politique de mon pays, autrement que pour l'y fleurir des plus immérités éloges.

« Parlez, si vous le voulez, me disent-ils, mais parlez chez nous. »

Chez nous ! C'est facile à dire. Je l'ai tenté vainement. J'ai sur la conscience nombre d'articles qu'avant d'avoir écrit une seule ligne au *Mercure de France* je me suis vu refuser dans notre presse. J'ai renouvelé, depuis, sans plus de succès ces tentatives, auxquelles j'ai dû enfin renoncer, faute sans doute de persévérance et d'appétit pour les couleuvres. Fallait-il donc me taire ? — « Oui, vous deviez vous taire, répond le chœur des réprobateurs. Un Suisse à l'étranger n'a qu'un droit et qu'un devoir : célébrer son pays, même s'il a tort, ou faire le silence. »

Eh bien, je pense tout le contraire. Je pense que partout où il y a des Suisses, il y a la Suisse. Je pense qu'un Suisse a toujours le droit de dire la vérité, ou ce qu'il croit la vérité, partout où il se trouve. Je pense qu'en exerçant ce droit, il remplit aussi son devoir, car à s'exprimer véridiquement, fût-ce avec sévérité, sur ce qui l'intéresse par-dessus tout, il a conscience de servir loyalement son pays et de le défendre mieux que par le silence ou le mensonge prémédité.

Mon droit. En ma qualité de citoyen suisse, j'ai le droit absolu de faire entendre mon opinion où il me plaît et comme il me plaît, dans les limites des dispositions pénales régulières. Ce droit m'est actuellement refusé dans mon pays, par la violation des articles 55 et 58 de la constitution qui me le garantissaient. Refusant de reconnaître les décrets illégaux rendus par un gouvernement aux pouvoirs discrétionnaires, et dont l'effet est encore accentué

par la pusillanimité d'une presse stupéfiée, j'ai voulu
qu'il y eût au moins un lieu, à l'étranger, où la Constitution fédérale de la Confédération suisse continuât
à être sauvegardée et où les articles violés reprissent
force de loi. C'est sous leur égide que je me place. Il
est vrai qu'écrivant à l'étranger, je suis soumis aux
restrictions d'un pays belligérant qui m'impose sa
censure. Je la respecte. Elle est légale. Je ne respecte
pas celle qu'on prétend m'imposer par l'arbitraire
et la violence dans mon propre pays, sans l'assenti-
ment du peuple, qui seul a qualité pour modifier la
constitution et dont seul je dépens.

Aussi, fort de ma conviction et de ma dignité de
citoyen, ne puis-je consentir à accepter dans le silence
et l'abstention les désastreuses transformations que
les événements qui bouleversent l'Europe ont fait
apparaître dans notre esprit public et notre existence
nationale. Nous autres, Suisses de l'étranger, nous
en subissons, nous aussi, nous surtout, le dommage ;
nous ne voulons pas paraître en assumer encore la
responsabilité. Nous avons le droit d'exprimer ce
que nous pensons, de nous défendre. Ce droit, nous
le revendiquons hautement.

Les Italiens, les Roumains l'ont pris, à l'étranger
comme chez eux, à l'époque où ils étaient encore
neutres et où ils discutaient vivement sur ce qu'ils
allaient faire. Les colonies grecques l'ont pris et le
prennent chaque jour ; elles l'ont même poussé jusqu'au droit à la révolution. Les Américains l'ont
pris récemment, à Paris, dans leur admirable « Message des Américains de l'étranger aux Américains

de l'intérieur ». Et nous seuls, Suisses, ne parlerions pas ?

Cependant, si j'ai surabondamment le droit de parler, mon devoir serait-il, par contre, de me taire ?

Mon devoir. Il s'agit, bien entendu, de mon devoir de citoyen, qui veut le bien de son pays. Car, comme homme, mon devoir pourrait aller beaucoup plus loin ; il irait jusqu'à défendre mon honneur particulier et mon individualité propre, même contre les intérêts de mon pays. Mais je ne veux considérer que mon devoir de citoyen.

Y aurait-il donc deux attitudes à prendre à l'égard de la vérité, selon qu'on se trouve en deçà ou au delà des frontières nationales ? Ce que l'on tolérerait à Lausanne ou à Bâle vous sera-t-il défendu à Paris ou à Londres, sous peine de passer pour un calomniateur ? La vérité bonne à dire dans une Suisse pleine d'étrangers aux écoutes deviendrait-elle mensonge et félonie au dehors, où ce sont surtout des Suisses qui vous entendent ? Poser la question, c'est en déceler le sophisme.

Les secrets d'une nation ne se cachent pas comme ceux d'une famille. Dans une nation il n'y a de secret que les traités diplomatiques, les plans militaires et les documents d'archives. Je n'en connais aucun et n'en ai révélé aucun. Je n'ai dit que ce qui s'est dit et redit cent fois en Suisse et qui est archi-connu du monde entier. En ce moment où tous les yeux sont fixés sur la Suisse, rien de ce qui s'y écrit ou s'y fait n'est ignoré. On sait tout, à l'étranger, mieux parfois qu'en Suisse même ; on est informé de tout par les

innombrables voix de la presse et les yeux des obser-
vateurs que les gouvernements entretiennent sur le
sol helvétique. Publier un article à Genève ou le publier à Paris, c'est exactement la même chose. Je
n'ai jamais rien appris à personne. Quant aux considérations que je puis tirer des événements, nul n'a le
droit de s'en faire juge que pour les critiquer, non
pour me les défendre. J'estime d'ailleurs avoir été
souvent plus modéré dans mes appréciations que bien
des écrivains suisses dont il n'est venu à l'idée de personne de suspecter le patriotisme.

Il en ressort qu'il est impossible de discréditer son
pays à l'étranger, comme on me l'a reproché : car, ou
on dit vrai, et c'est le pays qui se discrédite lui-même,
ou on dit faux, et on ne discrédite que soi-même.

Cela étant, quel est le devoir d'un Suisse à l'étranger ?

Faire le silence, c'est paraître approuver les actes
de son gouvernement. Prendre une attitude d'opposition, c'est montrer qu'on désapprouve son gouvernement. Eh bien, je crois que le devoir de tout Suisse
établi à l'étranger, du moins dans les pays de l'Entente, est d'adopter franchement, résolument cette
attitude d'opposition, ce qui sera pour lui la meilleure
façon de servir les intérêts de son pays.

« Une nation vue du dehors, a dit un jour
M. Briand, a une attitude d'ensemble à laquelle par-
ticipent tous les citoyens, l'homme politique comme
l'écrivain, les mœurs comme l'art. C'est cet ensemble
que l'étranger aperçoit et sur quoi il se fait une opinion. » En temps de crise comme aujourd'hui, en

temps de censure, de mutisme, de violation officielle
des lois constitutionnelles, d'oligarchie et de pleins
pouvoirs, cette attitude est donnée par le gouvernement. C'est cette attitude seule qu'on voit du dehors et toute la nation, quelles que soient ses réactions et ses fluctuations internes, y est indistincte-
ment englobée et en est tout entière rendue responsable.

Il est donc très important, alors que cette attitude
est loin de nous être favorable, de montrer à cet
étranger qui nous juge avec un tel parti-pris et une
telle généralisation, que nous ne sommes pas tous
d'accord, que nous ne faisons pas l' « union sacrée »
derrière nos représentants officiels. Montrer cela par
tous les moyens et aussi explicitement que possible,
c'est rendre le meilleur service au pays, c'est faire
œuvre de bon et de sain patriotisme.

Ce n'est pas au moment où tous nos compatriotes
à l'étranger sont mis en quarantaine morale, où on
nous tient partout en suspicion, où on nous chasse
par milliers de nos places et de nos emplois, où en
France des syndicats professionnels mettent à l'index
les maisons où travaillent des Suisses, où en Angleterre on nous considère comme autant d'espions au
service de l'Allemagne, où en Italie on dit communé-
ment en parlant de nous : Les Suisses ? *Tedeschi !...*
ce n'est pas au moment où nous avons à défendre
notre honneur, notre loyauté et peut-être notre vie,
qu'on viendra nous enjoindre de nous taire.

Les autres neutres ne sont pas l'objet d'un tel
ostracisme. Ni les Espagnols, ni les Hollandais, ni les

Danois, ni les Norvégiens, ni les Américains du Nord ou du Sud ne partagent notre discrédit. Nous le devons uniquement à la politique de notre gouvernement germanophile, qui n'a de neutre que le nom et la prétention diplomatique.

Et l'on voudrait, sous prétexte de je ne sais quel patriotisme borné ou pharisaïque, quel patriotisme de caste ou de complicité, nous empêcher de parler ? Quels sont donc ces proscripteurs ? D'où viennent-ils ? Qu'ils montrent leurs papiers, exposent leur titres, dévoilent leurs origines ! Sont-ce de vrais Suisses, ou la barre de leur écusson de contrebande expliquerait-elle avec la bâtardise de leur sang celle aussi de leur conscience ?

Pour moi, irrésistiblement poussé par tout ce que je sens palpiter au plus profond de moi-même, je sais bien qu'en protestant je remplis, en même temps que mon devoir d'homme, tout mon devoir de citoyen, tout mon devoir de vieux Suisse.

Là où se courbe le plus harmonieusement l'arc riverain du Léman, sous ses terrasses de vignobles durcies de soleil et ruisselantes de grappes, ma famille s'est si anciennement constituée qu'aussi haut qu'on remonte le cours du temps, on l'y retrouve immuable. Nous y étions quand, aux premiers jours de la liberté vaudoise, les cocardes vertes s'arboraient de Nyon à Vevey et qu'aux accents des proclamations de La Harpe, la nouvelle République expulsait joyeusement ses baillis. Nous y étions quand notre voisin le major Davel, à la tête de ses cinq cents

hommes en parements rouges, bas rouges et cha-
peaux bordés, prit un matin de 1723 la grand'route
de Lausanne où, dans son héroïque et infructueux
dessein de soulever son pays contre la tyrannie, il
allait trouver le martyre et la gloire. Nous y étions
quand, en l'an de disgrâce 1536, l'armée bernoise ayant
passé par chez nous, Jean Du Mur et cinq autres « des
plus apparents du Conseil » se virent mandés pour
répondre de quelques houspillades aux soldats de
LL. EE. et qu' « après moult débat » les commis de
Berne prononcèrent qu'il serait payé « cent écus au
soleil aux parents du mort, vingt-deux à celui blessé
aux jambes, quinze à celui blessé au nez et trois écus
à un qui assurait avoir reçu trois coups de pierre ».
Nous y étions quand des familles étrangères, venues,
à pied ou en chaise, d'Italie, de France, de Hollande
chercher chez nous fortune ou sûreté, accaparaient
Genève, où leurs descendants prennent aujourd'hui
le haut du pavé, ouvraient leurs banques, construi-
saient leurs hôtels ou accrochaient sur les châteaux
vaudois à l'encan leurs armes d'importation ou de
récent acquêt ; nous y étions et nous y avions depuis longtemps sur notre cave nos modestes armes
bourgeoises : le mur surmonté des symboles de la vie
et de la mort, les tibias, le crâne et les trois étoiles
d'or dans le ciel d'azur. Nous y étions aussi quand nos
Quatre-Paroisses appartenaient à l'évêque, en don
et alleu de la Sainte Vierge Marie, et que tout alentour
dominaient les princes de Savoie, tantôt le comte
Vert, tantôt le comte Rouge, tantôt le duc, qui se fit
ermite à Ripaille et fut élu pape. Et nous y étions

déjà, selon bonnes pièces d'archives, au moment où là-bas, sur le bord d'un autre lac, au centre des montagnes dont nous voyions se profiler près de nous les premières cimes, les trois petits pays forestiers de Schwytz, d'Uri et d'Unterwald se fédéraient solennellement par pacte « devant, s'il plaisait à Dieu, durer à perpétuité » et juraient « au nom du Seigneur » qu'il était « chose honnête et profitable au bien public de consolider les traités ».

Ainsi né de cette vieille souche riveraine, je ne saurais me soustraire à sa lignée, ni à son lointain appel. J'en éprouve la longue persistance et j'en reçois le constant battement. Nulle greffe étrangère n'en est venue altérer l'authenticité. Je n'ai pas une goutte de sang français et je n'ai pas une goutte de sang allemand dans les veines.

Aussi ne saurais-je me résoudre à accepter humblement, sans m'en irriter ou sans en sourire, les leçons d'helvétisme que l'on prétend aujourd'hui me donner. Que quelques-uns de ces nouveaux venus, sortant parfois à peine des langes de la naturalisation ou dont les noms à sonorité suspecte trahissent à nos oreilles agacées leur provenance peu sûre, se permettent de m'infliger leurs remontrances et, dans leur stupide ardeur de néophytes, aillent jusqu'à m'incriminer d'antipatriotisme, je n'aurai garde de m'en émouvoir, autrement que pour déplorer la dégénérescence que fait subir à notre caractère national leur pénétrante infiltration. Mais que d'autres, plus certainement suisses, se laissant gagner par cette dissolution, sourds à la voix des ancêtres et incapables

d'en reconnaître l'enseignement, joignent à ces cla-
meurs ridicules leurs accents réprobateurs, voilà qui
ne peut que m'affliger, sans réussir toutefois à m'intimider. Ce n'est pas au moment où toutes nos valeurs nationales semblent remises en question, où,
inconscients de notre vrai rôle et du respect dû à nos
traditions, nous hésitons, pleins de peur, de trouble
et d'incertitude, que l'homme qui croit avoir quelque
chose à dire doit se taire. Je ne puis me plier aux
injonctions effarouchées qui m'assiègent. Aux bouches
qui veulent se coudre de silence je ne joindrai pas la
mienne.

Janvier 1917.

I

SUISSE GERMAINE ET SUISSE LATINE

Avril 1915.

Il y a quelques années, un de nos concitoyens les plus en vue, M. Paul Seippel, publiait un gros ouvrage qui eut du retentissement et qu'il avait intitulé : *Les Deux Frances*. Aujourd'hui, il n'y a plus qu'une France, mais par contre il y a deux Suisse.

Lorsqu'à la fin de septembre 1914, je revins dans mon pays, je fus stupéfait de l'état d'esprit que j'y rencontrai. J'avais encore dans les yeux l'éclat des belles fêtes du centenaire de la restauration de Genève, qui s'étaient déroulées, au commencement de juillet, pendant trois journées féeriques, dans l'enthousiasme unanime de tout un peuple ardemment patriotique. Je me rappelais l'admirable festival de Baud-Bovy, Malche et Jaques-Dalcroze, son déploiement somptueux dans le décor de notre rade, l'émotion qu'il avait soulevée. Je me rappelais surtout l'accueil triomphal que nous avions fait à nos confédérés de langue allemande, leur arrivée par le

lac sur des barques pavoisées, les vieux Suisses de
Lucerne, de Bâle, de Berne, de Soleure, dans leurs
costumes anciens, acclamés dans nos rues, les cor-
tèges, les illuminations, les banquets populaires sur
les promenades et les places publiques, les discours,
les effusions... Certes, à ce moment-là, à ce moment
encore, la Suisse, dans ses divers cantons et sous ses
aspects multiples, représentait pour nous tous, à travers l'apothéose de cet anniversaire, l'idéal même que
nous nous formions de notre patrie, sereine et digne
sur les fortes assises de son histoire, jalouse de sa liberté, animée d'un même esprit de solidarité et indissolublement unie dans le culte et l'orgueil de son
beau passé.

Un mois après ces nobles fêtes de la concorde helvétique, la guerre éclatait en Europe. Et la guerre
éclatait en Suisse : guerre sourde, dissimulée, secrète,
celle-là, dont les éclats ne passèrent pas la frontière
et dont les échos ne se firent entendre que très atté-
nués dans la presse, par l'effet des mesures coerci-
tives prises incontinent par une censure dictatoriale ;
mais guerre qui n'en était pas pour cela moins ardente
et moins passionnée. Comme l'Europe elle-même, la
Suisse se divisait aussitôt en deux camps nettement
tranchés : la Suisse latine, qui prenait parti pour les
Alliés, et la Suisse germaine, qui faisait sienne la
cause des Empires du centre. La scission était complète et paraissait irrémédiable. Quelle débâcle !..

Dès les premiers jours, dès les premières heures,
peut-on dire, de la guerre, l'Allemagne, qui portait
déjà la responsabilité d'avoir déchaîné l'effroyable

cataclysme, affirmait cyniquement sa méthode.
C'était la violation du Luxembourg, celle de la Belgique, les tueries de Visé, le massacre, le pillage, le
viol et l'incendie. Nous étions nombreux à nous
dire : Que va faire la Suisse ? Pour nous, cela ne pouvait souffrir l'ombre d'un doute. La Suisse, dont la
situation était analogue à celle des deux pays violés,
la Suisse allait protester. Nous ne demandions pas
qu'emportée par une généreuse ardeur elle se levât
pour la défense du droit et joignît son intervention
armée à celle de l'Angleterre. Mais nous nous attendions fermement à ce qu'elle fît entendre sa voix
dans une protestation officielle, à ce qu'elle laissât
libre cours à l'expression d'une opinion publique que
nous jugions devoir être unanime, à ce qu'elle prît
même l'initiative d'une ligue des pays neutres
pour la sauvegarde de leur honneur à tous, offensé
par la violation de la Convention de La Haye sur
les Droits et Devoirs des Neutres, dont les deux premiers articles sont ainsi conçus : « 1° Le territoire des
puissances neutres est inviolable ; 2° Il est interdit
aux belligérants de faire passer à travers le territoire d'une puissance neutre des troupes ou des
convois, soit de munitions, soit d'approvisionne-
ments », traité sous lequel figure leur signature à
eux tous, à côté de celle du pays violateur, l'Allemagne.

C'est ce qui se serait passé si la Suisse avait été la
Suisse latine. Mais il y avait la Suisse alémanique
(nous nous refusons, malgré notre désillusion et bien
qu'elle y ait tous les titres, à la traiter de Suisse alle-

mande) (¹). Les jours, les semaines s'écoulèrent, et
non seulement aucune protestation ne vint, mais, à

(¹) Elle y tient cependant. On lisait dans la *Züricher Post* du 7 octobre 1916 :
« Je ne sais quel grand esprit, ne pouvant plus sortir de son gosier
l'expression de Suisse allemande, a inventé par un trait de génie la
Suisse alémanique. Au double point de vue de la langue et de l'histoire,
ce terme est critiquable. Je ne veux pas soulever ici ce côté de la question, mais faire remarquer seulement qu'il est de simple politesse
d'appeler quelqu'un comme il désire être appelé. Comme Suisses allemands, nous sommes de bons patriotes, aussi entendons-nous rester
Suisses allemands. »
    M. Philippe Godet, qui n'a rien à voir avec la *Züricher Post*, rejette
lui aussi, par purisme, ce mot d'alémanique, « qui exhale, dit-il, un petit
parfum de pédantisme très contraire à notre goût de Welches ».
    On lit, d'autre part, dans une chronique zurichose publiée par le
Journal de Genève du 12 novembre 1916 :
    « Suisse alémanique ? Voici un vocable qui sonne mal, paraît-il, aux
oreilles de certains de nos Confédérés. Et précisémuet je viens d'avoir,
à ce sujet, une petite discussion courtoise avec un Znichois fort cultivé,
et grand ami des Romands.
    « — Pourquoi donc, me dit-il, vous obstinez-vous à nous appeler
des Alémanes, et d'où avez-vous sorti ce vocable poussiéreux et pédant ?
    « — Je n'en sais rien, en vérité, lui répondis-je. Mais d'où qu'il
vienne, il est pour nous le bienvenu. Si nous vous appelons Alémanes,
c'est pour éviter toute confusion ou toute association d'idée fâcheuse.
Ce mot nous est précieux parce qu'il marque, avec netteté, une frontière,
votre frontière. Et ne marquons-nous pas, de notre côté, la nôtre, en
nous appelant nous-mêmes, de préférence, « Suisses romands » ?
    « — Il est vrai, repartit mon ami zurichois. Mais le beau mot romand
a des titres historiques. Il est consacré par un long usage. De plus,
notez bien qu'il vous rattache à une famille ethnique plus large que la
race française, à tous les peuples qui sont les héritiers les plus directs
de la culture latine. Tandis qu'en nous appelant Alémanes, au lieu de
nous relier au monde germanique qui déborde et de beaucoup les frontières de l'Empire allemand, vous constituez un bloc dans lequel devraient rentrer, à côté des Suisses, un groupe de peuples de l'Allemagne
du Sud, précisément ceux qui furent nos ennemis héréditaires, ceux
que nous désignons plus particulièrement d'un mot qui ne passe pas
chez nous pour un compliment : *Schwob.* Ça nous diminue. Ça nous
désoblige.
    « Cet argument m'impressionna. Pourtant, après un instant de si-
lence, je ne pus m'empêcher de conclure :
    « — Vous pouvez avoir raison, mais laissez-nous notre Alémane au
moins pendant cette guerre. Il ne vous fait pas de mal et il nous fait du
bien. Il nous aide à continuer de vous aimer. » [Janv. 1917].

lire la presse d'outre-Sarine, on eût pu se croire au cœur de la Prusse.

Il fallait se rendre à l'évidence !

Le pangermanisme, dont nous ne faisions que rire et dont les quelques infiltrations apparentes chez nous n'avaient donné lieu qu'à des manifestations isolées plus ou moins stupides, avait-il donc exercé secrètement de pareils ravages dans notre pays ? Le fait est que nous assistions, déconcertés, à la révélation subite, chez nos compatriotes de langue allemande, d'une mentalité dont nous ne soupçonnions pas l'existence. Comment ce changement s'était-il produit ? De quand datait-il ?

M. Ernest Bovet, professeur de littérature française à l'université de Zurich, est venu nous faire une conférence, à Genève, pour essayer précisément de nous faire comprendre cette nouvelle mentalité germano-suisse et nous en expliquer les causes. Il l'attribue en grande partie au développement en Suisse de la *Realpolitik*. Depuis trente ans, le formidable accroissement économique de l'Allemagne a peu à peu étendu son action sur toutes les régions de la Suisse alémanique. Favorisé par la communauté de langue et de culture et plus encore par l'action des pouvoirs publics, qui n'ont en vue que des intérêts matériels, ce mouvement de germanisation, par les relations commerciales et industrielles, l'afflux des capitaux allemands dans les affaires et par une immigration intense, n'a fait que se développer d'année en année. Aujourd'hui, les Allemands sont partout, dans les banques et dans les usines, dans

l'université et dans la presse, exerçant une véritable
hégémonie, devant laquelle le Suisse placide, confiant
et heureux de gagner de l'argent, s'incline volontiers,
sourit et admire. Or, comme l'a justement fait remarquer M. Ernest Bovet, la *Realpolitik* est contraire
aux principes qui sont les conditions de notre exis-
tençe, à nous autres Suisses. Sans la guerre, nous aurions continué à pratiquer cette *Realpolitik* et nous
aurions marché directement au suicide.

Nous assistions, en effet, sans nous en douter, —
et c'est la guerre qui nous a ouvert les yeux en faisant
apparaître au grand jour cette mentalité panger-
manisée de nos concitoyens alémaniques, — nous
assistions tout simplement à la dénationalisation de
notre pays et à l'effondrement de ses traditions d'indépendance.

Il ne faudrait pas, à ce sujet, incriminer, comme
on l'a fait, la langue et la culture allemandes, qui ne
sont nullement corollaires d'impérialisme, de militarisme et de prussification. Ce serait parfaitement
faux, et surtout ce serait peu suisse. L'esprit helvétique consiste précisément à faire vivre ensemble, à
fédérer, dans une atmosphère commune de justice
et de liberté, des races et des civilisations différentes.
La Suisse germaine a non seulement le droit, mais
le devoir d'être allemande, comme la Suisse romande
a le devoir, non moins que le droit, d'être française,
ou la Suisse tessinoise d'être italienne. Ces diversités
de cultures n'influent en rien sur le sentiment national helvétique, dont elles sont au contraire l'une des
raisons d'être. La culture allemande n'a pas em-

pêché la Suisse alémanique d'être hostile à la Prusse
en 1866 et de l'être restée en 1870, où elle faisait ouvertement des vœux pour la victoire de la France,
car elle connaissait alors mieux que nous autres,
Romands, le danger prussien. La culture française
n'a pas empêché la Suisse romande d'être contre
Napoléon, en 1814, et d'accueillir les Autrichiens en
libérateurs ; elle ne l'a pas davantage empêchée,
en juillet 1870, d'être ardemment germanophile (¹)

(¹) En 1870, la Suisse allemande voyait le péril dans l'accroissement
de la Prusse ; la Suisse romande dans l'impérialisme français. Le même
sentiment d'indépendance produisait deux effets différents. Sur l'attitude de la presse suisse pendant la guerre de 1870-71, nous trouvons
d'intéressants détails dans une étude de M. F. Lifschitz publiée récemment par la revue zurichoise *Wissen und Leben*.

Le *Bund* se montra, les premiers jours de la guerre, favorable à
l'Allemagne. Mais dès le commencement du mois d'août 1870, il évo-
luait, en affirmant que la France n'était pas seule responsable de la
guerre. L'organe bernois publiait un appel, signé de noms très considérés, en faveur de la population de Strasbourg. La sympathie pour le
vaincu s'accentuait davantage encore après la proclamation de la
République. Les *Basler Nachrichten* se montraient à ce point opposées
à la politique prussienne qu'elles provoquèrent de vives ripostes de
l'autre côté du Rhin. Il en était de même du *Baselbieter* de Bâle-Cam-
pagne, tandis que le *Demokrat*, du même demi-canton, soutenait au
contraire le point de vue du germanisme. Dans le canton de Berne, la
Berner Zeitung s'exprimait dans ce sens, tandis que la *Berner Tagespost*
se déclarait nettement francophile, suivie de près par l'*Emmenthaler
Blatt*. Le journal de Langnau écrivait le 13 août :

« Nous devons avouer que, indépendamment de la popularité des
souverains, la sympathie de l'immense majorité du peuple suisse va à la
nation française. Quelques organes, influencés par les Michels allemands, quelques sujets d'État monarchiques, peuvent faire le bruit
qui leur plaît, le peuple français n'en a pas moins nos sympathies. Pourquoi ? Parce que nous ne pourrons jamais espérer de l'Allemagne un
développement des idées libérales, parce qu'il ne sera jamais donné à
l'Allemagne de porter la bannière du progrès. »

Le *Landbote* de Soleure et l'*Appenzeller Zeitung* se montrèrent neutres
jusqu'à la proclamation de la République, suivie et hostiles à la Prusse par la
suite. Cette attitude de la presse de langue allemande provoqua plus
d'une polémique virulente avec les journaux d'outre-Rhin, dont certains se montrèrent menaçants.

La Suisse romande témoignait de sentiments beaucoup plus favorables à l'Allemagne. Le *Journal de Genève* se déclarait neutre, mais

et de n'avoir retrouvé ses sympathies françaises qu'après le 4 septembre, au moment où la France devenait républicaine et où la guerre, de guerre de conquête et de prestige qu'elle était au début, se transformait en guerre de défense et d'indépendance.

En ces différentes circonstances, la Suisse, d'un bout à l'autre de ses divers cantons et dans la variété de ses cultures dissemblables, manifesta l'unité de son esprit et son sens helvétique. Il y avait alors une Suisse.

Il y en a deux maintenant, ou plutôt il n'y en a plus qu'une, digne de ce nom, la Suisse latine.

Je ne doute pas, malgré tout, que si l'Allemagne, au mois d'août, avait violé notre territoire, la Suisse ne se fût levée tout entière pour résister, avec le même héroïsme et la même unanimité que la Belgique, à l'envahisseur teuton. Cela me rappelle un mot de Daniel Baud-Bovy, que je rencontrai un jour de septembre, à Genève, alors qu'il revenait de la frontière.

— Quel dommage, me disait-il, que les Allemands ne soient pas entrés ! Nous n'assisterions pas à ce spectacle désolant et notre union serait faite.

Il avait raison, je le crois. Nous n'aurions pas vu des citoyens suisses embrasser avec passion la cause de deux empires militaires, applaudir avec ivresse

ne cachait pas ses sympathies pour l'Allemagne. Il en était de même de la *Suisse radicale* et de la *Gazette de Lausanne.*

« On peut considérer comme établi, résume M. Lifschitz, qu'en 1870-1871, l'immense majorité de la presse suisse de langue allemande s'est montrée favorable à la France, tandis que les journaux de langue française étaient germanophiles. Ces sympathies étaient donc en opposition avec les liens de race et de langue ! C'est là un fait extrêmement significatif. » [Janv. 1917.]

à leurs entreprises de force, accepter sans sourciller leurs assertions les plus audacieuses et les justifications les plus louches de leurs actes de proie, couvrir enfin d'un silence approbateur leurs violations les plus flagrantes du droit des gens.

Ils auraient résisté à une agression brutale, c'est certain ; mais ils ne résistaient pas à la mainmise progressive, à l'envahissement méthodique ; ils n'eussent pas résisté plus tard, en cas de victoire de l'Allemagne, à l'invitation à entrer dans le Zollverein germanique puis, quelques années ensuite, à l'injonction polie, mais formelle, qui aurait fatalement été faite à la Suisse d'avoir à s'agréger aux autres États allemands, trop heureux d'appartenir désormais au grand empire des Hohenzollern et de voir leurs fils coiffer le casque prussien.

Que fût devenue alors la Suisse romande ? On ose à peine y penser !

Comme je m'étonnais que celle-ci ne fît pas plus de bruit et ne manifestât pas hautement son indignation de l'attitude adoptée à Berne, à Zurich et à Bâle, on me répondit :

— Du calme ! Ne précipitons rien. Ne risquons pas de semer la zizanie en Suisse. Avant tout, évitons toute cause de scission entre Confédérés. Patience et silence ! Attendons. Les faits parleront d'eux-mêmes et nos confédérés allemands nous reviendront.

Ce langage était peut-être celui de la sagesse ; en tout cas, il était bien romand, car, chez nous, en pays romand, on a toujours eu un peu peur de Berne.

Les faits ont parlé, en effet. Ce fut la victoire de la Marne, puis la rupture de l'offensive allemande sur l'Aisne, sur la Somme, sur l'Yser. La Suisse aléma- nique, découvrant, à sa grande surprise, que l'Alle- magne était moins forte qu'elle ne croyait, a com- mencé à réfléchir, à se recueillir puis à esquisser une lente et prudente retraite. Elle revient, maintenant, c'est certain, le mouvement est déclanché, elle re- vient incontestablement (¹). Ce n'est pas très hono- rable pour elle, mais enfin elle revient, et c'est, pa- raît-il, aux yeux de nos Romands, le principal.

Pour être juste, il faut cependant signaler que, peu avant la bataille de la Marne, et par conséquent à un moment où le triomphe des armées allemandes pouvait encore paraître assuré, exactement le 4 sep- tembre, l'un des plus germanophiles d'entre les Suisses, le professeur Ferdinand Vetter, de Berne, publiait dans la *Tagwacht*, organe des socialistes ber- nois, une lettre ouverte de protestation contre la violation de la neutralité belge et la destruction de Louvain. Mais ce qui émeut le professeur Vetter, ce n'est pas tant le sentiment du droit foulé aux pieds (car alors il eût fallu protester dès le 4 août) que la conscience qu'il a de la faute monumentale commise par les Allemands en s'aliénant, par leur manière de faire la guerre, l'opinion du monde civilisé.

Vous autres, frères d'Allemagne, dit-il, vous ne nous facilitez pas notre affection et notre admiration. Peu

(¹) Ce mouvement existait au moment où j'écrivais ces lignes ; il s'est arrêté sous l'effet de l'offensive allemande en Russie et des fautes des Alliés en Orient. [Janv. 1917].

d'heures après votre appel à notre sympathie, nous arrive
la nouvelle d'un acte d'un de vos généraux qui, s'il se
confirme, dépasse la fureur de destruction de la Commune
et les incendies de villes de la guerre de Trente Ans. Parce
qu'une subdivision allemande a été attaquée par derrière
par quelques habitants désespérés, toute la ville de Louvain a été transformée en monceaux de ruines. Notre sang
se fige à l'ouïe de semblables faits. Nous avons été douloureusement indignés à la nouvelle que, dès le début de
la guerre, pour répondre à une intention semblable de
l'ennemi, vous avez porté la guerre en Belgique, pays
neutre comme le nôtre, pays à moitié germanique comme
le nôtre. Pour ce méfait les Flamands, qui sont pourtant
de fidèles Germains, ont crié : *Vive la France !* dans les
rues de Bruxelles et ont arraché de leurs maisons les en-
seignes flamandes. Nous pensions alors que vous auriez
dû leur épargner cela, vous épargner cela à vous-mêmes.
Mais aujourd'hui que votre invasion de la Belgique a
fourni à vos frères de race, les Anglais, le motif peut-être
désiré de faire la guerre, aujourd'hui que votre vaillante
armée a trouvé dans les troupes belges des adversaires
dignes d'estime et désormais acharnés, aujourd'hui vous
laissez un de vos généraux saccager une ville non fortifiée,
comme Tilly a autrefois saccagé Magdebourg, et détruire
des valeurs historiques et artistiques telles que la guerre
n'en avait pas détruit depuis les incendies des Français
sur le Haut-Rhin, au xviie siècle...

On voit le ton. N'importe, c'est la première parole
de réprobation qui ait été formulée dans la Suisse
allemande, et ce sera l'honneur du professeur Ferdinand Vetter de l'avoir prononcée.

Quant à la première parole officielle, il fallut l'attendre longtemps encore. On ne l'entendit qu'au
commencement de décembre, de la bouche d'un

homme d'État romand, M. Henri Fazy, député de
Genève au Conseil national, dans son discours de
doyen d'âge de cette Assemblée, à l'ouverture de la
session. Encore n'est-ce pas à proprement parler un
texte officiel, M. Fazy ayant dû déclarer qu'il ne
s'exprimait qu'à titre particulier et s'étant, en conséquence, énergiquement refusé à communiquer préalablement son discours, qu'on ne l'aurait certainement pas laissé prononcer officiellement tel quel.
Voici la très sobre déclaration de M. Fazy sur la situation internationale :

Oui, Messieurs, tout en restant neutres, nous conser-
vons le droit d'apprécier les événements contemporains
et de les apprécier en nous plaçant sur le terrain de la justice, qui est éternelle et universelle, et qui est la grande
loi de l'histoire. Aussi n'hésitons-nous pas à déplorer avec
une profonde douleur l'atteinte que la guerre actuelle a
portée au principe de la neutralité. Puissent l'indépendance et la neutralité de la Belgique et du Luxembourg
sortir victorieuse de la douloureuse épreuve que ces deux
pays supportent avec tant d'héroïsme. En émettant ce
vœu, je reste dans la grande ligne de notre glorieuse histoire et je suis certain que mes paroles ne seraient pas
désavouées par les braves qui combattirent pour la liberté à Morgarten et à Sempach, à Saint-Jacques et à
Morat, à l'Escalade et à Neuenegg.

Les voûtes du Palais fédéral ne s'effondrèrent pas,
mais nos députés en eurent chaud.

Puis ce fut, le 14 décembre, à Zurich, la conférence
de M. Carl Spitteler, le plus grand des écrivains
suisses de langue allemande et probablement le plus
illustre poète de l'Allemagne contemporaine, confé-

rence publiée par la *Nouvelle Gazette de Zurich*, en allemand, et par la *Bibliothèque universelle*, de Lausanne, en français, puis parue en brochure, dans les deux langues, sous le titre : *Notre point de vue suisse*. Cette fois, c'était bien, en effet, le véritable point de vue suisse qui s'exprimait. Spitteler ne ménage pas les mots. Dans un langage d'une hauteur de pensée admirable, il stigmatise énergiquement la politique impérialiste allemande et ses procédés de violence, et, passant en revue les différentes questions soulevées par la guerre actuelle, il se livre aux considérations les plus nobles sur le droit des nationalités opprimées et sur l'offense faite à la conscience civilisée par la violation des traités et de toutes les lois de la guerre. Inutile d'ajouter que l'Allemagne entière, prise d'une folle rage, s'est mise aussitôt à couvrir d'outrages son plus grand écrivain et à menacer de l'exécration publique tout Allemand qui se souillerait à acheter un seul de ses livres.

Mais désormais, en Suisse, le charme était rompu, le sortilège allemand était dissipé. Depuis lors, les manifestations de la transformation progressive de l'opinion ne se comptent plus, les signes du réveil du sentiment national ne font que se multiplier. Je ne puis les énumérer, même en me bornant aux plus caractéristiques. Maintenant, les journaux de langue allemande adoptent une attitude de plus en plus impartiale, exception faite d'un certain nombre de feuilles de second ordre, pour la plupart catholiques ; et l'on voit même des journaux notoirement acquis à l'Allemagne, comme le *Berner Tagblatt*, organe des conservateurs bernois, se livrer de temps à autre à de vifs coups de boutoir contre l'inlassable propagande allemande, lorsque celle-ci lui semble dépasser la mesure dans ses essais de pression sur l'opinion suisse. Quant à la presse romande, elle est entièrement et depuis le commencement des hostilités favorable aux Alliés, autant du moins que la censure fédérale veut bien le permettre.

Tout va donc pour le mieux, depuis trois mois, dans la plus neutre — sinon la meilleure — des républiques.

Mais si les faits n'avaient pas parlé !... Si Paris et Varsovie avaient été pris !...

C'est cette indiscrète pensée qui m'empêche de partager la satisfaction de mes concitoyens romands et la joie avec laquelle ils célèbrent le retour à l'helvétisme de leurs Confédérés. Ils ont beau crier sur tous les tons, dans toutes les colonnes de leurs journaux et par toutes les voix de leurs orateurs : « Il n'y a qu'une Suisse ! Il ne saurait jamais y avoir qu'une Suisse ! », je sens bien que cet enthousiasme est ou factice ou dupe des apparences, je sens bien que la Suisse germaine est toujours allemande dans l'âme et que, si le sort des armes tournait de nouveau, nous la retrouverions ce qu'elle était au début de la guerre... Je sens bien qu'il y a toujours et qu'il y aura longtemps encore deux Suisse.

II

ES IST NICHT WAHR !

Mai 1915.

L<small>A</small> Suisse a elle aussi ses intellectuels. Elle en possède même beaucoup plus que l'Allemagne : trois cent dix-sept, au lieu de quatre-vingt-treize. Il faut dire qu'ils ne sont pas aussi illustres. Mais ils viennent, à leur exemple, de faire un manifeste, et nous verrons tout à l'heure quels sont leurs « Il n'est pas vrai... »

Ces trois cent-dix-sept sont tous des professeurs d'universités suisses et tous des citoyens suisses, car on n'a point invité, bien entendu, à la signature les professeurs étrangers, dont, comme on sait, nos hospitalières universités helvétiques sont, par tradition, toujours copieusement fournies. Par le nombre imposant de ses signataires, ce manifeste, daté de Bâle, Berne, Fribourg, Genève, Lausanne, Neuchâtel et Zurich, représente donc en quelque sorte la pensée du haut enseignement suisse sur la guerre actuelle. Voyons ce qu'il dit.

Il débute par quelques phrases bien senties sur l'atteinte portée aux institutions gardiennes de l'idéal humain par la guerre catastrophique actuelle. La raison d'être des universités, c'est, en effet, comme leur nom l'indique, de s'élever au-dessus des frontières créées par les races et les nationalités. Puis vient ce considérant qu'il faut citer textuellement :

La connaissance progressive des vérités scientifiques et morales révèle une marche ascensionnelle de l'humanité vers un idéal de concorde, de justice et de liberté. La conviction que nous avons de cette ascension est le plus pur trésor de notre civilisation.

Ce bien suprême, se demande le manifeste, est-il destiné à disparaître dans la tourmente déchaînée par la guerre ? Les universités « n'ont-elles pas un message de paix pour les esprits violemment excités les uns contre les autres ? Ou bien verrons-nous encore leurs représentants augmenter la haine et la confusion, au lieu d'aider à les surmonter ? » S'il devait en être ainsi, ce serait « l'effondrement de tout ce qui est la raison d'être des hautes écoles ».

Le manifeste continue en opposant à la sanglante anarchie européenne l'existence de la Suisse, qui « repose sur la possibilité d'une communauté humaine formée d'éléments différents et fortement constituée, malgré la diversité des races, des langues, des mœurs et des religions ».

Les différences naturelles, les oppositions et les contrastes qui en résultent n'empêchent pas le peuple suisse d'être uni par un même idéal. Son unité exprime cette volonté commune : résoudre les questions politiques, so-

ciales et morales par le moyen d'un État démocratique et
républicain, fondé sur la liberté et la justice.

Quelles que soient les passions que la gigantesque
lutte des peuples ait éveillées en Suisse, quelles que
soient les sympathies et les antipathies qu'y ait pro-
voquées la guerre, elles sont incapables, pense le manifeste, de créer une division entre la Suisse allemande
et la Suisse romande, qui veulent rester indissolublement unies dans le respect de leur idéal commun.

Le manifeste se termine sur l'évocation de la communauté universitaire qui dépasse l'idée nationale,
bien que se conciliant parfaitement avec le patriotisme, et exprime l'espoir que des milieux académiques des divers pays surgiront « des pensées et des
initiatives capables de préparer la conciliation, capables aussi de créer une atmosphère de paix; un
ordre supérieur de civilisation ».

C'est à peu près tout, et j'ai scrupuleusement fait
ressortir ou cité textuellement les phrases capitales
de ce document, ses déclarations majeures. Elles ne
sortent pas, comme on a pu s'en rendre compte, d'un
vague plein de majesté, d'une solennité de bon aloi,
qui ne daigne pas descendre jusqu'à des contacts
directs avec la réalité, mais s'enferme dans le poncif
de belles formules acceptables pour tout le monde et
que tout le monde peut appuyer de son adhésion,
y compris ceux qui, par le fait, sont destinés les
premiers à en méconnaître l'esprit et la lettre, aussitôt que leurs intérêts, leurs passions ou leurs préventions sont en jeu.

Certes, tout le monde est d'accord pour applaudir

à « cet idéal de concorde, de justice et de liberté ».
Ce n'est pas là la difficulté et le manifeste de ces excellents et prudents universitaires suisses enfonce des
portes toutes grandes ouvertes. MM. Ostwald, Hæckel,
Morf, et autres 93 auraient signé des deux mains
la prose passe-partout élaborée par MM. Ernest
Bovet, Paul Seippel, Bachmann, Gauchat et de
Quervain. L'Allemagne entière, et jusqu'au général
von Bernhardi, croit, en effet, combattre pour le droit
et la liberté, et nous retrouvons ces mêmes formules,
en termes presque identiques, dans toutes les déclarations officielles, discours, proclamations, commu-
niqués des deux empires agresseurs et violateurs
d'Allemagne et d'Autriche-Hongrie. Ce sont des
phrases qui reviennent volontiers dans la bouche des
pires brigands et nous les avons déjà bien souvent
lues sous les plumes les moins dignes de les écrire.
Semblables à la prière du pape qui peut se dire,
exactement pareille, dans toutes les églises des États
belligérants, le manifeste universitaire suisse est conçu
de manière à satisfaire à la fois le chou et la chèvre,
le loup et l'agneau, à ne déplaire pas plus à Berlin ou
à Vienne qu'à Paris ou à Londres, et surtout à être
digestible à Bâle, à Zurich et à Berne aussi bien
qu'à Genève, Lausanne ou Neuchâtel. C'est un chef-
d'œuvre de loyolisme et de machiavélisme.

Dans tout ce beau pathos, il n'est naturellement
pas question de l'Allemagne, dont le nom n'est pas
prononcé, non plus que des diverses violations dont
elle s'est rendue coupable et dont la plus retentissante
fut celle de la Belgique. Nos professeurs n'ont nulle-

ment l'air de se douter que le fléau de la guerre qu'ils déplorent a été déchaîné par l'action d'un peuple nominativement désignable, qu'il y a des responsables et qu'il y a des criminels. Les responsabilités, ils les répartissent sans autre jugement entre tous les belligérants. Et c'est cela qui, précisément, n'est pas admissible et jette sur tout ce manifeste de magisters timorés un jour des plus défavorables. S'ils n'avaient vraiment pas autre chose à aligner que ces vertueuses et peu compromettantes lapalissades, ils eussent mieux fait de s'abstenir.

Il n'est pas vrai, semblent-ils nous dire par leurs prétéritions, que l'Allemagne ait joué dans cette guerre un rôle différent des autres peuples, tous à la fois victimes et fauteurs de la catastrophe ; *il n'est pas vrai* que ce soit l'Allemagne qui, par sa politique menaçante et sa surenchère d'armements, ait rendu la guerre inévitable et ait pris finalement l'initiative de la déclarer ; *il n'est pas vrai* que, par sa violation des neutralités du Luxembourg et de la Belgique, elle ait trahi des engagements solennels, commis un crime à l'égard de ces deux petits pays, préparé une agression déloyale contre la France et forcé d'autres nations, qui y étaient obligées par l'honneur, à prendre part aux hostilités ; *il n'est pas vrai* que, par sa façon sauvage de conduire la guerre, ses déprédations systématiques, ses incendies de villes, ses massacres de civils, ses destructions d'œuvres d'art et ses infamies de tout genre, l'Allemagne se distingue sinistrement des autres belligérants et mérite une réprobation universelle ; *il n'est pas vrai...*

Mais en voilà assez. Par leurs réticences, leur veu-
lerie et leur neutralisme poussé à un point qui frise
la complicité, les 317 universitaires suisses — ou plutôt les auteurs et les propagateurs de leur factum,
car il serait excessif d'en rendre responsables tous
ceux dont on a sollicité une signature qu'il n'y avait,
au premier abord, nulle raison positive de refuser
— vont rejoindre sans trop d'infériorité leur 93 collègues des universités d'outre-Rhin.

Et c'est là qu'éclate la trop ingénieuse duplicité
de nos neutralistes. Comment, disent-ils, mais tout
ce que vous voudriez que notre manifeste contienne
s'y trouve en réalité. « Un idéal de concorde, de justice et de liberté », chacun comprendra ; « un État
fondé sur la liberté et la justice », « une paix durable,
fondée sur le droit », chacun comprendra également
et sentira contre qui ces mots sévères sont dirigés. Le
malheur, c'est que, devant des termes aussi généraux, chacun comprendra ce qu'il veut bien comprendre et les Allemands seront les derniers à s'y
croire visés, si vraiment ils le sont, eux qui ne
craignent pas d'imprimer du haut en bas des colonnes
de leurs journaux des assertions comme celle-ci : « Et
voilà pourquoi cette guerre sanglante et terrible
entre toutes, cette guerre qui nous fut imposée et que
nous sommes décidés à mener à bonne fin, doit être
l'orage bienfaisant qui *libérera* l'Europe. *C'est pour
cette libération que nous luttons* ([1]). »

[1] *Gazette des Ardennes* du 16 avril, publiée par les Allemands en
pays occupé.

Tout cela est par trop retors, par trop pauvre et vraiment indigne de la Suisse.

Aussi ce fameux manifeste n'a-t-il pas manqué de soulever de vives protestations, tant dans la presse que dans les milieux universitaires eux-mêmes. M.Philippe Godet le qualifie de « gélatineux » dans la *Gazette de Lausanne* et, dans le *Journal de Genève*, il ajoute :

Le manifeste des *Trois cents*, j'ose le dire, ne sonne pas franc. Malgré toutes les explications données après coup, ce document demeure une chose amorphe, mollusque, invertébrée. Pour tout dire, mieux vaudrait que ce texte inutile et sans force ne fût jamais né. Aussi bien n'est-il pas vraiment né : il n'est que *mort-né*.

M. Eugène Richard, ancien président du Conseil des États, écrit dans la *Tribune de Genève* :

Un des moindres défauts du manifeste est que toutes les opinions peuvent s'y complaire sans en être cependant satisfaites. Pleutres et neutres, belliqueux et abstentionnistes peuvent y cueillir des phrases. Les rédacteurs se sont attachés à assembler des nuées et à envelopper la flamme de la vérité.

Les professeurs non signataires de l'université de Lausanne contre-manifestent en ces termes :

Persuadés que c'est la cause même de la liberté et de l'indépendance qui se joue actuellement sur les champs de bataille de l'Europe, et guidés avant tout par le souci de leur unité nationale, qui ne saurait subsister que par le respect scrupuleux des traités internationaux, les soussignés entendent conserver expressément le droit de juger dès maintenant la violation de la neutralité belge et luxembourgeoise et de condamner sans appel une pareille forfaiture.

Les professeurs non signataires de Genève et de Neuchâtel ont également adhéré à un texte de protestation. Ce qui fait dire au *Genevois*, par la plume de son directeur, M. Tony Roche :

> J'ai grande joie à constater, grâce au geste des professeurs protestataires, que les universités suisses ne sont pas encore absolument contaminées par l'esprit de mercantilisme ; qu'il se rencontre aussi, dans notre haut personnel de l'enseignement supérieur, des volontés lucides et probes, des hommes, en un mot, des Suisses, qui, à la malheureuse et innocente Belgique, sacrifient sans hésiter la clientèle des étudiants bretteurs des bords de la Sprée ou du Neckar.

J'entends bien les raisons des auteurs du manifeste: il s'agissait de trouver un texte qui pût faire l'accord entre professeurs des cantons alémaniques et professeurs des cantons romands. La chose, paraît-il, ne fut pas commode. Comme nous le confie M. Paul Seippel, dans le *Journal de Genève*, en un langage aussi distingué qu'académique :

> On nous croira sans peine, si nous disons que ce n'est pas une tâche facile de mettre d'accord trois cents professeurs suisses. Les crânes helvétiques affectent les formes les plus diverses — les crânes universitaires surtout. Il y a des têtes ovales, il y en a d'asymétriques et d'étrangement bossuées. Les fourrer toutes sous un seul bonnet est vraiment un problème insoluble.

De l'aveu même de M. Paul Seippel, « l'homme à la casquette élastique », comme il fut aussitôt surnommé par un homme d'esprit, on n'a donc pu aller au delà. Le texte inconsistant du manifeste est tout ce qu'il a été possible d'imaginer qui pût permettre l'accord. Un mot de plus, une seule allusion à la Belgique ou aux responsabilités allemandes, et les professeurs alémaniques refusaient de signer, le beau château de cartes Seippel und Co,, merveille d'équilibre, s'écroulait misérablement !

Eh bien, mieux que tout ce qu'on eût pu dire, cette histoire montre le fossé profond qui nous sépare de nos compatriotes de culture germanique. Le manifeste universitaire l'a ouvert tout grand sous nos yeux. Combien j'avais raison de parler des deux Suisse ! Les faits sont là, tristement éloquents, et ces efforts lamentables pour n'en faire qu'une, au prix de concessions inadmissibles pour bien des consciences, ne font, à mon sens, qu'accentuer, que souligner l'irrémédiable désaccord.

Aussi, pourquoi vouloir, en dépit de tout ce qui nous sépare, opérer entre nous un rapprochement impossible ? Pourquoi vouloir, pour employer la métaphore de M. Paul Seippel, nous fourrer de force sous le même bonnet, ou la même « casquette », pour « élastique » qu'elle soit ? Entre la Suisse alémanique et nous il y a incompatibilité d'humeur, incompatibilité de morale et de sentiments. Nous ne nous aimons pas. Nous ne nous comprenons pas. Nous avons contracté un mariage de raison. C'est bien. Mais nous continuerons, plus que jamais, à faire chambre à part.

III

LA LIBERTÉ D'OPINION

Juin 1915.

J'AI parlé du manifeste des universitaires suisses. Est-ce pour répondre à cette inepte autant que lamentable abdication que le professeur Louis Rehfous, recteur de l'université de Genève, au cours de son rapport lu en séance solennelle du *Dies academicus* le 5 juin, a prononcé les paroles suivantes :

L'Université n'a pas publié de manifeste : ce n'est pas à dire qu'elle assiste aux événements le cœur impassible. Ses sentiments ne sauraient faire aucun doute. Pour elle, aucune nation ne peut prétendre à la supériorité générale et absolue sur les autres et n'est prédestinée à exercer sur elle une hégémonie quelconque. Les petits États ont droit à l'indépendance politique et économique aussi bien que les puissants empires. Les traités librement consentis doivent être respectés, qu'ils garantissent la neutralité d'un pays ou le respect des règles d'humanité dans la guerre. Elle réprouve la destruction systématique des monuments, les violences sur les personnes, le pillage des habitations, les répressions collectives ; elle souhaite ardemment que la paix soit rétablie sur la base du respect du droit des nations et du droit des individus.

Cette excellente déclaration, que je me garde d'affubler de l'épithète de courageuse, tant elle paraît naturelle, a reçu le meilleur accueil. Le recteur a ajouté que les sentiments qui règnent à l'université de Genève sont si connus à l'étranger que les gymnases allemands ont décidé de la boycotter. Le fait est que dix-huit gymnases allemands lui ont déjà notifié cette mise à l'index, l'informant que non seulement ils cesseraient de lui envoyer des étudiants, mais qu'ils feraient tout ce qui dépendrait d'eux pour empêcher leurs élèves de venir à Genève.

Ce n'est pourtant pas que Genève manque de professeurs germanophiles: les incartades de M. Hugo de Claparède, au début de l'année universitaire, en ont éloquemment témoigné. Il y a même à l'université de Genève huit professeurs allemands authentiques, alors qu'on n'y compte que cinq professeurs français. Et il en est de même dans les autres universités romandes, qui ne passent pourtant pas plus que celle de Genève pour inféodées à l'Allemagne : Lausanne, 6 professeurs allemands, 6 français ; Neuchâtel, 5 allemands, 3 français ; Fribourg, 16 allemands, 12 français. Je tire ces chiffres d'une curieuse statistique publiée dans la revue zurichoise *Wissen und Leben* par M. W. Rappard, professeur d'histoire des doctrines économiques à l'université de Genève, qui fait toucher du doigt l'infiltration allemande dans le haut enseignement de notre pays

Si l'on passe des universités romandes aux univer-

sités alémaniques, les constatations sont effarantes.
Berne compte 24 professeurs allemands contre
1 français et 14 appartenant à d'autres nationalités
étrangères ; Zurich : 28 allemands, 0 français ; Bâle :
31 allemands, 0 français ; Polytechnicum de Zurich :
18 allemands, 2 français. Au total, pour 712 professeurs nationaux, l'enseignement universitaire suisse
compte 136 professeurs allemands, 29 français et
94 d'autres nations

Le fait capital qui se dégage de notre tableau, observe
M. Rappard, c'est la très forte proportion des maîtres
étrangers enseignant dans nos hautes écoles. Vingt-sept
pour cent des professeurs et vingt-six pour cent des privat-
docents qui occupent chez nous des chaires académiques
ne sont pas Suisses. Ces fractions seraient sensiblement
plus impressionnantes encore si nous n'avions pas dans
notre statistique assimilé aux Suisses d'origine les naturalisés de fraîche date, dont la « naturalisation » morale
et intellectuelle ne saurait être achevée. Nous sommes
donc tributaires de l'étranger pour plus d'un quart de
notre alimentation intellectuelle, pour autant que l'enseignement supérieur pourvoit à celle-ci. Je ne crois pas
qu'il y ait en Europe, ni même au monde, une autre nation civilisée dont la situation soit à cet égard comparable
à la nôtre.

Or, les Allemands fournissent à eux seuls la majorité de ces professeurs étrangers. Aussi se condui-
sent-ils en Suisse comme en terre conquise. Le scandale de l'affaire Sauerbruch, à Zurich, n'est donc
pas fait pour surprendre. Ce Sauerbruch est un chi-
rurgien allemand plus ou moins éminent, professeur
à l'université de Zurich. Ayant été appelé au début
de la guerre à diriger un lazaret à Strasbourg, il em-

mena avec lui son principal assistant, le Dr Freisz,
citoyen suisse. Celui-ci ayant un jour salué des blessés français d'un : « *Bonsoir, Messieurs* », fut jugé par
Sauerbruch un homme tout à fait subversif. De retour à Zurich, il le dénonça comme hostile à l'Allemagne à la direction du service sanitaire cantonal,
laquelle s'empressa de donner satisfaction à l'omnipotent Sauerbruch en cassant le Dr Freisz de ses
fonctions, qu'il exerçait depuis dix ans de la manière
la plus satisfaisante. Trois autres assistants s'étant
solidarisés avec le Dr Freisz, l'irascible Boche vient
également de les casser aux gages de sa propre autorité, sans se préoccuper le moins du monde du gouvernement qui a cependant seul le droit de nommer
ou de révoquer les assistants. Si bien que le *Volksrecht*, l'organe socialiste zurichois, en vient à poser
la question : « Qui est-ce qui gouverne chez nous ? »
La réponse est bien simple : c'est l'Allemagne.

C'est l'Allemagne également qui gouverne à Berne,
par l'intermédiaire de son ministre plénipotentiaire
Herr von Romberg. Les immixtions de ce personnage
dans la politique fédérale et surtout cantonale bernoise sont innombrables. La dernière a été l'interdiction des conférences de M. Fuglister sur tout le territoire bernois. M. Fuglister est un ingénieur suisse
établi depuis de nombreuses années à Louvain et
qui a assisté, témoin oculaire et naturellement terrible témoin à charge, malgré son origine suisse allemande, à tout ce qui s'est passé dans cette cité
martyre. Il a considéré comme de son strict devoir
d'honnête-homme de venir dire en pays neutre ce

5

qu'il a vu, le tout appuyé de photographies impressionnantes prises par lui-même. Il a commencé par
faire dans le canton de Neuchâtel plusieurs conférences qui ont attiré la foule, au grand émoi des autorités fédérales, qui n'ont rien trouvé de mieux que
d'interdire au témoin de parler. Sur une intervention
énergique d'un certain nombre de personnalités
neuchâteloises indignées, parmi lesquelles M. Philippe Godet, auprès du Conseil fédéral, celui-ci a dû
revenir sur une décision dont il a rejeté la responsabilité sur des sous-ordres militaires. M. Fuglister a
pu poursuivre triomphalement le cours de ses conférences à Genève et dans le canton de Vaud. Mais le
canton de Berne a repris pour son compte l'interdiction. C'est ce qui fait écrire à M. Maurice Millioud,
le distingué professeur de Lausanne, dans la *Bibliothèque Universelle*, ces lignes auxquelles nous sous-
crivons pleinement :

J'ose trouver extraordinaire qu'une légation étrangère
envoie à nos journaux un avis sur une conférence faite en
Suisse par un Suisse des plus honorables et se permette
de l'appeler un « individu ». J'ose trouver inconvenant,
quand il rapporte ce qu'il a vu et entendu, qu'elle l'accuse
d'altérer les faits sans apporter la moindre preuve à l'appui de cette inculpation. J'ose trouver attentatoire, non
seulement à nos droits constitutionnels, dont on ne sait
plus bien ce qu'ils sont devenus, mais au respect dû à la
nation, l'interdiction de la conférence de M. Fuglister à
Berne... Ne vous y méprenez point ; il y a des incidents
qui passent et qu'on oublie, celui-ci n'en est pas ; il est
de ceux qui durent et dont on se souvient. C'est peut-être
l'événement le plus significatif de notre histoire morale
dans ces trois derniers mois. Pourquoi cela ? Parce que

toute la partie romande du canton de Berne en a été
offensée. La voilà, la cause de ce prétendu dissentiment
entre la Suisse allemande et la Suisse française : c'est le
procédé de l'étouffement... L'inintelligence des Silen-
tiaires nous aura fait beaucoup de mal... Ce que le directeur de la police de Berne n'est peut-être pas tenu de
comprendre, mais qu'il faut que nos confédérés comprennent clairement et qu'un bon nombre d'entre eux sentent
d'ailleurs de plus en plus, c'est que nos protestations, nos
indignations, au spectacle des faits quotidiens de cette
guerre, ne viennent pas d'une sympathie partiale, mais
d'une révolte de la conscience, et qu'il n'y aura pas de
pression étrangère qui puisse en avoir raison, si habilement organisée fût-elle.

Jusqu'à quel point les pouvoirs fédéraux et cantonaux ont-ils le droit, même en temps de guerre, de
se livrer à des actes arbitraires tout à fait contraires
à la lettre et à l'esprit de notre constitution ? J'en-
tendais il y a peu de temps, dans une conférence
privée, un avocat lausannois ([1]), spécialiste dans les
questions de droit international et en même temps
officier dans l'armée suisse, s'exprimer en termes
très sévères à ce sujet. En dehors des faits strictement
militaires concernant l'armée fédérale, pour lesquels
une censure est admissible, aucune restriction ne doit
être apportée à l'expression de l'opinion publique
qui doit rester libre comme en temps de paix, d'autant plus que la Suisse n'est pas en guerre. La constitution est formelle et, le peuple n'ayant pas été
consulté, qui a seul pouvoir pour la modifier, il n'y

([1]) M. Sidney Schopfer, député au Grand Conseil vaudois.
[Janv. 1917.]

a pas d'Assemblée, il n'y a pas de Conseil fédéral ou cantonal qui puisse, sans violer les lois et les droits constitutionnels du peuple suisse, contrevenir par des prescriptions à caractère dictatorial, doublé souvent de la plus nauséabonde imbécillité, aux libertés des citoyens. Nous ne sommes plus libres, le pays n'est plus libre, tel est le scandale, telle est la honte de l'époque où nous vivons.

A en croire M. William Vogt, et je l'en crois volontiers, ce n'est pas seulement la peur de l'Allemagne qui nous vaut ces jours sombres, dans notre libre Helvétie, mais bien aussi l'amour et l'admiration de cette Allemagne prussianisée et impérialisée. Lui aussi, M. William Vogt est une victime de l'arbitraire et de la brutalité de l'ours de Berne. Ayant été faire au mois d'août une tournée d'enquête en Suisse allemande pour se rendre compte *de auditu* de ce que pensaient nos compatriotes des événements, il en revint passablement désillusionné. Sous ce simple titre : *Impressions*, il fit imprimer non sans peine (car il eut du mal à trouver un imprimeur) une plaquette où il notait quelques-unes de ses observations. Je dis « imprimer » et non pas « publier », car la brochure ne devait pas être mise en vente, destinée qu'elle était simplement à être donnée par l'auteur à ses amis. Elle portait sur la couverture un dessin représentant l'ours de Berne tenu par l'anneau et dansant aux sons d'un fifre prussien. Mais la terrible censure fédérale veillait. La brochure était encore sous presse qu'une dizaine de sbires firent irruption dans l'imprimerie, prêtant main forte à deux commissaires

ceints de leurs écharpes qui saisirent les trois cents
exemplaires en train de sécher.

Deux jours plus tard un ordre d'arrestation était
télégraphié de Berne et William Vogt connaissait,
pour la durée de quatre heures, la douceur des pri-
sons genevoises. Libéré sur parole par le capitaine
instructeur, qui heureusement était un Vaudois,
Vogt, sous l'inculpation d'atteinte à l'honneur, devait
se tenir à la disposition des autorités militaires qui
prétendaient le traduire devant un conseil de guerre.
Entre temps, la bataille de la Marne était survenue ;
Berne commençait à baisser pavillon et comme, d'autre part, il était bien difficile de trouver une base à
une inculpation, devant l'absence de tout acte de
publicité, Vogt recevait, le 30 octobre, notification
d'une ordonnance de non-lieu.

De pareils procédés n'étaient pas de nature à ré-
concilier l'écrivain genevois avec la Suisse allemande.
Aussi vient-il de publier, en France cette fois, une
mise au point circonstanciée et beaucoup plus complète de ses fameuses « impressions ». *La Suisse allemande au début de la guerre de* 1914 constitue, sous
sa forme volontiers excessive, un témoignage au
fond très juste et malheureusement trop vrai de l'état
d'esprit qui régnait au mois d'août chez nos compatriotes germains. « Après tout, dit Vogt, il y a deux
Suisse depuis 1870 et l'une d'elles porte le stigmate
du servilisme et de la brutalité germano-prussienne. »
C'est ce que nous avions dit, en termes moins durs.
Vogt constate très véridiquement que, tandis que
l'on rencontrerait par milliers des Suisses alémans

auxquels ne répugnerait aucunement l'idée de coiffer le casque prussien, on ne trouverait pas dix Suisses romands qui, malgré leurs sympathies pour la France, aspireraient à devenir Français. Tout cela pour aboutir à cette conclusion, que nous avions déjà formulée de notre côté, qu'il n'y a que les Suisses latins qui soient vraiment des Suisses. Aussi, le fossé s'est-il creusé profond entre les deux Suisse :

Le Conseil fédéral, dit Vogt, aura beau adresser par la suite des appels à la concorde, il aura beau témoigner, en cas de défaite prussienne, bien entendu, de son respect constant pour la sacro-sainte neutralité helvétique, le souvenir de ses actes lourdement menaçants ou illégaux n'en restera pas moins gravé dans notre souvenir. Personne ne pourra nous faire oublier que, durant le mois d'août, alors que la marche triomphale des Teutoboques sur Paris paraissait indubitable, le gouvernement suisse, son général et les cantons *à la suite* ne se soient montrés partiaux et injustes jusqu'à l'effronterie, avec un ton accusateur et menaçant.

Ils ne se sont guère amendés depuis, bien que l'échec du plan allemand de mainmise sur l'Europe ne puisse plus faire de doute. Les quelques faits, entre bien d'autres, que nous avons mentionnés l'établissent suffisamment. Voici le dernier, tout récent. Le 7 juin, la *Gazette de Lausanne* recevait une lettre officielle de la chancellerie fédérale, lui infligeant un avertissement à la suite de la publication d'un article intitulé : *Paix durable*, de M. André Mercier, professeur de droit international à l'université de Lausanne, « soutenant cette thèse, dit le factum officiel, que, dès le jour de la violation de la neutralité de la

Belgique et du Luxembourg, la Suisse aurait dû intervenir dans la guerre européenne aux côtés de la Triple Entente ». Voici le passage visé :

La cause qui se joue est celle de la civilisation et du droit, de la liberté, de la loyauté. C'est la cause de tous les États pour lesquels ces notions priment celles d'hégémonie et de force brutale, de tous ceux qui ont un honneur... Dès le jour de la violation de la neutralité de la Belgique et du Luxembourg, nous avons été de ceux, très nombreux, qui voyaient le devoir de tout État valide dans une collaboration énergique à la sauvegarde du droit, à la défense d'un patrimoine commun aux peuples civilisés. Aucune mission ne nous paraissait plus digne de l'armée d'un petit peuple dont l'âme est tout éprise de justice et de liberté. Conquis sur les champs de bataille, les lauriers de nos généraux auraient eu de la beauté. Comme soldats et comme citoyens nous avons souffert d'assister passifs à la lutte où l'avenir de notre patrie est engagé. La résignation s'imposait pour des motifs dont l'analyse et la discussion seraient prématurées aujourd'hui encore. Elle a été moins dure à accepter depuis le coup d'arrêt de la Marne. Elle l'est moins aujourd'hui que l'Italie, fidèle à ses traditions de liberté, s'est hardiment jetée dans la mêlée en faveur du droit, dont elle a été le berceau.

En même temps la *Gazette de Lausanne* était menacée de suspension au cas où elle viendrait « à publier encore des articles de nature à compromettre les bonnes relations que la Suisse entretient avec les autres Etats ou contraires à la politique de neutralité prescrite par l'arrêté fédéral du 3 août 1914 ».

Il est donc établi que la liberté d'opinion n'existe plus en Suisse. Que l'Allemagne viole la Belgique et le Luxembourg, voilà qui est parfait et nos autorités fédérales n'ont rien à objecter. Mais qu'un citoyen suisse, professeur de droit, ose émettre l'opinion que la Confédération aurait dû adopter une autre attitude, ne fût-ce que pour ne pas laisser protester sa signature apposée, en compagnie de celle du violateur, au bas des conventions de La Haye, Berne brandit la foudre sur le blasphémateur et sur le journal assez téméraire pour s'être permis d'accueillir une prose aussi subversive. Ces prétentions dictatoriales sont d'autant plus excessives que la constitution assure la liberté d'opinion des citoyens et que cette même constitution prévoit le droit pour la Suisse, qui est un État souverain, de déclarer la guerre et de la faire, même si elle n'a pas été attaquée par les armes la première.

M. de Romberg doit être content. Depuis la grande époque du mois d'août, et malgré tous les avatars survenus depuis à l'empire dont il est le digne représentant, sa puissance ne paraît guère amoindrie.

IV

LES PLEINS POUVOIRS

Juillet 1915.

Nous vivons actuellement en pleine illégalité. Telle est la triste constatation qu'en face de la mainmise des autorités fédérales sur les libertés publiques nous sommes bien obligés de faire. Et ce qu'il y a de plus effarant, c'est qu'on l'avoue, à Berne, qu'on le dit, qu'on le proclame en plein Conseil national. Il est vrai que l'on use pour cela d'un euphémisme délicieux : être « en marge de la constitution ».

C'est à propos du débat sur la censure que ce cynique aveu s'est fait jour. La Commission de gestion, par l'organe de son rapporteur, M. Ed. Secretan, député de Vaud, ayant tenu à faire remarquer que l'institution de la censure n'avait aucune base constitutionnelle, M. Hoffmann, chef du département politique, ancien président de la Confédération, a excipé, pour en justifier la résurrection au bout de près d'un siècle de liberté de la presse, des pleins pouvoirs accordés par les Chambres, au début d'août, au Conseil fédéral. « En l'instituant, a-t-il dit, notre but a été d'éviter une scission intérieure. » Nous craignons, au contraire, que par cette mesure anticonstitutionnelle le Conseil fédéral n'en ait aggravé le danger. Et le lendemain, répondant à M. Sigg, député de Genève, qui l'entreprenait sur le même sujet, M. Hoffmann prononçait sa mémorable phrase, digne de rester dans les annales de notre pays : « Cette institution a été créée *en marge de la constitution*, en vertu des pleins pouvoirs du Conseil fédéral. » Il ajoutait même que dans cette fameuse marge il y avait bien d'autres violations que celle de la liberté de la presse : « Il est bien d'autres dispositions constitutionnelles auxquelles nous avons porté atteinte, ainsi l'article 31 sur la liberté de commerce. Mais si nous l'avions observée, nous serions morts de faim ! » On ne peut être plus franc. M. Hoffmann a repris carrément à son compte la doctrine du *Not kennt kein Gebot* du chancelier Bethmann-Hollweg.

Je ne sais si nous serions morts de faim au cas où nous n'aurions pas violé l'article 31 de notre constitution, mais je sais bien que nous risquons de mourir moralement et politiquement par la violation de l'article 55 sur la liberté de la presse. Autrefois nos aïeux ne craignaient pas de mourir pour la liberté. Nous avons changé tout cela. Aujourd'hui, c'est la liberté que nous préférons tuer.

On voit que c'est par les pleins pouvoirs à lui conférés que le Conseil fédéral entend se couvrir de toutes ses illégalités devant les Chambres et devant le pays. Les Chambres se sont démunies : elles n'ont plus rien à dire. Mais le pays ?

L'attribution de pleins pouvoirs au Conseil fédéral a été l'erreur initiale, la première illégalité. En effet, l'Assemblée n'avait pas le droit de conférer des pleins pouvoirs au Conseil. Nulle part pareille délégation n'est prévue dans la constitution. Il existe bien un article (le 8e) donnant à la Confédération le droit de déclarer la guerre, mais cet article, non plus que le 85e, qui le complète, ne prévoit nullement l'établissement d'un régime spécial en temps de guerre, à plus forte raison alors que la guerre n'a pas été déclarée et que nous sommes en paix.

Mais à supposer que la délégation fût possible, encore l'Assemblée ne pouvait-elle déléguer que les pouvoirs dont elle dispose elle-même, et point du tout des « pleins pouvoirs ». Quels sont ces pouvoirs ? Ils sont énumérés tout au long, et encore non sous le nom de « pouvoirs », mais sous celui d' « affaires de la compétence des deux Conseils », dans l'article 85. Les voici, pour ce qui concerne ceux qui intéressent la situation actuelle :

6. Les mesures pour la sûreté extérieure ainsi que pour le maintien de l'indépendance et de la neutralité de la Suisse ; les déclarations de guerre et la conclusion de la paix.

7. La garantie des constitutions et du territoire des cantons ; l'intervention par suite de cette garantie ; les mesures pour la sûreté intérieure de la Suisse, pour le maintien de la tranquillité et de l'ordre.

8. Les mesures pour faire respecter la constitution fédérale et assurer la garantie des constitutions cantonales,

ainsi que celles qui ont pour but d'obtenir l'accomplisse-
ment des devoirs fédéraux.

9. Le droit de disposer de l'armée fédérale.

Tous ces « pouvoirs », comme on le voit et comme
il va de soi, sont inclus dans les limites expresses de
la constitution fédérale et des constitutions cantonales et ont pour but essentiel et supérieur de les
faire respecter. Il est donc absolument scandaleux,
fantastique et, disons le mot, criminel que leur transmission au Conseil fédéral ait pour résultat la violation de ces mêmes constitutions dont ils sont les gar-
diens.

L'Assemblée fédérale, du moins dans sa partie
romande, car sa partie alémanique est apparemment
prête à toutes les violations, l'Assemblée a donc été
jouée. C'est ce qu'a très bien vu le colonel Secretan,
lorsque, rappelant dans son rapport les termes
exacts de l'arrêté fédéral sur les pleins pouvoirs, il a
fait entendre que, dans l'esprit de l'Assemblée, ces
pleins pouvoirs n'avaient pu être remis au Conseil
que pour être exercés dans les limites de la constitution fédérale.

Et quand, à la théorie germanique exposée par
M. Hoffmann prétendant que tout citoyen, jusque
dans l'expression personnelle de ses sympathies,
devait être lié par la neutralité officielle de l'État (¹),
un autre député romand, M. Gustave Ador, a répondu que la notion de la subordination absolue de
l'individu à l'État n'entrerait jamais dans la tête

_____

(¹) Voir ce passage du discours de M. Hoffmann, p. 127.

d'un Latin, il est certain que l'opinion romande tout entière, sans distinction de partis, s'est exprimée par la bouche de l'orateur genevois.

Le jour où il faudra courber la tête devant tout ce qui se passe, — s'est écrié M. Gustave Ador, en dépit des interruptions du président, qui voulait lui enlever la parole, — nous ne serons plus un peuple libre, nous ne mériterons plus d'être estimés comme tels. Sur le terrain de la liberté, vous trouverez le peuple suisse toujours uni ; jamais lorsque vous quitterez ce terrain pour prendre des mesures contraires à l'esprit de la constitution.

Mais le Conseil fédéral, hypnotisé par la puissance allemande et son regain d'énergie en Galicie, docile aux injonctions de M. von Romberg et tout féru de ses pouvoirs dictatoriaux, continue de plus belle à violenter la constitution et à braver l'opinion latine. L'article 36 (« l'inviolabilité du secret des lettres et des télégrammes est garantie »), l'article 55 (« la liberté de la presse est garantie »), l'article 58 (« nul ne peut être distrait de son juge naturel ; en conséquence il ne pourra être établi de tribunaux extraordinaires ») ne sont plus à ses yeux que des chiffons de papier. On saisit, on interdit, on châtre, on refuse de transporter des livres et des publications, on couvre d'avertissements les journaux ; et, dans la plupart de ces matières d'ordre civil, c'est l'autorité politique et militaire qui juge, décide et sévit.

Comme il n'existait aucun texte sur lequel appuyer tout cet arbitraire, sinon le simple délit d'outrage et de diffamation, de tout temps prévu et justiciable des tribunaux ordinaires sur plainte de l'intéressé, mais absolument insuffisant en l'espèce, le Conseil fédéral vient de mettre le comble à son ingérence extra-constitutionnelle en forgeant de toutes pièces un texte pénal, promulgué par ordonnance du 2 juillet et applicable dès le 15 juillet. La disposition principale de cet arrêté punit de l'emprisonnement jusqu'à six mois ou de l'amende jusqu'à cinq mille francs, les deux peines pouvant être cumulées, « celui qui, publiquement, *avilit dans l'opinion publique ou livre à la haine ou au mépris*, par la parole ou l'écriture, par l'image ou la représentation, un peuple, un chef d'État ou un gouvernement étranger ».

On a bien lu. Désormais, il suffira de dire que l'Allemagne a violé la neutralité de la Belgique ou que son armée emploie des gaz asphyxiants, imputations capables évidemment d'avilir ce pays dans l'opinion ou de le livrer à la haine ou au mépris, pour goûter des cachots de la Confédération et grossir son encaisse de formidables amendes. Il n'y a pas un numéro de journal qui ne tombe cent fois par jour sous le coup de cet arrêté digne de Venise et du Conseil des Dix. Il est inconcevable que des gens qui se prétendent de bon sens et qui ne sont pas encore enfermés au cabanon aient pu accoucher d'un décret pareil ! Comment feront-ils pour l'appliquer ? Ils se rendront odieux ou ridicules. Mais comme il est inapplicable, c'est le ridicule qui l'emportera.

D'aucuns, pleins de mansuétude et de neutralisme génuflecteur, ont voulu voir dans ce décret une amélioration de notre triste condition, par le fait que les persécutés du Saint-Office helvétique, au lieu de

dépendre directement du bras séculier et de la juridiction militaire, devront être traduits, avant tout
prononcé. de condamnation, devant le Tribunal fédéral. Ce serait, en un sens, une amélioration, en effet,
si les choses devaient se passer ainsi et si la juridiction du Tribunal fédéral devait remplacer les quatre
censures dont nous jouissons, censure politique, censure militaire, censure du service territorial et censure de la direction des postes, qui opèrent chacune
souverainement pour son compte. Mais il n'en est
rien. Les censures continueront à exister et à fonc-
tionner concurremment avec le Tribunal fédéral,
comme il appert de l'article 6 de l'arrêté, par lequel
le Conseil fédéral se réserve le droit de confiscation
et d'extradition, autrement dit de censure, « même
s'il n'y a pas lieu à poursuite pénale ». Au lieu d'être
une amélioration, le décret constitue au contraire, à
notre sens, une aggravation de la situation antérieure.
Je rappelais tout à l'heure Venise : il ne nous manque
plus que les gueules de bronze devant le Palais fédéral
pour recevoir les dénonciations anonymes. Un peu
de patience, nous les verrons !

Tout cela, il faut le répéter bien haut, est profondément illégal et frise de très près le coup d'État.
Qu'on. rentre au moins dans la légalité ! Qu'il se
trouve en Suisse 50.000 citoyens pour donner leur
signature en vue de faire soumettre à la votation populaire, aux termes de l'article 121, la revision partielle de la constitution ! Puisqu'on veut violer la
constitution, qu'on la viole au moins régulièrement,
c'est-à-dire en la revisant. Qu'on fasse voter au

peuple la suppression ou la modification des articles quotidiennement violés par le Conseil fédéral, tous ceux où figure le mot « liberté ». Je ne doute pas que, grâce à la Suisse allemande, le Conseil fédéral n'obtienne une grosse majorité pour lui voter une nouvelle constitution selon son cœur. La Suisse latine n'aura plus ensuite qu'à se couvrir de cendres et qu'à enterrer proprement l'idéal helvétique. Mais juridiquement elle n'aura plus rien à dire. La légalité sera sauve.

Seulement, une fois la liberté proscrite, que nous restera-t-il ? Nous n'avons ni race, ni langue, ni culture, ni civilisation propre à protéger, à sauvegarder. Nous n'avons que notre indépendance, nous n'avons que notre liberté, et c'est justement cela qu'on nous prend !

Il me paraît impossible, écrivait M. Philippe Godet dans la *Gazette de Lausanne*, qu'un journaliste, à moins qu'il ne soit ou aveugle ou dépourvu de sens moral, puisse satisfaire tout à la fois sa conscience et M. Hoffmann. Si, devant une action criminelle comme le viol du Luxembourg et de la Belgique, je dois chercher une périphrase pour ne pas choquer les auteurs du forfait, je demande quelle liberté me reste et en quoi il peut m'être avantageux d'être Suisse.

« En quoi peut-il nous être avantageux d'être Suisses ?» C'est le mot que bien des gens, chez nous, vont être maintenant tentés de prononcer.

V

L'UNION SACRÉE

Août 1915.

JAMAIS on n'a tant parlé d'union en Suisse. *Ce qui nous unit,* tel est le titre d'une conférence de l'écrivain bernois C.-A. Loosli, prononcée à l'Association romande de Berne et publiée dans le dernier fascicule de la *Bibliothèque Universelle.* — *L'Union,* inscrit le *Journal de Genève,* par la plume de son directeur, M. G. Wagnière, en tête de son numéro du 1ᵉʳ août, jour anniversaire de la fondation de la Confédération. — *Comment combler le fossé ?* se demande à son tour, non sans inquiétude, la *Gazette de Lausanne.*

N'est-ce pas là le signe que la fameuse « union » est bien malade ?

Ce qui doit maintenir — ou recréer — l'union, l'union sacrée, c'est le sens supérieur de la patrie, nous affirme-t-on de tous côtés. J'entends bien, et nul plus que moi ne désire une telle union sur un tel terrain. Mais encore pour que cette union subsiste —

6

ou se restaure, — faut-il que ne se perde pas le sens
supérieur de la patrie helvétique, dont le véritable
fondement ne saurait être ailleurs que dans le maintien et la revendication de nos libertés individuelles,
cantonales et fédérales vis-à-vis des ingérences extérieures et des mainmises intérieures, par-dessus
toutes les rivalités de races, de langues, de cultures
ou de religions, qui, chez nous, doivent nous parti-
culariser sans nous scinder.

Or, à qui la faute si l'union rêvée, et qu'avant la
guerre on pouvait croire indissoluble, se disloque et
menace ruine ? Aux Suisses alémaniques principalement, ou du moins à la majorité d'entre eux, à ceux
qui détiennent les mandats politiques, les grosses
prébendes industrielles ou commerciales et à leur
immense clientèle électorale ou économique. Ce sont
eux qui, liés à l'Allemagne par les mille fils de leurs
intérêts d'affaires, de leurs relations de famille, de
leurs sympathies de race ou de culture et souvent par
leurs affinités de naturalisés de fraîche date, confèrent à notre neutralité un caractère de bienveillance
excessive à l'égard des empires du centre et, passant
par-dessus toutes les violations des principes sur lesquels repose l'existence même et la raison d'être de
la Suisse, ne trouvent pour répondre aux justes protestations des citoyens affligés encore de la vieille
mentalité helvétique que le régime du bon plaisir,
des pleins pouvoirs et de la suppression sans vergogne
des articles gênants de notre constitution.

Leur presse a joué dans toute cette entreprise d'in-
féodation un rôle capital. C'est ce que reconnaît

M. Loosli, qui, bien que Suisse allemand, ne craint pas de stigmatiser avec un courage digne d'éloge ce rôle néfaste :

Si jamais une presse, au lieu d'éclairer l'opinion publique, l'a trahie, si jamais une presse a failli à sa tâche, si jamais un peuple a été en droit de protester en rougissant de honte et de colère contre ce que sa presse faisait passer pour son opinion, ce fut la Suisse pendant la durée de cette guerre. Cette presse, que nous considérions comme le mandataire de l'opinion publique suisse, s'est trouvée être le soutien de l'étranger, et ce qu'elle donnait pour l'expression du sentiment populaire de notre pays, c'était, en grande partie, de l'ouvrage de confection étrangère. Nous avons tous lu des articles de journaux qui auraient déshonoré même un journal des partis belligérants, lequel, pourtant, aurait pu invoquer en sa faveur sa situation spéciale et ses passions, sinon excusables, du moins compréhensibles.

Je sais donc ce que j'avance et me fais fort d'en fournir les preuves en disant que notre presse nous a trahis, qu'elle a travesti nos opinions, qu'elle a soutenu et qu'elle soutient encore des thèses qui ne sont nullement les nôtres, qui ne l'ont jamais été et qui, heureusement, ne le seront jamais.

Au lieu de nous unir autour du drapeau fédéral, notre presse a fait tout ce qui était en son pouvoir pour nous diviser, pour exciter des passions malsaines et dangereuses, juste au moment où le calme et l'union absolue formaient les seules garanties de notre existence nationale. Et je prévois que le rôle de la presse suisse durant cette guerre sera plus tard considéré comme un des chapitres les plus navrants et les plus déshonorants de notre histoire, chapitre qui ne fera qu'œuvre de justice en établissant qu'à ce moment-là il n'existait de la presse suisse que quelques rares vestiges, que ce que l'on nommait la presse suisse, c'étaient pour la plus grande partie des journaux qui

n'avaient de suisse que le domicile d'impression et qui,
au détriment de la patrie, tripotaient des intérêts étrangers aux nôtres.

M. Loosli ajoute qu'il ne connaît pas assez la presse
de la Suisse romande pour se rendre compte si l'infiltration de l'étranger y est aussi considérable que
dans la Suisse allemande. J'ose lui déclarer que non,
et en tout cas les rares infiltrations françaises ou
belges que l'on pourrait y relever ne s'y sont jamais
fait sentir que pour plaider la [cause du droit et de
la justice, qui devrait être celle de la Suisse elle-
même.

Aux germanistes de la Suisse alémanique, je join-
drais volontiers les « neutraux » ou « neutralistes » de
la Suisse romande. Ils sont en petit nombre (¹), mais
influents. Ce sont des gens qui, terrorisés à l'idée
d'une scission possible en Suisse, préfèrent renoncer
à défendre l'idéal helvétique, au profit d'une neutralité de convention, plutôt que de se résoudre à parler
un peu fermement aux oreilles entêtées de nos em-
bochés. La Suisse au-dessus de tout, c'est leur unique
refrain, même si la Suisse ne doit plus rien signifier
dans le monde. Leur soi-disant patriotisme s'émeut
de toute velléité de résistance aux injonctions venues
de Berne. Du moment que la Suisse allemande est la
plus forte, il n'y a qu'à s'incliner, telle est leur mentalité. Ils ont changé la belle devise de la malheureuse
Belgique : « L'union fait la force », en celle-ci à l'usage
de la Suisse romande : « La force fait l'union. » Ger-

(¹) J'ai dit ailleurs qu'ils étaient nombreux. Leur troupeau s'est peu
à peu considérablement accrû. [Janv. 1917.]

manistes et neutraux ne voient pas que, les uns par
leurs prétentions intolérables, les autres par leur
aveugle soumission, au lieu de fortifier l'union, deviennent les pires fauteurs de désunion.

M. G. Wagnière, directeur du *Journal de Genève*,
est un spécimen de ce type de neutralistes romands.
Je ne confonds pas le *Journal de Genève* avec son
directeur. Le *Journal de Genève* a eu jusqu'ici, dans
toute cette crise, par la plume autorisée de ses principaux rédacteurs, une attitude excellente, vraiment
romande et vraiment suisse. Mais M. G. Wagnière a
pris à tâche d'y représenter la courte et obtuse opinion neutrale. Il en brandit le drapeau déteint. Il m'a
pris à partie assez vivement au sujet de mes articles
du *Mercure de France* ([1]). Il m'incrimine d'antipatriotisme parce que j'ose entretenir les lecteurs d'une
publication française de nos querelles intérieures,
comme si ce n'était pas, au contraire, faire preuve
du patriotisme le plus éclairé que de montrer en
France que l'opinion suisse n'est pas unanime à tolérer les regrettables errements d'une partie de nos
confédérés alémaniques et à approuver les agissements
les plus discutables du Conseil fédéral. M. Wagnière
trouve fort mauvais, par exemple, que je dise que la
liberté d'opinion n'existe plus en Suisse. Il prétend
que j'exagère. Il oublie apparemment le décret du
2 juillet. Sans doute, ce décret est inapplicable et
reste encore inappliqué. Je l'avais prévu : « Comment
feront-ils pour l'appliquer ? disais-je. Ils se rendront

([1]) Voir *Appendice 1.*

odieux ou ridicules. Mais comme il est inapplicable, c'est le ridicule qui l'emportera. » M. G. Wagnière préfère le ridicule à l'odieux, c'est son droit. Moi, je préférerais que notre gouvernement ne se rendît ni odieux, ni ridicule. Il n'en subsiste pas moins que, légalement, la liberté d'opinion n'existe plus et que l'article 55 de la constitution a été biffé d'un trait de plume par l'omnipotence de notre Conseil fédéral, qui reste souverainement armé contre toutes les manifestations de l'opinion. M. G. Wagnière en est lui-même si convaincu qu'il n'hésite pas à me menacer, pour ma prose subversive, d'un an de prison. Toujours la manière forte, comme on voit, la manière bernoise. Mais là, c'est lui qui exagère. Oserais-je lui faire remarquer que même si mes articles paraissaient en Suisse, je ne serais point passible d'un an, ni même d'un seul jour de prison ? Que dit le décret ? Est passible de l'emprisonnement jusqu'à six mois ou de l'amende jusqu'à cinq mille francs, les deux peines pouvant être cumulées, « celui qui, publiquement, avilit dans l'opinion ou livre à la haine ou au mépris un peuple, un chef d'État ou un gouvernement *étranger* ». Or, dans les passages incriminés par M. Wagnière, je n'ai pas attaqué de gouvernement étranger, mais uniquement le gouvernement suisse. Par contre, il n'y a pas de jour où l'organe de M. Wagnière ne livre à la haine ou au mépris un gouvernement étranger, et dans le numéro même où il réclame si agréablement pour moi de la prison, je lis ceci : « A l'occasion de l'anniversaire de *l'odieux* ultimatum adressé à la Belgique par l'Allemagne... » Si ce n'est

pas là tomber directement sous le coup du fameux
décret et livrer à la *haine* un gouvernement étranger,
je veux être pendu. Je demande des poursuites contre
le directeur du *Journal de Genève* et sa condamnation
à six mois de prison et à cinq mille francs d'amende.

VI

LA FAILLITE DE L'IDÉE SUISSE

Septembre 1915.

LES *Cahiers Vaudois* nous apportent un « essai »
de M. Florian Delhorbe, plein d'idées, de considérations ingénieuses, de pensées subtiles ou fortes, qu'il
intitule : *Dans le chaos d'une grande guerre*. Ce sont
les réflexions de tout ordre, morales, philosophiques,
sociologiques, politiques aussi, bien que l'auteur se
défende de faire de la politique, qu'inspire à un esprit
lucide, original et indépendant le formidable conflit
où s'est engagé le monde civilisé. Sur le rôle que s'est
attribué la Suisse dans ce déchaînement général,
l'auteur n'est pas des plus miséricordieux. Tous les
peuples d'Europe, dit-il, se sont ralliés autour de
l'idée nationale. La Suisse a essayé également de le
faire, mais, pour toute « idée nationale », elle n'a su
trouver qu'un mot emprunté à sa constitution, celui
de *neutralité*.

Quand des sympathies françaises éclatent en Suisse
romande, dit M. Florian Delhorbe, la Suisse allemande

proteste au nom de la neutralité. Et quand des sympathies allemandes éclatent en Suisse allemande, c'est à la Suisse française de protester, au nom de la neutralité... Entre les deux partis extrêmes qui protestent, tout un peuple d'indifférents qui se plaignent que les affaires vont mal et que les provisions coûtent cher.

Pays timoré, juge M. Delhorbe, « où les compromis s'enchevêtrent, où les sentiments hésitent, où les idées sont courtes ». Pays « où la liberté ne vit que dans des livres » (dans ceux du moins que veut bien laisser passer la censure). « Pays où la casuistique se fait grandiloquente, où les habitants par milliers mettent des mois à comprendre que la chute d'une cathédrale a une signification. Pays qui n'a plus de sang pour avoir vu couler celui des autres. »

Et cependant, si la Suisse était consciente d'elle-même, elle aurait une idée nationale à faire valoir, une très belle idée, seule capable de restaurer l'union compromise, celle même qui a présidé à sa formation et maintenu son existence à travers les siècles : l'idée de contrat.

Assurer un maximum de liberté individuelle à des individus très dissemblables qui se lient volontairement par des engagements réciproques — l'idée suisse, une idée de contrat. Cette idée est hésitante encore, puisqu'elle ne s'est pas accompagnée d'un sentiment irrésistible quand l'Allemagne a trahi. Elle semble trop abstraite encore pour le grand nombre. Mais elle est active déjà, parce que mêlée à toutes les affaires des hommes et les tenant par le gain. Etre Français, Anglais, Allemand, Russe, Italien, on ne sait pas à quoi ça peut engager, à l'improviste. Tandis qu'on sait ce qu'on a stipulé dans un contrat. Pourvu qu'on soit d'accord sur ce qu'on a stipulé, il importe peu

qu'on ne soit pas d'accord sur ce qu'on n'a pas stipulé.
L'idée de contrat grandit de jour en jour. C'est pour avoir
mis un contrat « au cabinet » que l'Allemagne a vu se
détourner d'elle avec dégoût ses admirateurs les plus sincères, toutes les pensées libres et tous les cœurs généreux
de la terre. Où mènera-t-elle, l'idée de contrat ? On ne
sait pas. Les États-Unis de l'Europe, dont on parle en
termes abondants et vagues, ne sont qu'une des formes
pratiques et lointaines auxquelles elle peut aboutir... La
Suisse est une prophétie qui se réalise lentement.

« C'est du moins ce qu'on voudrait croire », ajoute
prudemment l'auteur. Et, en effet, à voir ce qui se
passe, il est bien certain que l'idée suisse est en train
de faire faillite. Sans cette faillite de ce qui constitue
sa grande idée nationale, sa seule idée nationale,
aurait-on vu la Suisse supporter sans prendre aussitôt et violemment parti, dans un mouvement unanime et irrésistible de toute la nation, la violation
d'un contrat et de conventions solennelles sous lesquelles elle avait apposé elle-même sa signature ?

La faillite morale de la Suisse, telle est la triste
constatation qui se dégage pour nous de cette guerre.

C'est ce qui ressort non moins douloureusement
de l'article que vient de publier, sous le titre *Opinion
romande et sentiment suisse*, dans la livraison de septembre de la *Bibliothèque Universelle*, M. Virgile
Rossel, ancien président du Conseil national et député
bernois, aujourd'hui juge au Tribunal fédéral. Sans
doute, M. Virgile Rossel croit encore à la patrie et
veut rester Suisse. Mais son réquisitoire contre la
partie alémanique de cette patrie, coupable de n'avoir
pas répondu à l'idée que représente la patrie suisse,

n'en est que plus cruellement éloquent. Lui aussi,
contre les neutralistes affolés qui ne veulent rien voir
ou plutôt ne rien avouer, il déclare que le fossé est
ouvert entre les deux Suisse. « Il est hors de doute,
dit-il, que, dans ce moment-ci, la guerre européenne
a creusé entre l'Helvétie latine et l'Helvétie germanique un fossé dont il serait puéril de nier l'existence.»
Et la raison en est bien simple :

Lorsque tous les journaux de la Suisse alémanique, dit
M. Virgile Rossel, oublieux de la solidarité qui doit unir
les neutres et les faibles, n'eurent qu'un mot de timide
regret ou n'eurent pas même cela pour la violation du
Luxembourg et de la Belgique, nous songeâmes à ces silences de Benjamin Constant, à « ces silences que l'Europe
entendra ». Lorsque, dans la même presse, une crise sou-
daine d'anglophobie éclata, suivant à la minute l'entrée en
lice de la Grande-Bretagne, qui acquittait une dette
d'honneur et qui avait toujours été le plus fidèle appui
de la Suisse ; lorsque, après la bataille de la Marne , qui
coupa un accès de commisération outrageante pour la
France, on nous fit, avec la docilité d'un écho, le tableau
de l'Allemagne « encerclée », de l'Allemagne « affamée »,
de l'Allemagne condamnée à offenser les principes les
plus sacrés du droit des gens, parce que, évidemment,
ses adversaires respectaient les territoires des neutres,
n'employaient pas de gaz empoisonnés, ne torpillaient pas,
avec ou sans avertissement, paquebots ou bateaux de
pêche ; lorsque, des avions alliés ayant survolé notre sol,
sans nous causer le moindre dommage, on ne s'accommoda
point de la note énergique et légitime du Conseil fédéral
et qu'on en vint aux anciennes vitupérations et aux som-
mations fébriles, comme si la destinée de la Belgique eût
été enviable auprès de la nôtre ; lorsque le télégraphe nous
apporta la nouvelle du *Lusitania* coulé par un sous-marin
allemand sans que les inoffensifs passagers eussent obtenu

un délai quelconque pour sauver leur vie, lorsqu'on sut
que, parmi les quinze ou seize cents noyés, il y avait trois
de nos compatriotes, et lorsque cet épouvantable drame
fut narré sans même un frisson de colère vengeresse
(j'ai vu, de mes yeux vu, dans l'un des organes les plus
considérés de la Suisse orientale, un article où l'on plai-
dait pour l'équipage du sous-marin contre les victimes) ;
lorsque l'Allemagne, s'élevant contre le ravitaillement
militaire des Alliés par les États-Unis, on put, bien que
ces doléances n'eussent aucun fondement juridique et que
cette question ne nous regardât pas le moins du monde,
lire ceci, en premier-Berne, le 14 avril 1915, dans l'une
de nos gazettes les plus estimées : « Nous ne tairons pas
que, dans les pays neutres aussi, on s'occupe beaucoup de
l'envoi d'armes et de munitions américaines ; on dit, avec
raison, que la guerre se terminerait plus tôt si ces livraisons n'avaient pas lieu ; des réclamations nous sont également parvenues provenant de milieux suisses, dans lesquelles on suggère l'idée que la Suisse se mette à la tête
d'un grand mouvement de protestation des neutres » ;
lorsque nos autorités négocièrent avec les Alliés l'affaire
du trust d'importation et que ce spectacle étonnant nous
fut offert : ceux des confédérés qui s'étaient le plus philosophiquement résignés à la convention du Gothard, par
laquelle nous sacrifions à l'étranger (l'Allemagne et l'Italie) la liberté de nos tarifs de chemins de fer, montaient
sur leurs plus grands chevaux pour protéger notre indépendance et notre dignité mortellement menacées sans
doute, par une gêne momentanée et nécessaire que l'Allemagne ne nous épargne point ; lorsque, malgré toutes ces
abdications du sens critique, tous ces écarts de langage,
tous ces partis pris, on s'évertua à nous montrer, avec une
déplaisante insistance, que nous étions de mauvais neutres,
nous regimbâmes de toute la vivacité de notre tempéra-
ment, et le « fossé », qui aurait été à peine perceptible,
s'élargit de plus en plus.

Pour moi, moins confiant que M. Virgile Rossel, qui trouve encore des raisons de croire à cette patrie suisse, — laquelle, du train dont on y va, pourrait bien finir par ne plus être qu'une expression géographique... et économique, — je ne crois plus qu'à ma patrie romande, qui seule a su manifester des sentiments conformes à l'idéal suisse, à l'idée nationale suisse, et qui, si elle eût été la majorité, aurait voulu, je l'espère, sauvegarder et faire respecter l'idée helvétique, l'idée de contrat, et faire son devoir.

VII

LA CENSURE

Octobre 1915.

Q UAND on est sorti de la légalité, il est difficile de savoir où l'on s'arrêtera. C'est ce qui vient de ressortir du nouveau débat dont la censure a été l'objet à Berne, durant la dernière session du Conseil national. La première fois où cette institution peu helvétique s'était vue en butte aux critiques d'une minorité encore stupéfaite de l'usage immodéré que fait notre Conseil fédéral des pleins pouvoirs qui lui ont été imprudemment départis, c'étaient les libéraux vaudois et genevois qui avaient mené l'attaque. Cette fois, ce sont les socialistes qui ont donné. Les faits produits, les questions posées, les réponses embarrassées du Conseil fédéral ont révélé un état de choses pire encore que celui qu'on supposait. M. Grimm, député socialiste bernois (les Romands, comme on le voit, ne sont pas seuls à marcher, mais pour qu'un Aléman emboîte le pas, il faut vraiment qu'il soit socialiste), M. Grimm, donc, eut la curiosité de de-

mander au Conseil fédéral ce qu'il pensait d'une certaine circulaire du 18 septembre 1915, émanée du
bureau de la presse de l'État-major de l'armée, instituant la censure préventive sur les incidents qui
pouvaient se produire dans le rayon de l'occupation
des frontières. Le Conseil fédéral n'en pensait pas
grand'chose, estimant sans doute que l'État-major
est maître chez lui, c'est-à-dire de la Suisse, et qu'il
jouit, par la grâce de Dieu apparemment, vu qu'ils
ne lui ont été conférés par personne, pas même par
l'Assemblée fédérale, de surpleins pouvoirs.

La circulaire du 18 septembre, a osé dire M. Grimm,
dépasse tout ce que nous avons vu jusqu'ici. L'introduction de la censure préventive est la négation du principe
de la liberté de la presse et ne pourrait se justifier que si
nous nous trouvions en état de guerre. L'autorité militaire
s'est placée au-dessus de la constitution, en s'arrogeant
le droit d'en supprimer les dispositions. Cet ordre, qui est
pour la presse une flétrissure imméritée, témoigne aussi
d'une incompréhension complète du rôle des journaux
dans notre démocratie. La presse est l'organe du peuple
et la mettre sous tutelle est en même temps placer sous
tutelle le peuple et la démocratie. L'institution arbitraire
de la censure préventive est d'ailleurs conforme aux sentiments que nourrissent certains de nos chefs militaires
à l'égard du journalisme et qui se manifestent dans ce
mot de l'un d'eux : « En cas de guerre, la première mesure
à prendre serait d'incarcérer tous les journalistes ! »

La dernière mesure du bureau de la presse est non seulement illégale, elle est maladroite et inintelligente au
plus haut degré. Les autorités militaires ont-elles la naïveté de croire qu'en supprimant une critique publique on
en supprime en même temps le motif ? Dans une démocratie
où les rapports du peuple et de l'armée sont particulière-

ment étroits, croit-on pouvoir supprimer d'un trait de
plume tous les incidents qui se produisent ? On se plaint
dans le peuple que les chefs de l'armée aient perdu tout
contact avec l'opinion publique. Il se manifeste dans notre
armée un esprit de caste qui crée un fossé entre le peuple
et la milice.

Cela nous fait bien des fossés ! Nous avions déjà
celui entre la Suisse alémanique et la Suisse romande ;
en voilà un second qui s'ouvre entre le peuple et
l'armée !

Mais le plus beau fut la réponse du Conseil fédéral,
s'exprimant par la bouche de M. Decoppet, chef du
département militaire, l'unique Romand que nous
ayons en ce moment au gouvernement, mais que sa
nonchalance toute vaudoise et son insuffisance personnelle rendent peu capable de tenir tête au germanisme ambiant. Il fut obligé d'avouer que la circulaire du 18 septembre ne se justifiait pas juridiquement et que le bureau de la presse de l'armée était
incompétent pour prendre une mesure outrepassant
de beaucoup les arrêtés du Conseil fédéral relatifs
à la censure, où l'introduction d'une censure préventive n'était nullement prévue (j'ajouterai, sauf pour
les télégrammes, pour lesquels la censure préventive
existe depuis le commencement de la guerre, bien
qu'ils n'aient donné lieu, que je sache, à aucun arrêté).

Si, comme je l'ai établi et comme il est indiscu-
table, l'attribution de pleins pouvoirs au Conseil fédéral constituait une illégalité, et si, comme il est
malheureusement patent, l'abus de ces pleins pou-

voirs au delà des limites de la constitution détermine
une nouvelle illégalité, il résulte des édifiants aveux
faits devant le Conseil national qu'une troisième
illégalité est venue se greffer sur les deux autres, une
illégalité à la troisième puissance, du fait de l'État-
major qui prend des mesures au delà des limites
mêmes des arrêtés, déjà arbitraires et anti-constitu-
tionnels, du Conseil fédéral. Où allons-nous ?

Deux autres interpellations ont été développées
dans cette séance. A M. Jean Sigg, député socialiste
de Genève, qui s'informait indiscrètement de la raison
pour laquelle on refuse des congés aux députés civils
mobilisés pour assister aux sessions parlementaires,
tandis que l'on voit prendre part aux délibérations
des officiers supérieurs en uniforme, du genre de
M. Stadlin, de Zoug, venu « botté et éperonné demander qu'on fermât la bouche aux orateurs dans le
débat de la censure » avec la superbe arrogance d'un
junker qui aurait « posté quatre soldats ou plutôt
quatre grenadiers poméraniens derrière la porte », il
fut répondu que c'était là « une question d'appréciation ». Nous nous en doutions. Enfin, à M. Daucourt,
celui-ci député conservateur du Jura bernois (région
romande), qui avait le front de trouver peu louable
la brutalité toute prussienne avec laquelle les militaires traitent les civils tombés malencontreusement
sous leur poigne, il ne fut rien répondu de « satisfai-
sant », selon la formule en usage aux Chambres fédérales, le Conseil fédéral se bornant à s'en laver les
mains, comme Ponce Pilate, vu qu'il fait profession
d'ignorer les faits, aussitôt que les faits, quelque ré-

7

préhensibles qu'ils soient, ont l'armée pour fauteur.

Pour en revenir à la censure qui, par sa maladresse et sa partialité, soulève, en Suisse romande, une indignation à peu près générale, l'animadversion à son égard commence à se manifester en termes virulents jusque dans nos organes les plus modérés. Dans une lettre à ses abonnés, M. Maurice Millioud, directeur de la *Bibliothèque Universelle*, dont le fascicule de septembre a été saisi et va être déféré au Tribunal fédéral, déclare :

Nous voulons voir et savoir. Ce que nous voyons, nous le jugeons. Nous continuerons à le juger avec toute la lucidité et toute la fermeté dont nous sommes capables. Est-ce notre faute si, dans les circonstances actuelles, le respect de la justice et de la foi jurée se trouvent d'un côté et la tyrannie de l'autre ? Cette guerre a commencé par un triple forfait : la violation de la Belgique, celle du Luxembourg, celle des colonies portugaises. On a contesté le premier, on s'est tu sur le second, on a réussi à faire ignorer le troisième. Oublie-t-on qu'il a fallu, chez nous, conquérir de haute lutte le droit de qualifier ces actes ? Ce premier point est gagné aujourd'hui. Le second ne l'est pas. La guerre ainsi commencée a continué par des atrocités sans nom. Que les martyrs soient belges ou français, que ce soient les Juifs, les Polonais ou les Arméniens, les populations civiles ou les soldats blessés, sur ces actes aussi la lumière doit être faite. Elle doit être faite sur les trames ourdies pour l'asservissement économique de l'Europe et du monde, sur les menées obscures et la pression continue par lesquelles on a essayé, on essaie encore de fausser l'opinion. Cet effort puissant et généreux, ce travail héroïque de l'esprit qui se libère de la fascination du crime et le stigmatise, qui se dresse enfin contre le fait accompli et le tient à jamais pour nul et non avenu, qui atteste les dieux, c'est-à-dire la bonne foi, la pudeur et la justice, serait-ce cela qu'on voudrait empêcher ?

Le *Journal de Genève* proteste de son côté contre une décision invraisemblable de la censure prétendant interdire la propagation des publications officielles des pays belligérants dans une autre langue que celle du texte original. (Sur le tolle soulevé, cette mesure a dû être rapportée.) La *Revue militaire suisse*, par la plume du colonel Feyler, décoche également à l'Anastasie helvétique un article retentissant demandant, comme solution, qu'on mette fin aux pleins pouvoirs.

Attaquée de la sorte, la censure, qui aurait mille fois l'occasion de sévir, ne fût-ce que pour se défendre, encaisse les coups philosophiquement, consacrant le principal d'une activité qui ne se dément pas à donner des gages à l'Allemagne, par l'interdiction des publications et manifestations qui pourraient lui porter ombrage.

On interdit le transport de *J'accuse* ; on interdit l'exposition et l'expédition des brochures Bédier, dont la vente n'est autorisée que sous le manteau, puis, sous le concert des protestations, on prend la même mesure envers la réponse allemande, travail insignifiant, pédant et grotesque, dont la lecture ne donne que plus de force aux témoignages accablants produits par M. Bédier ; on interdit la brochure Reiss sur les atrocités austro-hongroises en Serbie ; on laisse par contre se répandre et circuler librement une publication austro-hongroise, imprimée à Berne, sur « les actes de violation du droit des gens commis

par les États en guerre avec l'Autriche-Hongrie » ;
on interdit la mise en circulation du livre officiel
belge en langue allemande sur les atrocités allemandes,
sous le prétexte, d'ailleurs faux, de l'adjonction de
pièces non officielles à cette édition. J'abrège.

Qu'en faut-il conclure ? Discerne-t-on, comme se
le demande M. Millioud dans la livraison d'octobre
de la *Bibliothèque*, « discerne-t-on dans les décisions
prises en matière de censure une tendance générale et
laquelle ? »

La réponse, je laisse à M. Millioud le soin de la
formuler :

Tout cela, dit-il, fait un ensemble, un ensemble d'un
effet extrêmement fâcheux, parce que nous ne pouvons
nous défendre de l'impression que la censure ne se borne
pas à réprimer les violences de langage et les injures,
qu'elle a une intention et un parti pris, qu'elle entend tenir
le public dans l'ignorance de certains documents et de
certaines questions. Au moins faut-il être conséquent et,
si l'on veut faire la nuit sur les atrocités commises au
cours de cette guerre et dont un grand nombre ne peuvent
l'avoir été que par ordre, qu'on impose silence aux deux
parties.

On m'a reproché d'avoir dit, devant les intrusions
de M. de Romberg, ministre d'Allemagne, dans une
boutade que je ne retire pas, que c'était l'Allemagne
qui gouverne à Berne. Me fera-t-on le même reproche
si j'ajoute que c'est l'Allemagne qui censure ?

Mais une autre constatation me paraît s'imposer,
et celle-ci à l'adresse de nos Suisses romands et surtout de nos neutralistes. C'est que chaque fois que la
Suisse romande élève la voix et se livre à de suffi-

santes protestations, Berne cède. Berne a cédé devant
la protestation de Neuchâtel, lors de l'interdiction
fédérale des conférences Fuglister. Berne a cédé
devant les protestations romandes et a rapporté
son interdiction de la publication en traduction des
documents officiels des belligérants. Berne a cédé
et a levé l'interdiction du *Bulletin de l'alliance fran-*
çaise. Berne a cédé dans l'affaire du décret du 2 juillet
et, sans rapporter son arrêté, renoncé à en appliquer
les dispositions draconiennes, qui demeurent lettre
morte. Berne a cédé, devant l'interpellation socialiste, au sujet de la circulaire du 18 septembre, et a
promis d' « intervenir auprès de l'État-major de l'armée pour qu'il la rapporte ».

Il suffit donc de parler haut pour se faire entendre.
Que la Suisse romande puise dans cette considération
quelque hardiesse et n'hésite pas à renoncer à une
délicatesse très latine, mais bien mal comprise. C'est
elle qui détient en ce moment le vrai drapeau de la
Suisse.

Qu'elle le brandisse sans autre timidité. Son intervention plus décidée, loin d'élargir le fossé — le
double fossé, — le comblera peu à peu, et c'est la
seule façon de le combler.

VIII

TÉMOIGNAGES

Novembre 1915.

Je ne veux pas passer sous silence, comme la presse suisse, une manifestation qui s'est produite, le 25 octobre dernier, à Genève, lors de l'inauguration de la nouvelle Faculté universitaire des Sciences économiques et sociales. Devant une assistance où figuraient avec M. Edgard Milhaud, le doyen de la nouvelle Faculté, et son aréopage de professeurs, le recteur de l'Université, les doyens et professeurs des cinq autres facultés, des délégués des diverses universités suisses (dont celui de Zurich, qui fit un discours en allemand), des députés au Grand Conseil de Genève et nombre d'autres personnalités politiques et scientifiques, M. William Rosier, chef du gouvernement genevois, qui présidait, a prononcé, au cours de son discours d'inauguration, de remarquables déclarations à l'adresse de l'Allemagne, de l'attitude de ses universitaires et du fameux manifeste des intellectuels. C'était peut-être sortir de la neutralité —

tout au moins de la neutralité morale, — mais
puisque à Berne, avec M. Hoffmann, nous vivons déjà
« en marge de la constitution », je ne vois pas pourquoi, à Genève, par contre-partie, nous ne vivrions
pas aussi un peu en marge de la neutralité.

Une science, pour mériter sa place dans une école supérieure d'une nation démocratique, a dit entre autres
M. Rosier, doit concourir, directement ou indirectement,
au bien général. Elle est de Léon Bourgeois cette parole :
« Le bien ne peut être réalisé que par le vrai, mais le vrai
n'a de prix que pour la réalisation du bien. » C'est avec
une peine profonde que nous avons vu des professeurs
éminents, des savants de premier ordre patronner des
théories inspirées du culte de la force, des principes d'un
autre âge, et que nous avons pu malheureusement constater, par les événements, que le magnifique développement de la science, de la technique, de l'industrie, depuis
un demi-siècle, n'a pas coïncidé avec un progrès comparable dans les esprits et dans les cœurs. Or, l'érudition la
plus brillante, la science la plus perfectionnée est haïs-
sable si elle n'est pas humaine et si elle met obstacle à la
propagation des idées de fraternité entre les hommes de
toutes nationalités et de toutes races.

Lorsque l'Europe nouvelle se lèvera d'entre les morts,
les Universités auront devant elles une tâche plus haute
encore que celle qu'elles ont remplie jusqu'ici. Elles devront guider les esprits vers un idéal de solidarité, de
bienveillance et d'union entre les hommes, de tolérance
et de paix. Leur rôle sera de défendre les principes de
l'humanité, du droit et de la justice, sans lesquels aucune
civilisation n'est possible, et de prendre en main la cause
de la liberté des peuples, des petits États, contre l'orgueil
et la passion de domination des puissants.

Voici qui a un peu plus de couleur que l'anémique
manifeste des universitaires suisses, de triste mé-

moire. Depuis quinze mois que la Belgique a été
violée, c'est la seconde fois seulement, croyons-nous,
qu'une bouche officielle prononce quelques paroles
convenables au sujet du spectacle odieux auquel
nous autres, neutres, assistons les bras croisés. La
première fois, c'était, on s'en souvient, un autre Genevois, M. Henri Fazy, qui, au mois de décembre 1914,
intercala dans son discours de doyen d'âge au Conseil
national une courageuse protestation à propos de
la Belgique (¹). Celle de M. Rosier n'a pas eu le même
retentissement. Est-ce pour s'être produite à Genève
et non à Berne ? Le fait est qu'on n'en a guère parlé.
Le *Journal de Genève* lui a tout juste consacré quatre
lignes ternes perdues dans son immense compte
rendu de la cérémonie. Seul le *Genevois*, l'organe
gouvernemental, a publié le discours ; mais personne
n'y a été rechercher ce qu'avait dit le chef du gouvernement genevois et qui aurait mérité un meilleur
sort.

Indifférence, pleutralité ou politique électorale, je
ne rechercherai pas les causes de ce silence. Mais je
ne puis m'empêcher de remarquer que ces procédés
sont ceux mêmes qu'emploient avec maestria nos
neutralistes, et qui sont d'escamoter ce qui se passe
d'honorable chez eux, pour déprécier aveuglément
partout ailleurs ce qui les gêne ou les effraie.

J'en fais depuis quelques mois la peu réconfortante

(¹) On m'a signalé une troisième manifestation analogue, à caractère
officiel, à inscrire à l'honneur de M. Calame, conseiller d'État de Neuchâtel. Je tiens d'autant plus à réparer cette omission que, de tous
les cantons de la Suisse, c'est celui de Neuchâtel qui a eu pendant cette
guerre l'attitude la plus digne et la plus civique. [Février 1916.]

expérience. Mes articles du *Mercure de France* ont le
don de les inquiéter et de les irriter. Pour m'être permis de ne pas jeter le voile d'un respect filial et bien
romand sur l'ivresse germanophile d'une partie de
ma patrie, ils m'en veulent comme d'un crime de
lèse-helvétisme et crient au scandale, le scandale
pour eux étant non ce qui se fait, mais de le dire. Je
leur parais un être dangereux et qu'il faut museler.
Incapables d'improuver mes assertions, qui ne s'ap-
puient que sur des faits, ils incriminent les considérations morales que je me permets d'en tirer. Si j'établis que le gouvernement fédéral viole la constitution, ils ne répondent rien, car c'est patent ; mais si
je dis que c'est une faillite de l'idée suisse, qui repose
sur le respect des lois et la garantie des traités, halte-
là, j'insulte la Suisse et il n'y a pas de châtiment que
je ne mérite. Ils se gardent, bien entendu, de discuter.
Ils cueillent dans mes articles les quelques jugements
un peu vifs qu'ils peuvent y collectionner et, sans
reproduire ou résumer les considérations qui les mo-
tivent ou en légitiment l'animosité, ils les alignent
de bout en bout à grand renfort de points d'exclama-
tion. Le public s'indigne, et le tour est joué : je suis
décrété d'antipatriotisme. Ce que je dis devient dès
lors suspect par la base, et le Capitole, pardon, le
neutralisme est sauvé.

Tel est le procédé, toujours le même, qu'il s'emploie
dans les feuilles neutroboches de Zurich ou de Bâle,
s'évertue dans les colonnes morigénantes de la *Semaine littéraire* [1], de Genève, ou se distille dans la très

(1) Je ne mets en cause ici que M. Robert de Traz. Comme le *Journal*

radicale *Revue*, de Lausanne, qui, léchée comme tout son parti par les coups de langue amadoueurs de l'ours de Berne, ne voit de beau que la centralisation fédérale sous la patte du lourd plantigrade, exerce son contrôle sur la presse et collabore efficacement à l'œuvre intelligente de la censure.

La vérité n'est jamais bonne à dire, c'est certain ; mais en temps de guerre il est absolument nécessaire qu'elle soit proscrite. Cet ostracisme, auquel procèdent d'un cœur valeureux tant de nos concitoyens, ne plaît cependant pas à tout le monde. A en juger par les témoignages que je reçois, tant publics que privés, le nombre des indépendants (qui n'en sont pas moins des patriotes, au contraire), de ceux qui sont de mon avis et m'approuvent de ne pas le rouler en poing dans ma poche, est beaucoup plus considérable qu'on ne croit. C'est ce qui m'engage à ne point me décourager, convaincu de n'être, dans ces pages sincères, que l'écho très modéré d'une bonne partie de l'opinion romande.

C'est ainsi que, dans un remarquable article intitulé précisément *Témoignages* et que publie le premier numéro du *Spectateur Vaudois*, M. René Morax, l'admirable auteur du *Tell* joué l'année dernière au Théâtre du Jorat, et dont nul ne s'avisera de suspecter le profond patriotisme, écrit :

Personne aujourd'hui n'ose nier cette guerre des âmes, dont la Suisse souffre sous son apparence pacifique et sa-

---

de Genève, la *Semaine littéraire* a ses neutralistes, mais ils y tiennent moins de place et l'attitude générale de ce périodique est digne d'approbation. [Janv. 1917.]

tisfaite. Tous les États neutres ont connu cet antagonisme
entre les partisans des Alliés et les autres. Presque partout les gouvernements semblèrent favoriser la cause des
empereurs, et les peuples celle de la coalition. En Suisse,
l'antagonisme des deux races résumait, comme le sec argument d'une lourde tragédie, le sens même du conflit...

... Quels griefs n'a-t-on pas faits à Dumur d'avoir observé
et décrit avec exactitude, mais aussi avec l'ironie aiguë
d'un cœur blessé, ce spectacle ?... Vieux et jeunes Helvètes
le lui ont aigrement reproché, lui faisant un crime de
s'être exprimé sans réticence dans un journal qui n'était
pas suisse. C'est tout au plus s'ils n'ont pas crié à la trahison. Ils n'ajoutaient pas qu'aucun grand journal de la
Suisse française ne lui aurait offert l'hospitalité. Louis
Dumur a gardé ce mordant esprit de Genève qui grave
avec tant de précision le trait sur le cuivre. Il n'a pas la
superstition des pouvoirs établis et des réputations con-
senties. La Raison d'État, invoquée par M. le conseiller
fédéral Hoffmann, ne lui inspire aucune terreur respec-
tueuse, pas plus que cette Culture Boche, chère à nos
Universités, dont il a si bien percé l'enflure, l'outrecui-
dance et le mensonge.

Ces rudes témoignages ont scandalisé les défenseurs de
l'optimisme confortable, de la conciliation perpétuelle,
de la tranquillité avant tout. Les hommes sérieux éle-
vèrent un blâme. Et cette indignation fut assez comique,
tombant en pleine effervescence causée par le trust d'importation et l'accord sournoisement conclu par l'Allemagne. C'est toujours la fable des *Animaux malades de la...*
neutralité.

Que reprochait-on si vivement à Dumur ? D'avoir appelé typhus, avec la franchise d'un praticien, ce que les
médecins Tant-Mieux nommaient, en hochant la tête :
fièvre muqueuse, ou fièvre bénigne ; les plus neutres : in-
disposition passagère. On n'aime pas à connaître le nom
de sa maladie, surtout si c'est une maladie honteuse. Tout
le monde le chuchote, mais si quelqu'un le prononce à

haute voix, c'est un chut scandalisé ; on se retranche derrière le secret professionnel. Le coupable n'est pas celui
qui fait le mal, mais celui qui le dénonce.

Certains journaux, qui avaient rapporté avec une évidente complaisance tous les compliments, toutes les
louanges qu'avait valus à la Suisse la générosité de son
peuple, ont été fort offusqués par cette critique d'un
Suisse. Ce blâme s'adressait à la Suisse officielle, si différente du peuple suisse, du peuple suisse français surtout.

La censure en Suisse a une peur terrible des courants
d'air, qu'ils viennent du Nord ou du Sud-Ouest. Elle a
non seulement fermé toutes les fenêtres, mais elle voudrait
les garnir de treillis et de grilles. Les esprits s'entêtent
dans cette atmosphère renfermée. Il est bon que de temps
à autre on casse les vitres, puisqu'on s'obstine à ne pas
ouvrir les fenêtres.

Beaucoup d'esprits faibles ont été atteints de cette in-
toxication morale, que l'on nomme neutralité d'opinion.
Un Américain disait : Se déclarer neutre, c'est s'avouer
germanophile. Cela est vrai, surtout après cette faillite
des idées, plus désastreuse pour l'Allemagne que l'échec
de son plan de domination mondiale, et l'instinct populaire
l'a bien compris, malgré les interdictions des brochures
et des documents révélateurs, des cartes postales et des
pamphlets.

Les meilleurs esprits de la Suisse française ont été, en
même temps que les plus constants et les plus logiques,
les plus fidèles interprètes de ce profond sentiment des
foules. Ce n'est pas eux qui ont infirmé les témoignages de
Louis Dumur. Il a simplement donné à ses jugements plus
de netteté et d'éclat. Ces témoignages nous rehaussent,
non point dans l'opinion de l'étranger, ce qui est affaire de
nos politiques, mais dans l'opinion que nous avons de
nous-mêmes.

Quant à l'opinion que nous avons sur ce conflit des
principes et des peuples, elle a été fixée par les premiers
événements, et, malgré d'apparents fléchissements, elle

n'a point varié. Elle s'est même renforcée par le temps, qui met à l'épreuve les doctrines comme les caractères. Mais rien n'est moins actif qu'une opinion fixée, et qui ne se défend plus. Il est nécessaire de la reviser de temps à autre, et de l'affirmer, comme Louis Dumur, avec une sincérité absolue, et cette liberté d'expression qui est la forme même de la vérité (¹).

[1] Voici un autre « témoignage », paru postérieurement. Je voudrais l'ajouter à celui de M. René Morax, parce qu'il provient d'un de nos meilleurs romanciers et qu'il a été publié dans celui de nos journaux qui aura eu pendant la guerre la plus noble attitude. M. Valentin Grandjean écrivait dans le *Démocrate* du 1er mai 1916 :

« Vos lecteurs n'ont sans doute point oublié le bruit soulevé, l'an dernier, par les articles que M. Louis Dumur, un écrivain suisse de grand talent doublé d'un patriote éclairé, publie chaque mois dans le *Mercure de France* de Paris.

« En un style énergique et lumineux, aussi éloigné du sirop de gomme des prêcheurs de calme à outrance que de l'acide prussien, pardon ! prussique, de certains insulteurs à gages, M. Louis Dumur exposait — et expose toujours — dans le *Mercure* la situation actuelle de la Suisse en proie à la crise intérieure que l'on sait.

« Mais, précisément, c'est la crânerie de notre compatriote qui déplut à tels grands quotidiens, endormis dans les formules parlementaires et l'aplatventrisme devant la haute sagesse fédérale jusqu'au jour où le procès de Zurich et le reste vint leur montrer où nous conduisent ces perpétuelles génuflexions de mamamouchis. A ce moment-là — c'était, sauf erreur, l'été dernier — M. Dumur fut fort malmené. On le traitait volontiers d'antipatriote, lui reprochant d'étaler notre linge sale à l'étranger, — comme s'il eût été possible, à cette époque, de trouver un seul grand journal capable de publier de vigoureuses critiques ! En réalité, M. Dumur était placé devant ce dilemme : ou se taire, ou recourir à une revue étrangère comme le *Mercure de France*, chose d'autant plus naturelle, d'ailleurs, que M. Louis Dumur est secrétaire de rédaction de cette importante publication.

« Au surplus, notre compatriote, qui a bon bec et bonne griffe, se défendit aisément. On se rappelle, notamment, sa lettre au *Journal de Genève* qui lui avait amèrement reproché d'avoir écrit que, dans les sphères fédérales, il y a trop de gens empressés à coiffer le casque à pointe ! Je crois que les événements ont prouvé, hélas ! si M. Dumur voyait juste !... Aujourd'hui, on ne se borne plus à coiffer le casque à pointe, on s'écorche le nez sur le parvis du Palais fédéral, devant le chapeau de Gessler, nouveau style, qui en orne le faîte !

« Veut-on me permettre de donner un exemple de la manière de M. Louis Dumur ?... [Suit une citation.]...N'est-il pas réconfortant, ce mâle langage, dans son contraste avec l'orgeat et le julep des bénisseurs toujours prêts à répéter : Du câââlme !.... soyons câââlmes !... Comme si c'était en restant calmes que les grands-pères de nos dicta-

Quant aux témoignages privés, je ne saurais, bien
entendu, en faire publiquement état. Mais leur
nombre et leur qualité suffisent à assurer mon attitude. Si je n'échappe naturellement pas aux quelques
mécontents qui croient devoir m'adresser leurs mo-
nitoires, les lettres bien plus nombreuses que je reçois
pour m'encourager et m'approuver ne peuvent que
fortifier ma conviction. En voici une que je suis autorisé à publier :

Sécheron, près Genève, 24 août 1915.

Pendant que j'étais au repos forcé, fatigué par huit mois
de fonctions d'infirmier à l'hôpital 29 à Moulins, vous
avez publié dans le *Mercure* un article qui résume et qui
rend admirablement l'état d'âme de beaucoup de Suisses
romands. Je ne puis laisser échapper l'occasion qui m'est
offerte de vous confier mes angoisses, les angoisses de
nombre de nos compatriotes, à vous qui avez un instant
exprimé notre conscience.

Vers fin juillet, si je ne me trompe, le *Journal de Genève*
a publié un article sur les Suisses à l'étranger. Il les invi-
tait — et nous par conséquent — à être fiers de la qualité
de Suisses. C'est fort bien dit, mais encore faudrait-il qu'on
donnât à cette fierté un aliment. Je ne pense pas que, pour

teurs actuels ont conquis la liberté en combattant les gouvernements
aristocratiques et réactionnaires de jadis ! Quelles seraient la stupeur
et la douleur de ces vieux révolutionnaires, s'ils pouvaient revenir et
voir que ces libertés essentielles, pour lesquelles ils ont tant lutté, sont
aujourd'hui menacées par leurs propres descendants !

« C'est ce que me disait un jour un notable représentant du parti radical genevois qui, lui du moins, était resté fidèle aux grands principes.

« En terminant, souhaitons que notre presse vraiment libérale
s'efforce de reproduire les articles de M. Louis Dumur et de les faire
connaître toujours mieux chez nous. Le *Mercure de France* est, en effet,
une revue surtout artistique et littéraire, peu répandue en Suisse en
dehors des milieux intellectuels. Et il importerait beaucoup que la
pensée de notre compatriote soit appréciée comme elle le mérite de la
population tout entière. » [Janv. 1917.]

des hommes élevés dans le milieu français, imbus de la civilisation latine, pétris avec les idées de la Révolution française, mêlés au mouvement de ce Paris qui a tant été méconnu, ce soit une satisfaction particulière d'appartenir à un pays dont les autorités centrales promulguent des arrêtés et ordonnances qui, au mépris de toutes nos aspirations, témoignent d'une neutralité qui est presque de la complicité. Oui, il y a complicité quand on veut imposer le même respect pour le drapeau qui couvre toutes les violations du droit des gens, toutes les infamies et toutes les oppressions, que pour celui dont les couleurs symbolisent aujourd'hui la cause de la liberté, de la justice et du droit.

La convention du Gothard, la censure fédérale, les arrangements économiques secrets révélés l'autre jour par le journal socialiste de Berne, voilà bien de quoi solliciter notre orgueil d'être Suisses ! D'ailleurs la question mérite d'être considérée d'une façon plus haute. Un des éléments de la fierté nationale, c'est la noblesse de l'idée qu'incarne le pays, c'est la grandeur de son rôle dans l'histoire des hommes, c'est aussi son aptitude à souffrir pour la part de vérité qu'il représente.

Dans deux tranchées séparées par quelques mètres de terrain, des hommes tombent pour deux notions de patrie bien différentes : ou il faut admettre qu'il n'y a plus de bien et de mal, qu'il n'y a plus de faux et de vrai, ou il faut reconnaître que ceux qui tombent dans les lignes allemandes pour que vive une espèce d'État moloch dont l'existence abstraite ne se soutient qu'en suçant à son profit la force, le cerveau et le sang des hommes, qui ne trouve qu'en lui-même son but et sa raison d'être, qui n'hésite pas à broyer pour son œuvre égoïste et ridiculement mystique les pensées et les corps, il faut reconnaître que ces soldats meurent pour une œuvre détestable et néfaste.

Or, c'est vers cette forme d'État que les médiocres cerveaux qui, au Palais fédéral, concertent aujourd'hui les destinées de la Suisse, orientent la nation. C'est la forme

essentiellement germanique, la seule apparemment qui
convienne à la majorité des conseillers fédéraux. Je
doute pourtant qu'elle s'adapte à la neutralité de la Suisse
romande, — même à la neutralité d'une partie de la Suisse
allemande, essentiellement individualiste. Comme nous
nous reconnaissons mieux dans la conception anglo-fran-
çaise d'un État formé par l'ensemble des consciences, des
forces, des volontés des citoyens ; d'un État qui représente
la nation et en émane, loin de la dominer et de l'asservir.
Si d'ailleurs la patrie du philosophe du *Contrat Social*
reniait jamais cette essentielle pensée, il n'y aurait plus
qu'à arracher de Genève la statue de Rousseau, à brûler
les manuscrits dont nous avons la garde et à rayer son
nom de notre Panthéon. Pouvons-nous être particulièrement fiers, dans des pays qui soutiennent, les armes à la
main et dans les flots de leur sang, la conception libérale
de l'individualisme dans l'État, de sentir qu'en pleine paix,
sans raison et sans grandeur, on oriente la Suisse vers les
conceptions les plus rétrogrades et les plus absolutistes ?
Ou, alors, la centralisation à la manière germanique de la
Suisse d'essence fédérative englobe-t-elle aussi nos pensées ? Va-t-on faire faire le pas de parade à nos consciences ?

J'entends les moutons bêler : « Le Conseil fédéral est
dans une position difficile... » Moins difficile pourtant que
le gouvernement belge les 2, 3 et 4 août 1914. Nul n'a le
droit de regretter que la Suisse ne connaisse pas la boucherie qu'a voulue l'Allemagne. Mais malgré toutes les
courbettes et toutes les abdications, le jour où il sera de
l'intérêt des Barbares d'entrer en Suisse, ils nous riront
au nez, encouragés par nos complaisances. La Belgique,
avant l'ultimatum, avait eu pour l'Allemagne autant et
plus d'amabilité que nous. Avec un peuple comme le
peuple allemand, on est toujours dupe.

Si nous pouvons être fiers de quelque chose, c'est de ce
que, dans l'orientation nouvelle de la Suisse, les Romands
aient conservé la garde de ses vraies traditions et de son

génie national. Quand on pense que, pour quelques tonnes de charbon, les fils de ceux qui dans l'histoire ont toujours réclamé l'honneur de vivre et de mourir pour une idée n'ont pas osé repousser spontanément et énergiquement toute compromission avec les nations de proie, de meurtres et de viols !....·Oui, soyons fiers de ce que la Suisse romande soit là, sonnant le garde-à-vous aux Confédérés.

Et pour en revenir à la situation des Suisses à l'étranger, je souhaite ardemment pour ceux qui habitent la France, comme moi, comme vous, qu'il leur soit donné un moyen leur permettant par la plume ou par la parole de libérer leur conscience et de mettre leurs forces intellectuelles et morales au service d'une cause qu'une partie de leur pays — ou du moins ses autorités — semblent déserter.

Faites de cette lettre l'usage que vous jugerez bon et veuillez recevoir, avec mes chaudes félicitations pour votre article, etc.

MARCEL ROUFF.

Il n'en reste pas moins qu'aux yeux de certaines gens, dans cette Suisse romande dont est si fier mon correspondant, je mène une campagne dangereuse. On n'est donc pas encore près de s'entendre chez nous. Les fossés, au lieu de se combler, vont en augmentant en nombre comme en profondeur. Nous en avions un, le fameux, entre la Suisse latine et la Suisse alémanique. Les interpellations socialistes et conservatrices au Conseil national en ont fait apparaître un autre entre l'armée et la nation. Voici le troisième, en Suisse romande même, entre les neutraux qui ne veulent faire nulle peine à Berne, même légère, et les partisans d'une Suisse neutre sans doute,

8

mais dégagée de toute compromission avec l'Allemagne, de toute sympathie pour l'empire agresseur et de toute tolérance pour ses thuriféraires helvétiques, qu'ils soient à Berne, à Zurich, à Fribourg ou à Genève, en un mot d'une Suisse digne.

IX

L'IDÉE DE CONTRAT ET LA NEUTRALITÉ

Décembre 1915.

L'IDÉE de contrat, sur laquelle est fondée notre nationalité, me paraît tellement importante que je voudrais m'y arrêter un peu longuement.

Trois peuples se sont fédérés par traité en 1291. Depuis plus de six siècles que leur Confédération existe, ils ne lui ont jamais été infidèles. C'est sur ce premier contrat que s'est édifiée la Suisse, et nous venons de célébrer, le 15 novembre dernier, le six centième anniversaire de l'acte héroïque par lequel les trois peuples d'Uri, de Schwytz et d'Unterwald éprouvèrent leur alliance, la bataille du Morgarten. Ils avaient contre eux la puissance formidable de la maison d'Autriche. Ils n'hésitèrent cependant pas à la braver, à tout risquer pour sauvegarder leur indépendance et maintenir l'honneur du pacte.

Dix-sept ans après leur victoire, un quatrième État, Lucerne, entrait dans leur alliance, également par pacte perpétuel. Un cinquième suivit en 1351,

Zurich. Puis ce furent Glaris, Zoug, Berne, et chaque
fois un pacte se scellait, et chaque fois l'épée se tirait,
les haches d'armes se fourbissaient, chaque fois il
fallait payer de bravoure et y aller de son sang.

Rien pour eux n'était au-dessus des serments. En
quelque conjoncture qu'ils se trouvassent, ce qui les
liait les obligeait. Nécessité, chez eux, connaissait
cette loi.

Cette politique de contrats n'était d'ailleurs pas
une politique de paix et de respect du droit des
autres, du droit humain des non contractants. Les
Confédérés n'étaient ni des pacifistes, ni des idéo-
logues. En dehors de ce qu'ils avaient contracté, ces
hommes ne respectaient rien. Ils conquéraient des
territoires pour se les assujettir, les exploiter et les
dominer rudement. Eux qui avaient rejeté les baillis
autrichiens n'hésitaient pas à imposer les leurs à leurs
bailliages. Ils ne renonçaient même pas, en dépit de
leur alliance, à entrer violemment en compétition
les uns contre les autres, quand leurs intérêts diver-
geaient et que surgissait entre eux un désaccord que
ne prévoyait pas le contrat. C'est ce qui arriva lors
de l'affreuse querelle entre Schwytz et Zurich, à propos de la succession du Toggenbourg. Mais en cas de
menace de guerre entre États confédérés, les traités
stipulaient le recours à l'arbitrage des autres États
contractants. C'était déjà l'institution de l'arbitrage
obligatoire. Les traités ajoutaient que si l'une ou
l'autre des parties méprisait la sentence, les autres
Confédérés lui en imposeraient le respect par la force.
C'était déjà aussi, réalisée en plein moyen-âge, par

l'union contre le récalcitrant de tous les États contractants, la fameuse sanction de l'arbitrage, que nous n'entrevoyons que comme un idéal lointain et qui n'a même pu être envisagée aux Conférences de La Haye.

C'est ce qui se passa exactement lors de l'affaire du Toggenbourg. La Diète s'assembla : Schwytz et Zurich s'y injurièrent abondamment en présentant leurs thèses contradictoires. Injures et arguments ouïs, la Diète donna raison à Schwytz. Les Zurichois furieux refusèrent de se soumettre. Sur quoi l'ensemble des Cantons médiateurs, se joignant aux Schwytzois, leur tombèrent dessus d'un commun accord pour leur démontrer irréfutablement qu'au-dessus du droit de la force existait la force du droit.

L'histoire se compliqua du fait de Zurich, qui, battu, mais ayant la rancune tenace, après une apparente soumission, n'imagina rien de mieux que de considérer son traité avec les Suisses comme un simple chiffon de papier et de conclure alliance contre eux avec l'Autriche. La guerre reprit aussitôt. La France s'en mêla et dépêcha trente mille Armagnacs contre les Confédérés. Quinze cents de ceux-ci périrent glorieusement à Saint-Jacques pour l'honneur du contrat fédéral. Deux ans plus tard, la défaite des Autrichiens à Ragatz mettait terme à la guerre. Au déchaînement des combats succédait l'argutie des négociations. L'alliance infâme était déclarée nulle, et Zurich, à jamais corrigé, reprenait sa place honorable dans la Confédération.

Ainsi se comportaient, contractaient et stipulaient les Suisses.

Peu à peu, le réseau des alliances s'enchevêtra. Outre celles qui fédéraient les Cantons, il y en avait d'autres, de toute espèce, et avec de nombreux pays, les unes temporaires, d'autres perpétuelles, chaque Canton jouissant du droit de contracter pour son compte, aussi bien que l'ensemble de la Confédération. Il y eut des traités avec Mulhouse, avec Neuchâtel, avec Genève ; il y en eut avec la Savoie, avec les ligues grisonnes et avec les dizains valaisans ; il y en eut avec la Bourgogne, avec la Lorraine et avec la France. L'alliance des Confédérés était partout recherchée, parce qu'elle était sûre.

De pacte en pacte, la Confédération elle-même s'était accrue de cinq nouveaux Cantons. Avec l'admission de Fribourg, en 1481, un élément romand participait pour la première fois au pacte fédéral, demeuré jusqu'ici exclusivement alémanique. Cette différenciation par la race et par la langue, loin de nuire à la solidité ni à l'unité du contrat, qui lui était supérieur, contribuait à en affirmer la nature. Elle ne tarda pas à être suivie par une autre différenciation beaucoup plus grave pour l'époque, celle de la religion. Il y eut alors une crise, une lutte angoissante : la différenciation par la religion se montrerait-elle plus forte que le contrat et réussirait-elle à le briser ? Ce fut le contrat qui résista. Cela ne se passa pas sans de terribles alternatives. Comme les Cantons s'étaient à peu près partagés par forces égales, la juridiction par la Diète et la sanction coercitive ne pouvaient plus s'exercer, comme lors de la rébellion de Zurich([1]). Des guerres civiles éclatèrent donc et il y en eut non seulement entre Cantons, mais entre citoyens d'un même Canton ; un Canton même dut se séparer en deux. Mais le contrat qui les liait tous les uns aux autres n'en subsistait pas moins ; les Confédérés pouvaient se battre comme des diables, la Confédération demeurait ; c'étaient de sanglantes querelles de ménage, mais par-dessus la querelle, il y avait le lien conjugal. Ni les deux guerres de Kappel, ni la menaçante conclusion de la Ligue d'or, ni les deux effroyables batailles de Villmergen, le tout s'étendant sur près de deux siècles d'horreurs, ne furent capables de dissoudre le lien treize fois noué sur lui-même.

On s'est toujours battu dans l'intérieur de la Confédération, sans qu'aucun Canton, par haine des coups, se soit jamais détaché. Quand ce n'était pas le différend religieux, c'était autre chose. Il y eut la guerre des paysans contre les villes, où la Diète prit parti pour les villes et, dans une atroce répression, écrasa les campagnes. Il y eut des séditions politiques contre les régimes aristocratiques, et des soulèvements des pays sujets contre leurs maîtres. Il y eut, jusqu'en plein xixe siècle, l'insurrection de Neuchâtel, la guerre civile de Bâle, les émeutes armées de Glaris, de Schwytz, de Zurich, du Tessin, de Genève, les com-

_____

([1]) Il y eut bien un essai d'arbitrage à Baden, en 1526, tout à fait au début de la Réforme, alors que Zurich seul l'avait encore adoptée. La majorité se prononça pour le catholicisme ; mais la Réforme ayant fait aussitôt de rapides progrès et ayant en particulier gagné Berne, la sentence arbitrale demeura lettre morte.

bats au Valais entre la Jeune et.la Vieille Suisse, les
expéditions de corps francs, la formation de la Ligue
séparée ou Sonderbund et sa dissolution par les armes.

On s'est donc toujours battu chez nous. Les
Suisses n'ont jamais craint la discorde. Les bons
coups font les bons amis. Comme l'on voulait vivre
en liberté, que c'était pour cela qu'on s'était uni,
on entendait prendre aussi la liberté de se battre.
On savait que cela ne tirait pas à conséquence, que le
pacte fédéral, quoi qu'il arrivât, restait le plus fort.
On savait qu'on pouvait se cogner sans crainte que
l'un des adversaires rompît frauduleusement le contrat pour se donner à l'étranger. On savait que la
Confédération n'avait rien à craindre de ces querelles
intestines, qui se produisirent semblablement à
toutes les époques, aussi bien aux époques de vigueur
et de santé qu'aux temps de relâchement et de faiblesse, parce qu'elles se terminaient toujours par la
conclusion de nouveaux traités, de nouveaux contrats, sources d'un nouvel accord.

Bien mieux, quand, aux grands jours de l'émanci-
pation des peuples, les pays sujets purent entrevoir
l'aurore de leur libération, ce ne fut pas pour échapper, pleins de rancune, à leurs oppresseurs qu'ils
s'agitèrent, ni pour ambitionner leur rattachement,
qui à la France, qui à l'Allemagne, qui à la Sardaigne
ou au duché de Milan, mais bien pour briguer leur
élévation à la dignité de Cantons et l'honneur de participer à leur tour au pacte fédéral, tellement celui-ci
leur inspirait de confiance, tant il leur offrait de garantie et de sécurité.

Depuis le vieux contrat de 1291 où les premiers Confédérés déclarèrent, au début même de leur acte solennel et avant toute autre chose, qu'il était « chose honnête et profitable au bien public de consolider les traités », depuis ce premier contrat, origine et fondement de la Suisse, pendant six siècles et jusqu'à nos jours, c'est donc cette idée contractuelle, c'est cette notion du contrat que nous retrouvons prédominante et essentielle le long du cours entier de notre histoire. C'est elle que nous reconnaissons à la base de tout ce qui est suisse, à la base de tous nos agrandissements territoriaux, de toutes nos transformations, de toutes nos institutions. C'est le contrat qui, chez nous, a formé et maintenu la nation. Alors qu'ailleurs les grandes agglomérations nationales se sont constituées sous le couvert de l'unité de langue, de culture, de religion ou de régime politique, qu'elles se sont construites autour d'une maison souveraine ou d'une classe privilégiée, qu'elles se sont cristallisées sous le mordant d'une idée monarchique, impérialiste ou républicaine, tendant toujours à ordonner en un seul bloc, à assimiler, fusionner, régulariser les éléments qui lui étaient soumis, la Suisse, elle, seule exception dans le monde entier, a voulu laisser intacts, dans leur originalité foncière, leur diversité, leur nature propre, les États qui la composèrent, ne les agglutinant que par la résolution et la liberté du contrat.

C'est la valeur, l'autorité, le respect des contrats qui ont permis à des républiques aristocratiques de vivre en fédération avec des démocraties directes et même avec une principauté monarchique, Neuchâtel,

dont le souverain était le roi de Prusse. C'est par la
vertu des contrats que la Suisse a pu voir se coudoyer
chez elle, sans autre cataclysme, des religions, des
langues, des races différentes et, parfois, hostiles.
C'est le contrat, la fidélité au contrat qui fait le fond
de toute l'extraordinaire épopée du service militaire
suisse à l'étranger, rendant possible l'engagement de
citoyens de la même patrie dans des armées ennemies,
où ils avaient souvent à s'assaillir et à se tuer réci-
proquement, sans qu'ils s'estimassent ni se sentissent
moins de bons Suisses pour cela, bien au contraire.
C'est le contrat, la fidélité au contrat qui, le Dix
Août, obligea les Suisses de Louis XVI à se laisser
tous massacrer jusqu'au dernier par le peuple en révolution, pour défendre un roi, eux républicains.

C'est le contrat qui préside également à toute l'histoire de la Suisse moderne. Depuis le pacte fédéral
de 1815, nous n'avons vécu que de contrats, non
moins que nos ancêtres. Contrats, nos diverses constitutions cantonales, se revisant selon la fluctuation
des besoins et des événements. Contrats, nos constitutions fédérales, celle de 1848 et celle de 1874, ainsi
que leurs diverses modifications. Contrats, toutes
nos lois, toutes nos décisions, tant cantonales que
fédérales, tant directes qu'indirectes, dont le caractère essentiellement contractuel est encore souligné
par l'institution du referendum, leur assurant d'une
façon permanente et sans cesse renouvelée l'acquies-
cement explicite ou tacite des citoyens. Contrats
partout, contrats toujours. L'idée de contrat domine
tout. C'est, depuis 1291 jusqu'à nos jours, la grande

idée suisse, supérieure à toutes les autres, l'idée nationale helvétique, celle qui fait notre raison d'être,
celle qui a formé notre personnalité morale, celle qui
tisse d'un bout à l'autre toute notre histoire, la seule
qui détermine réellement notre unité, celle dont nous
vivons, celle qui nous lie étroitement les uns aux
autres et nous fait membres d'une même famille,
reposant tout entière sur cette donnée nécessaire et
primordiale qui constitue, on peut le dire, notre caractéristique : les Suisses sont d'honnêtes gens.

Sans doute, nous ne nous sommes pas toujours
rendu compte des véritables mobiles qui sollicitaient
notre conscience et nous dictaient notre attitude
devant les faits. Pour décidées, pour violentes qu'elles
fussent, nos réactions ne furent pas toujours très
claires. Patriotisme, c'est entendu : de quoi était fait
notre patriotisme ? Pourquoi prenions-nous parti
et dans tel sens, souvent dans des cas où l'intérêt
matériel de notre patrie n'était nullement en jeu ?
C'est ce que nous ne cherchions pas toujours à élu-
cider. Mais si nous allons au fond des choses, si nous
nous efforçons de discerner les motifs déterminateurs
de nos actes, de nos pensées, de nos sentiments, de
nos jugements, nous reconnaîtrons que c'est toujours
et avant tout notre honnêteté qui nous orienta. Nous
sommes un peuple moral, nous sommes un peuple
honnête. Rien ne nous répugne autant que la ruse,
la duplicité, le mensonge, la félonie. Rien ne nous
paraît plus abominable que le manquement aux engagements pris, à la parole donnée. Devant une traîtrise, devant une rupture de contrat, le vieux levain

des innombrables contrats dont est pétrie notre histoire nous gonfle de toute son indignation. Nous nous soulevons, nous nous révoltons. Celui qui viole notre idée du droit suscite par cela même notre haine et notre mépris. Celui qui viole notre idée du respect des contrats, notre grande idée nationale, nous le considérons comme un ennemi. Il est notre ennemi. Celui qui viole les traités est contre nous.

Telle est notre mentalité. Telle fut-elle, du moins, à notre honneur, jusqu'il n'y a pas très longtemps.

Depuis cent ans, il est vrai, depuis 1815 et le traité de Vienne, une idée adventice, une idée nouvelle, qui ne provenait pas du fonds de la vieille Suisse, semble avoir pris peu à peu la place prépondérante dans la définition de notre nationalité, et dans celle de notre rôle international : c'est la notion de neutralité ([1]). Nous sommes neutres, et quoi qu'il puisse se passer autour de nous, neutres nous voulons être, neutres nous entendons rester. Nous ne nous mêlons pas des querelles des autres, même si ces querelles nous intéressent ; qu'on ne se mêle pas des nôtres, même si celles-ci intéressent les autres : c'est le thème, c'est notre prétention majeure depuis cent ans, notre

---

([1]) C'est en 1648, lors du traité de Westphalie, que la Suisse fit pour la première fois une déclaration de neutralité. Elle la renouvela au Congrès de Vienne et la neutralité helvétique fut alors *reconnue* par les puissances comme « conforme aux véritables intérêts de l'Europe ». Cette neutralité, effet d'un acte volontaire de la Suisse et ne lui ayant pas été imposée, ne forme l'objet d'aucune garantie. C'est ce qui la différencie des neutralités de la Belgique et du Luxembourg. Etat indépendant et souverain, la Suisse peut la dénoncer et la rompre quand elle voudra. Il suffit pour cela que les « intérêts de l'Europe » ne soient plus les mêmes ou que son propre salut et la sauvegarde de sa dignité l'y engagent.

unique prétention internationale. Considérons-la.

Remarquons tout d'abord que notre neutralité est elle-même un contrat et qu'en conséquence, loin de constituer une nouvelle idée nationale destinée à se substituer à la précédente, elle ne fait qu'en corroborer la valeur et qu'en affirmer la permanence. Contrat, notre neutralité n'est pas autre chose : c'est même notre principal contrat avec l'étranger, et à ce titre notre honnêteté nous enjoint d'en observer scrupuleusement les clauses et d'en étendre l'application le plus largement possible, afin qu'aucune suspicion ne puisse faire douter de notre volonté et de notre bonne foi.

Mais qu'est-ce que notre neutralité ? Fort exactement ceci : *Nous n'attaquons personne ; qu'on ne nous attaque pas, ou nous nous défendrons.* Formule très simple, comme l'on voit, très simple en apparence. Mais elle ne l'est peut-être pas autant qu'elle le semble de prime abord. Examinons-en de plus près la double proposition.

Nous n'attaquons personne : telle est la première proposition, le principe, la déclaration de neutralité. Qu'est-ce à dire ? Que signifient au juste ces mots : nous n'attaquons personne ? Qu'est-ce qu'attaquer ? Où y a-t-il attaque et où n'y a-t-il pas attaque ? Jusqu'où pouvons nous aller sans qu'il y ait attaque de notre part, c'est-à-dire rupture de neutralité et par conséquent violation de contrat ?

Une offensive militaire dirigée contre un de nos voisins constituerait évidemment une attaque. Sur ce point pas de contestation possible. Mais en serait-

il de même, par exemple, d'un acte d'hostilité en
matière commerciale ? Fermer la frontière par des
tarifs prohibitifs aux produits d'un de nos voisins
pour l'ouvrir à ceux d'un autre, favoriser économiquement le second au détriment du premier, serait-
ce rompre la neutralité ? Ici les avis peuvent différer,
mais les faits sont là ; il y a d'innombrables précédents, et jamais on n'a considéré comme une rupture
de neutralité une inégalité de traitement commercial.
La convention du Gothard elle-même, la plus criante
de ces inégalités, a pu mériter les plus vifs reproches,
en tant qu'atteinte portée à notre souveraineté :
on ne lui a point imputé, que je sache, d'être un ac-
croc à notre neutralité.

D'aucuns cependant s'engagent beaucoup plus
avant dans cette voie et vont jusqu'à soutenir que
la simple expression d'une opinion, en temps de
guerre, peut constituer une attaque et une violation
de la neutralité. D'invraisemblables personnages ont
inventé la neutralité morale. De neutralité morale
il n'était nullement question dans l'acte du Congrès
de Vienne ; mais voilà bien de quoi ne saurait se
troubler la certitude dogmatique de nos neutralistes
à outrance. Non seulement, proclament-ils, l'État
doit rester strictement neutre, tant moralement que
politiquement, et abdiquer tout droit à ce qui pourrait ressembler à un jugement sur ce qui se passe au
delà de la frontière, mais encore les particuliers, les
citoyens suisses eux-mêmes, dans leur privé, doivent
être tenus de se conformer scrupuleusement à sa
prudente réserve. Et l'on a vu des magistrats fédé-

raux, le chef de département politique lui-même, se faire les hérauts assurés de ces étranges théories.

Dès le début de la guerre, a dit M. Hoffmann, le 15 juin 1915, au Conseil national, nous avons dû lutter contre une fausse conception de la neutralité, qui tend à représenter l'État comme neutre politiquement, mais le citoyen comme libre d'exprimer ses opinions, même si elles sont en contradiction avec cette neutralité. L'État est formé de l'ensemble des citoyens et les devoirs de l'État sont ceux de chaque citoyen. Nous avons le droit d'exiger que chacun réprime ses sympathies dans la mesure qui importe à l'État, car celui-ci ne saurait souffrir que les citoyens mettent en danger sa politique de neutralité. Toute tentative dans ce sens doit être énergiquement réprimée.

En pure logique, la prétention n'est pas absolument folle. Mais elle se heurte aussitôt, dans le domaine des faits, à des contradictions légales qui la ruinent inexorablement. Et il est inconcevable que des magistrats, qui ne sont pas les premiers « intellectuels » et « impulsifs » venus, comme a pris soin de nous stigmatiser je ne sais plus quel professeur d'Université bernois [1], se laissent aller à de semblables mé-

[1] Le professeur Dubois, lequel, entre autres belles choses, écrivait dans le *Journal de Genève* du 3 septembre 1914 ces lignes : « Il n'y a pas de pays auquel on puisse attribuer l'unique responsabilité de cette horrible tuerie. Tous les États en cause y ont leur part. Aucun d'eux n'a fait un réel geste d'apaisement, dicté par des sentiments d'altruisme. Ils ont échangé des notes en s'ingéniant à rejeter sur les autres la terrible responsabilité. Chacun de ces peuples croit avoir raison et tous ont tort. Depuis des années, ils vivaient dans l'idée qu'ils seraient attaqués prochainement. On a érigé en dogme l'affirmation que cette guerre était inévitable. Pourquoi donc ne pas la faire quand un conflit surgit qui intéresse tant de nations ? Et voilà, on est parti, la haine au cœur, implorant chacun pour soi le Dieu des batailles. Dans une mêlée aussi insensée, il est difficile de fixer ses sympathies politiques en les basant sur des faits. » [Janv. 1917.]

connaissances de notre statut helvétique. L'obligation que nous nous sommes imposée de demeurer
neutres en cas de guerre européenne n'est pas, nous
l'avons vu, l'unique contrat qui nous lie. Il y en a
beaucoup d'autres, avec lesquels celui de notre neutralité ne saurait entrer en conflit, sans déchéance ou
violation de l'un ou des autres. Si nous avons pris un
engagement vis-à-vis de l'étranger, nos vingt-deux
États ont passé entre eux des contrats, et il n'est pas
admissible que l'existence de celui-là fasse oublier
ou mépriser l'existence de ceux-ci. Nos vingt-deux
États ont traité ensemble, et le résultat de leurs tractations est inscrit dans nos diverses constitutions,
dont les nombreuses clauses, toutes votées, signées
par nos peuples et nos cantons, et toujours revisables
d'un commun accord, comme tout ce qui est objet
de pacte, sont tout autant de contrats éminemment
respectables, que nos autorités fédérales et cantonales ont pour premier devoir de faire observer et
que nous serions indignes de la qualité de Suisses de
vouloir tourner frauduleusement ou violenter im-
pudemment, sans que nous nous en soyons préalablement déliés, selon toutes les formes et garanties
que nous avons prévues nous-mêmes, par d'autres
contrats, pour leur dénonciation. Or, quels sont ceux
de ces contrats qui s'opposent à l'extension jusqu'à
la neutralité morale de notre contrat de neutralité ?
Ce sont les articles 2, 49 et 55 de la Constitution fédérale de 1874 protégeant les libertés et droits des
Confédérés, notamment la liberté de conscience et la
liberté de la presse, et, en général, tous les articles des

constitutions cantonales où se trouve garantie la liberté d'opinion. Tant que ces divers articles n'auront pas été dûment dénoncés par les contractants, leur présence dans nos diverses constitutions rend illégale toute tentative d'introniser chez nous une neutralité morale que nous n'avons ni à connaître, ni à rechercher. Il en résulte que notre neutralité doit demeurer purement militaire. Voilà la vérité, voilà le droit suisse, voilà la lettre et l'esprit de notre contrat avec l'Europe, en dehors de quoi il ne saurait y avoir qu'abus, illégalité, arbitraire et coup d'État.

Moins attentatoires que M. Hoffmann, mais pénétrés des mêmes idées, d'honorables citoyens, pour qui la prudence est la première des vertus et la concorde, fût-ce par l'abdication, le plus souhaitable des états, ont imaginé d'obtenir les bienfaits de la neutralité morale par les voies de la douceur et de la persuasion. Sans doute, reconnaissent-ils, la liberté d'opinion est en Suisse un droit incontestable. Mais les circonstances exceptionnelles que traverse actuellement notre patrie nous imposent le devoir d'y renoncer volontairement. « J'ai le droit d'examiner mon opinion, de manifester mon sentiment, disent-ils. Mais, si cette opinion, si ce sentiment heurtent nécessairement ceux de compatriotes soumis à d'autres influences intellectuelles, dans une autre région de mon pays, j'ai le devoir de me taire pour ne pas leur porter ombrage et risquer de détruire l'harmonie entre Confédérés. »

D'autres, plus insidieux encore, après s'être écriés

• 9

dans une noble précaution oratoire : « Neutralité n'est pas lâcheté et être neutre ne veut pas dire qu'on renonce à toute opinion propre », vous insinuent cauteleusement : « Mais disons-nous bien que nous ne sommes pas le tribunal de l'histoire, que ce n'est pas à nous de prononcer un verdict sur cette guerre ([1]) ! » En foi de quoi nous n'avons plus qu'à attendre, bouche close, le lointain verdict de l'histoire, avant de décider que les Allemands sont entrés en Belgique et que le chancelier Bethmann-Hollweg a prononcé son : « *Not kennt kein Gebot.* »

Ces Messieurs sont bien bons. Quels que soient les arguments par lesquels ils cherchent à nous persuader des avantages de la neutralité morale, il n'en résulte pas moins, de leurs déclarations mêmes, que cette abstention n'est nullement impliquée dans l'acte de la neutralité helvétique, ce qui nous mettra fort à l'aise tout à l'heure pour établir qu'elle lui est contraire.

L'expression d'une opinion, quelque violente qu'elle soit, ne saurait donc à aucun titre équivaloir de notre part à une attaque, au sens d'une rupture de neutralité, puisque par d'autres contrats tout aussi obligatoires nos États confédérés se sont garanti à eux-mêmes cette liberté d'opinion sans autre limite que celle du Code pénal. Et reprenant à notre compte, mais cette fois à juste titre, la doctrine de M. Hoffmann, nous dirons que, l'État étant formé de l'ensemble des citoyens, du moment que les citoyens

([1]) Dr Wettstein, député de Zurich au Conseil des Etats. Discours prononcé à Vevey, le 9 décembre 1914.

jouissent de leur droit d'opinion sans que son exercice
porte préjudice à leur neutralité, il est évident que
l'État en jouit dans la même mesure et que l'expression d'une opinion par l'État, dans l'esprit des institutions et des traditions helvétiques, ne saurait en
rien modifier la neutralité de sa situation politique.

Examinons maintenant la seconde proposition
qu'inclut la formule de la neutralité suisse : *Si nous
sommes attaqués, nous nous défendrons.* Après sa
forme active le verbe nous présente sa forme passive.
Qu'est-ce qu'être attaqué ? Où et quand y aurait-il
attaque contre nous ? Où et quand notre neutralité
se trouverait-elle lésée du fait d'autrui ? Où et quand,
en conséquence, aurions-nous le droit et le devoir de
nous défendre ?

Ici encore les opinions sont diverses. Ici encore, les
uns veulent étendre, les autres restreindre le champ
de l'offense pouvant relever les Suisses de leur engagement de neutralité permanente et les pousser à se
défendre. Mais tandis que ceux qui ne voient avec
raison dans le maintien de cette neutralité qu'un
engagement militaire sont en général disposés à se
montrer susceptibles sur ce qui concerne les atteintes
portées de l'extérieur aux prérogatives helvétiques,
il se trouve que ce sont précisément les partisans
exclusifs de la neutralité morale qui, dans le domaine
de l'offense extérieure, se montrent le plus étroitement
patients, réduisant celle-ci à la stricte et unique
atteinte au sol national. Selon ces longanimes citoyens, une seule conjoncture serait capable de nous
faire sortir de notre neutralité et de nous délier de

notre engagement : la violation de notre sol, l'attaque de notre territoire.

Ce qui fait la neutralité, c'est le sol, telle est la théorie. Tant que notre sol est respecté, nous n'avons pas à rompre la neutralité, pas même la neutralité morale, nous n'avons pas à nous réclamer du droit de légitime défense, nous n'avons pas à faire acte d'hostilité. Le sol, c'est à la fois le fondement de notre patrie, c'est le signe de notre souveraineté et le gage de notre liberté. Rien d'autre ne peut être objet de violation que le sol. Le sol seul est sacré.

C'est actuellement la doctrine officielle, ainsi qu'il résulte de la déclaration de neutralité faite par le Conseil fédéral le 3 août 1914 :

En vertu du mandat spécial qui vient de lui être décerné par l'Assemblée fédérale, le Conseil fédéral déclare formellement qu'au cours de la guerre qui se prépare, la Confédération suisse maintiendra et défendra, par tous les moyens dont elle dispose, la neutralité et l'inviolabilité de son territoire telles qu'elles ont été reconnues par les traités de 1815, et observera elle-même la 'plus stricte neutralité vis-à-vis des États belligérants.

Et c'est également le sens qu'il faut donner à cette déclaration de M. Motta, président de la Confédération, dans une interview qui a fait le tour de la presse européenne :

D'où que vienne un agresseur, s'il doit venir, il sera l'ennemi pour tous les Suisses et, immédiatement, l'armée suisse ira prolonger les lignes de ceux qui luttent déjà contre cet ennemi.

La conscience nationale, d'après cette théorie de

la neutralité, se concrétise donc, se matérialise en quelque sorte dans son rapport terrestre, le sol ; et au principe étendu : « Celui qui viole les traités est contre nous », se substitue le principe 'étroit : « Celui qui viole notre sol est contre nous. »

Est-il besoin d'indiquer combien cette conception est précaire et correspond mal à notre idéal national, ainsi qu'aux véritables intérêts de notre défense ? Le sol n'est pas tout pour une nation. Bien qu'il soit un des éléments constitutifs de la nationalité, il n'en est pas le seul, il n'en est même pas le plus important. Une agression peut s'opérer de bien d'autres façons que par une attaque contre le territoire, sans être moins une agression pour cela, sans être moins un attentat contre la souveraineté nationale, contre l'existence de la patrie. Qu'est-ce, en effet, que notre territoire, sinon le symbole tout matériel de notre indépendance ? Ce qui est en jeu, ce qui seul importe, c'est précisément notre indépendance, et nous devrions considérer comme une attaque définie, susceptible de nous faire sortir de notre neutralité, tout ce qui, d'une façon quelconque, risque de porter atteinte à notre indépendance.

Que l'intégrité territoriale ne soit pas toute l'indépendance et que l'indépendance comporte beaucoup plus que la simple intégrité territoriale, c'est ce qui ressort, entre autres, avec une tragique évidence des négociations entamées par l'Allemagne avec l'Angleterre, peu de jours avant l'ouverture des hostilités, au sujet du sort futur de la Belgique. L'Allemagne ayant le plus grand intérêt à s'assurer la neutralité anglaise espérait la fixer par des concessions suffisantes. Le 29 juillet, le chancelier de l'Empire déclarait, à Berlin, à l'ambassadeur d'Angleterre qu' « après la guerre la Belgique conserverait son *intégrité*, si elle n'avait pas pris parti contre l'Allemagne ». Il n'était pas question de l'*indépendance*, sur laquelle l'Allemagne ne garantissait rien. L'Angleterre ayant répondu par une fin de non recevoir, l'Allemagne faisait, le 2 août, dans sa note-ultimatum au gouvernement belge, une seconde concession, garantissant « l'intégrité *et l'indépendance* du royaume dans toute leur ampleur », si la Belgique accueillait amicalement les armées allemandes en marche vers la France ; au cas de résistance, l'Allemagne ne prenait « aucun engagement ». L'Angleterre continuant à ne pas broncher, nouvelle concession, le 4 août au matin, par un télégramme de M. de Bethmann-Hollweg donnant assurance à l'Angleterre que « même au cas de conflit armé avec la Belgique, l'Allemagne ne s'annexerait aucune partie du territoire belge sous aucun prétexte ». C'était le troisième terme du marché allemand : garantie de l'intégrité territoriale, même en cas de résistance, rien quant à l'indépendance. Enfin, ce même jour dans l'après-midi, quatrième et dernière tentative par cette déclaration du chancelier allemand au Reichstag : « Nous avons donné à l'Angleterre l'assurance que, tant qu'elle restera neutre, nous respecterons l'intégrité territoriale *et l'indépendance* de la Belgique. Cette déclaration, je la renouvelle ici publiquement devant le monde entier. »

Ainsi, à deux reprises et dans une quadruple progression, l'Allemagne fait une démarcation entre l'intégrité territoriale et l'indépendance, la première ne supposant pas la seconde, et chacune servant de monnaie distincte pour le cours du marchandage. Premier terme : intégrité, avec condition de non-résistance ; deuxième terme : intégrité et indépendance, avec condition de non-résistance ; troisième terme : intégrité seule, sans condition de non-résistance ; quatrième terme : intégrité et indépendance, sans condition de non-résistance ([1]). La distinction est tellement caractéristique, intégrité et indépendance sont tellement deux choses différentes, que, dans son discours du 3 août aux Communes, sir Edward Grey, comprenant fort bien ce dont il s'agissait, a pu dire :

Nous avons des intérêts considérables et vitaux à l'indépendance de la Belgique, indépendance dont l'intégrité n'est que la petite part. Or, l'Allemagne nous a sondés la semaine dernière pour savoir si nous nous contenterions de l'assurance qu'après la guerre la Belgique conserverait son intégrité. Nous avons répondu que nous ne consentirions à cet égard à aucun marché. La seule chose que les petits États du centre de l'Europe désirent, la seule chose qu'ils redoutent de perdre, ce n'est pas tant leur intégrité que leur indépendance.

Qu'en résulte-t-il au sujet de notre neutralité, sinon que, selon l'expression de sir Edward Grey, l'intégrité de notre sol n'en forme qu'une petite part ? Que l'indépendance soit compromise et l'inté-

[1] Voir sur ces tractations l'ouvrage d'EMILE WAXWEILER, *La Belgique neutre et loyale.*

grité territoriale, pour respectée qu'elle puisse être, risquera bien de ne plus signifier grand'chose.

Mais il faut aller plus loin, il faut presser de plus près cette notion de neutralité, si peu comprise actuellement. Il nous faut nous demander ce que deviendrait cette indépendance même, sans autre chose qui la corrobore et l'affirme, sans autre chose qui en fait tout le prix et sans quoi elle ne serait plus qu'un vain mot. Ce quelque chose, c'est la dignité. La dignité nationale, voilà qui est le fondement, la raison d'être de l'indépendance. Nous ne concevons l'indépendance que soutenue, que voulue par la dignité. L'une dépend indissolublement de l'autre. Celle-ci est la cause de celle-là. Inutile d'évoquer à nouveau l'histoire suisse pour démontrer cette conséquence : chacun peut s'en remémorer avec fruit les exemples. Que des peuples aient pu vivre dans une certaine indépendance sans réelle dignité, cela s'est pu voir ; mais cela n'a jamais duré qu'un temps, et avec l'absence de dignité l'indépendance a vite sombré. Nous autres Suisses, nous ne saurions accepter une pareille possibilité, aussi dangereuse qu'étrangère à notre tradition comme à notre caractère. Nous ne saurions souffrir une offense à notre dignité, sans que ce soit aussi une offense à notre indépendance. Nous ne sommes pas, nous ne pouvons pas être des parasites de la liberté.

Si l'indépendance ne va pas sans la dignité et si, comme nous l'avons établi, l'indépendance conditionne l'intégrité du territoire, nous devrons donc conclure que la défense de notre sol ne saurait se comprendre sans celle de notre dignité. Ce sont les trois membres d'un syllogisme, ce que nous pourrions appeler le syllogisme de notre neutralité. Attaquer notre dignité vaut attaquer notre indépendance ; attaquer notre indépendance vaut attaquer notre sol. Tout cela se tient, c'est un bloc.

Qu'est-ce à dire, sinon que notre dignité se confondant avec le respect de notre conscience nationale, et celle-ci, comme nous l'avons montré, reposant tout entière, historiquement, juridiquement et moralement, sur notre grande idée fédérale, le respect des contrats, il ne saurait y avoir respect de notre neutralité lorsqu'il y a violation des contrats, tant de ceux, avant tout, où nous avons apposé notre signature, que, subséquemment, de ceux où nous n'avons pas été partie, mais qui ont été signifiés en présence de l'Europe et dont nous avons été les témoins ?

Qu'on invoque le contrat de neutralité de 1815, c'est très bien ; il est toujours en vigueur et nous ne l'avons pas dénoncé. Mais comment l'interprétons-nous ? Bien différemment de nos pères qui l'ont conclu et qui en connaissaient l'esprit. Que se passa-t-il en 1815 ? Notre neutralité une fois proclamée et reconnue par l'Europe, c'est-à-dire nous trouvant alors et déjà dans la même situation juridique qu'aujourd'hui, observâmes-nous cette neutralité, une fois la guerre reprise entre la France et les puissances alliées ? Pas du tout. Nous prîmes parti. Et contre qui ? Contre ceux qui avaient violé notre territoire les deux années précédentes et que nous avions au

reste accueillis non en ennemis, mais en libérateurs ?
Nullement. Contre Napoléon qui n'avait jamais violé
notre sol ([1]) et qui continuait à le respecter, mais qui
avait violé et qui, s'il eût été vainqueur, eût violé
bien autre chose : notre indépendance et notre dignité. Nous marchâmes donc avec les Alliés ; nous
n'attendîmes pas d'être attaqués, mais nous prîmes
l'offensive et nous envahîmes le territoire français.

Voilà l'esprit de notre neutralité. Notre défense
doit pourvoir à la menace la plus grave, qui est non
pas celle que pourrait constituer une atteinte momentanée à l'intégrité de notre territoire, mais bien celle
qui viserait notre indépendance, notre dignité, notre
liberté politique et morale.

Que cette thèse soit subversive, je le nie absolument. Elle est profondément helvétique. Bien qu'elle
ne soit pas généralement admise aujourd'hui, elle a
cependant pour elle d'excellentes autorités, quand
ce ne serait que celle de M. Motta, qui décidément
ne paraît pas bien fixé sur le sens et l'étendue de
notre neutralité, mais qui a prononcé, à Genève, ces
paroles excellentes :

Certes, la patrie n'est point seulement le sol sur lequel
vit un peuple. Elle est plus que cela. Elle est composée du
patrimoine du passé et des aspirations de l'avenir ; elle est
formée par la sainteté des mœurs et par l'esprit des institutions ; elle est la tradition physique et morale qui relie

([1]) On sait que les territoires annexés par la France, Genève, Neuchâtel, le Valais, l'évêché de Bâle, ne faisaient pas partie du territoire
de la Confédération. Il n'y eut pendant la période de la médiation napo-
léonienne qu'une occupation de troupes italiennes au Tessin, qui dura
de 1810 à 1813.

lés morts aux vivants et les vivants à ceux qui naîtront
d'eux-mêmes ([1]).

Voilà qui est parfait. Défendons la patrie, toute
la patrie, et non pas seulement son sol.

Défendons-la d'autant plus, cette patrie, cette
patrie tout entière, qu'elle n'est pas une patrie
comme une autre, un pays analogue à tous ceux qui
prétendent également et légitimement à l'existence,
mais qu'elle représente quelque chose d'unique dans
le monde, quelque chose dont la disparition — spirituelle ou morale plus encore que matérielle — aboli-
rait l'un des espoirs les plus hauts de l'humanité douloureuse et la rejetterait, dans l'expression réalisée
sous ses yeux de son idéal politique, de plusieurs
siècles en arrière. Telle que l'a définie M. Gabriel
Séailles, dont nous ne saurions mieux faire que de
transcrire ici les formules lumineuses, la Suisse est,
« mieux que le symbole ou le pressentiment, la réalité
vivante d'une idée de la patrie supérieure à l'idée
ordinaire de nationalité. Faisant vivre dans la paix
des races diverses par le respect d'un ordre social
consenti, elle montre par son exemple la supériorité
de l'État juridique sur la nationalité, qui trop souvent n'unit les hommes que par ce qu'ils ont d'exclusif,
d'intolérant et comme d'inhumain. La patrie suisse
ne se fonde ni sur la nationalité, ni sur la religion, ni
sur la langue ; elle unit dans un même sentiment de
concorde et de solidarité des Allemands, des Français, des Italiens, des nations qui en dehors de ses

---

([1]) Discours prononcé le 13 septembre 1915 au banquet officiel du
Centenaire de la Société helvétique des Sciences naturelles.

frontières s'opposent, des hommes qui parlent trois langues, qui professent deux religions. Au lieu de mettre aux prises des groupements ethniques dans une rage de suprématie ou de destruction, elle les réconcilie dans le respect mutuel de leur liberté. A la nationalité, à l'État naturel, la Suisse oppose l'État rationnel, fondé sur le libre accord des volontés dans le respect du droit. »

C'est cette patrie qu'il faut défendre, c'est l'idée qu'elle représente dans le monde, sa mission, son rôle, son exemple : c'est cette patrie, *fondée sur le libre accord des volontés dans le respect du droit.*

Et avant tout, il faut la défendre chez nous, où elle est aujourd'hui honteusement trahie.

X

LA JUSTICE FÉDÉRALE

Janvier 1916.

L E cycle est complet. Après le pouvoir législatif
qui, par la transmission de pleins pouvoirs qu'il
ne possédait pas et n'eût d'ailleurs pas eu le droit
de transmettre, a violé la constitution et continue à la violer chaque jour en ne revenant pas sur
son acte illégal ; après le pouvoir exécutif qui, par
l'abus qu'il fait de ces pleins pouvoirs et les mesures
arbitraires qu'il ne cesse de prendre soi-disant dans
l'intérêt supérieur du pays (argument habituel de
toutes les tyrannies), viole depuis dix-huit mois sans
aucun scrupule la constitution fédérale et les constitutions cantonales qu'il a pour mission de sauvegarder ; après ces attentats aux lois commis par nos
deux pouvoirs politiques, et que le peuple souverain
accepte avec une pleine approbation dans sa partie
alémanique, ou en courbant docilement l'échine,
dans sa partie romande, voici maintenant — troisième complice — le pouvoir judiciaire lui-même qui,

au lieu de prendre la défense des lois outragées, s'abaisse à se faire le serviteur de la raison d'État et à rendre des arrêts dictés par l'arbitraire de décrets anticonstitutionnels.

Tel est le spectacle auquel il a été donné aux Suisses d'assister, le mois dernier, dans leur bonne ville de Lausanne, siège du Tribunal fédéral.

J'ai déjà parlé de ce décret du Conseil fédéral du 2 juillet 1915, pris comme tant d'autres en violation flagrante de la constitution fédérale et de la plupart des constitutions cantonales, décret par lequel on prétendait interdire désormais en Suisse, sous des peines sévères, « d'avilir publiquement dans l'opinion ou de livrer à la haine ou au mépris un peuple, un chef d'État ou un gouvernement étranger ». Inapplicable, car il aurait fallu saisir et poursuivre tous les jours tous les journaux, ce décret ridicule était destiné à rester lettre morte, et l'est resté. Il n'y a pas de feuille publique, en effet, qui, quotidiennement, n'avilisse dans l'opinion tel ou tel gouvernement étranger. Le Conseil fédéral saisit parfois, surtout si le pays « avili » est l'Allemagne, mais ne poursuit jamais.

Pourquoi donc, après avoir saisi un fascicule de la *Bibliothèque Universelle* où figurait un article du respectable Paul Stapfer, doyen honoraire de la Faculté des lettres de Bordeaux, renfermant quelques injures d'une élégance douteuse à l'endroit de l'empereur d'Allemagne, a-t-il, cette unique fois, poussant plus loin sa vindicte, traîné devant la juridiction du Tribunal fédéral, à défaut de l'auteur qu'il ne pouvait atteindre, l'éditeur responsable de ce médiocre morceau, M. Maurice Millioud ? Pourquoi ? Est-ce pour le plaisir de faire condamner à une peine afflictive, mais nullement infamante, au contraire, M. Maurice Millioud, qui ne s'en portera pas plus mal, et la revue qu'il dirige avec autorité et talent, qui ne s'en portera que beaucoup mieux ? Est-ce pour vénérer d'une génuflexion un peu plus profonde le sacro-saint Kaiser, qui n'en demande pas tant et auquel suffisent amplement les saisies, interdictions et censures préventives que pratiquent à l'envi nos administrations civiles et militaires, mesures plus effectives certes et moins dangereuses que la publicité d'un procès, dont le moindre tort est de répandre à l'infini les textes précisément que l'on prétend condamner ? Non sans doute, car quelle que soit l'insondable imbécillité des pouvoirs publics, elle ne va pas, du moins je veux l'imaginer, jusqu'à rechercher de gaieté de cœur un résultat directement contraire à celui que poursuivent leurs mesures d'exception.

La raison du procès de Lausanne est bien simple. Le Conseil fédéral a voulu faire couvrir par un jugement en due forme de la plus haute instance judiciaire l'abus fait par lui des pouvoirs dictatoriaux qu'il s'est fait illégalement attribuer. Il a voulu entraîner dans son illégalité le pouvoir judiciaire. Il a voulu faire déclarer juridiquement qu'il avait le droit de violer la constitution. Et à la honte du Tribunal fédéral, à la honte de la nation tout entière et de l'opinion publique qui n'a que faiblement protesté, il a parfaitement réussi.

Les faits de la cause avaient en eux-mêmes peu d'importance, puisqu'ils n'étaient destinés qu'à servir de prétexte à une autre action, qu'à introduire et gagner une autre cause, celle des pleins pouvoirs du Conseil fédéral. Mais il fallait d'abord gagner la première. Le Tribunal fédéral s'est prêté à cette doublebesogne avec la plus grande complaisance.

Voici les passages poursuivis tels qu'ils figurent dans l'acte d'accusation du procureur Burkhardt, représentant du ministère public :

P. 480. — On a fait à certains mots mémorables du chancelier de Bethmann-Hollweg l'immortalité d'infamie qu'ils méritent ; mais il en est un qui a failli d'abord passer inaperçu à la faveur peut-être de son énormité même : c'est le proverbe : « Nécessité n'a pas de loi », appliqué à la violation du territoire de la Belgique. Qu'est-ce que cela veut dire ? Simplement en d'autres termes qu'il était *nécessaire* de traverser la Belgique, *puisque nous ne pouvions pas pénétrer en France autrement.* Double scélératesse ! Oser faire valoir comme excuse de son crime ce qui en est l'aveu cynique et impudent ! Un voleur, pour piller une maison, assassine le voisin qui l'empêchait d'entrer : il le fallait, dit-il, songez donc ! Je n'aurais jamais pu emporter autrement l'argenterie, la vaisselle, les tableaux et le coffre-fort. Voilà ce qui s'appelle une raison et voilà la « nécessité » qui excuse le crime dans la morale boche !

Page 481. — Je finirai par les absoudre (les partisans de la barbarie des représailles), moi qui les ai maintes fois condamnés ; je les comprends déjà parfaitement et j'avoue que je n'ai plus la force de blâmer ceux qui estiment que l'amende la plus ruineuse ne suffira jamais pour expier le crime des démons qui ont fusillé d'héroïques défenseurs de leurs propres foyers, incendié leurs pauvres toits, et la cathédrale où ils priaient, mutilé leurs enfants, assassiné leurs vieillards, violé leurs filles et leurs femmes... La justice ne peut être vraiment satisfaite que par l'égalité, sinon la parité du châtiment ; pour les monstres de méchanceté, que leur conscience obtuse ou faussée ne tourmente point, ne faut-il pas des tortures extérieures qui soient l'équivalent des cruautés qu'ils ont commises et des remords qui devraient s'attacher à leurs pas comme les furies antiques ?

Il n'y aurait qu'un moyen — un seul ! — de satisfaire la justice sans laver, dans des torrents de sang, la terre ensanglantée : ce serait que le principal coupable payât pour les autres. Le jugement public et solennel, devant un tribunal européen, suivi de l'exécution capitale (1) du bandit couronné, qui a commis le plus grand crime de l'histoire contre la paix du monde, contre sa prospérité matérielle, contre le règne de l'esprit, contre la vraie civilisation, la vraie culture et l'humanité, nous causerait un tel soulagement que, dans la joie d'une si grande délivrance, nous pourrions absoudre les complices et les instruments de ce misérable... Mais il resterait au moins les indemnités à payer et les territoires à rendre.

Eh bien, non ! Il faut condamner sans réserve la loi barbare du talion et maintenir la doctrine vraiment évangélique de notre État-major contre les pontifes sanglants des églises et des universités allemandes qui ont le front d'invoquer, pour la justification de leurs exécutions féroces, l'autorité de Jésus-Christ (2).

Ce passage est accompagné des notes suivantes :

(1) Condamné à être fusillé ou pendu « haut et court », on pourrait lui faire grâce de la vie. La conscience publique serait pleinement satisfaite par une clémence plus amère que la mort, qui ne serait, en bonne morale, qu'un prolongement et une aggravation de la peine.

(2) « Il est vrai que nos soldats ont fusillé, en France et en Belgique, tous les brigands, hommes, femmes, enfants, et qu'ils ont détruit leurs habitations. Mais voir là une contradiction avec la doctrine chrétienne, c'est prouver

qu'on n'a pas la moindre compréhension du véritable esprit du Christ. » (Déclaration d'un prêtre catholique au
Reichstag. « Paroles allemandes », page 134).

Page 487. — Devant l'indignation de tout le genre humain, l'Allemagne adopte tantôt l'une tantôt l'autre
(sans s'inquiéter de la contradiction) de ces deux attitudes
contraires : ou elle tente de se disculper, ou elle proclame
ses abominations et s'en vante. Esthétiquement (car de
morale, il n'en faut pas parler, ici, en aucun cas), *esthétiquement*, dis-je, elle est beaucoup plus intéressante lorsqu'elle a le courage de sa scélératesse que lorsqu'elle en a
honte. |

Tout cela témoigne d'une assez pauvre littérature,
mais, en somme, n'est pas bien méchant. Je ne suis
nullement suspect de tendresse pour le pieux vieillard
qu'est M. Paul Stapfer, qui m'a jadis, dans cette
même *Bibliothèque Universelle*, traité presque aussi
bas que l'empereur Guillaume II, pour avoir écrit
l'Ecole du Dimanche. Mais il faut avouer qu'en cette
occasion son langage et ses sentiments étaient ceux
de tous les honnêtes gens, même en Suisse, où il en
reste encore quelques-uns. L'excès même de sa légitime indignation ne dépassait pas des limites qui ont
été souvent franchies chez nous. On a cité, au cours
du procès, un article de M. Virgile Rossel, juge lui-
même au Tribunal fédéral, ô ironie ! article des plus
offensants pour l'Allemagne et qui n'a pourtant été
ni saisi, ni poursuivi. On aurait pu tout aussi bien
rappeler la célèbre conférence de Spitteler et le fameux passage sur Caïn et Abel. Actuellement, on
insulte à jet continu la Grèce et la Bulgarie, sans que

la censure ait l'air de se douter de l'existence du terrible décret.

Le procureur général Burkhardt, auteur, paraît-il, dudit décret et chargé de son exécution par tous les moyens légaux (ou plutôt extra-légaux), ne s'en émeut aucunement. Ce Laffemas helvétique laisse tranquillement « avilir », « livrer à la haine ou au mépris » tous les peuples de l'Europe. S'il s'est jeté sur la *Bibliothèque Universelle*, son zèle ne désire pas d'autres victimes. (Ce qui ne veut pas dire que nous n'ayons plus rien à redouter de la censure. La censure sévit à ses heures et selon ses crises. Nous vivons sous le régime du bon plaisir. Nous ne sommes plus gouvernés d'après les lois, mais sur des ordonnances de salut public, qui elles-mêmes ne sont pas sûres, qu'on applique ou qu'on n'applique pas, selon les circonstances, les lubies ou les injonctions étrangères, mais dont la menace n'en reste pas moins toujours suspendue sur nos têtes.)

C'est que la question qui se posait, dans l'affaire de la *Bibliothèque Universelle*, était moins de savoir si et dans quelle mesure son éditeur responsable serait condamné, que d'apprendre si le Tribunal fédéral, demeuré jusqu'ici muet dans les graves conjonctures que nous traversons, consentirait à juger sur un texte illégal et à sanctionner par son obéissance le coup d'État des pleins pouvoirs.

Tel était en effet l'essentiel du procès, car une fois le décret déclaré valable en justice, il était évident que l'article poursuivi, qui y contrevenait incontestablement, ne pouvait point ne pas être condamné.

Aussi le premier soin du défenseur, Me Simon de Félice, professeur de droit civil à l'université de Lausanne, fut-il, après lecture de l'acte d'accusation, de déposer d'entrée des conclusions tendant à ce qu'il plût à la Cour pénale fédérale de se déclarer incompétente, l'ordonnance du 2 juillet étant inconstitutionnelle, et le cas, à supposer qu'il fût justiciable des tribunaux, ce qui n'était pas, puisqu'aux termes de l'article 42 du Code pénal fédéral il eût fallu une plainte préalable du gouvernement étranger prétendument diffamé, relevant alors des assises fédérales, soit du jury.

On vit tout de suite que le siège du Tribunal était fait, car au lieu de se ranger à cette procédure logique et seule régulière, il refusa de disjoindre les questions et d'examiner le déclinatoire d'incompétence autrement qu'avec le fond.

Ne pouvant suivre ici tout le détail du procès, quelque intéressant qu'il soit, nous nous bornerons à donner le résumé des arguments produits de part et d'autre touchant ce point capital des pleins pouvoirs.

Argumentation de Félice. Si large que puisse être la notion des pleins pouvoirs délégués en temps de guerre au Conseil fédéral, il n'est pas admissible que l'Assemblée fédérale lui ait concédé des pouvoirs plus étendus que ceux dont elle dispose elle-même. Il ne dépend en tout cas pas de l'Assemblée, à supposer qu'elle puisse elle-même imposer au Tribunal fédéral des lois qui seraient contraires à la constitution, que le privilège soit transféré. Les Chambres n'ont d'ailleurs pas voulu transférer le pouvoir de violer la constitution. Il y a dans la constitution des principes fondamentaux qui tiennent à l'organisation même de l'État. Ce sont les articles qui instituent les pouvoirs publics et, parmi ceux-ci, le jury fédéral. On n'a pas pu supprimer ces principes et on ne l'a pas voulu. Ce qui le prouve, c'est qu'au moment où ces pleins pouvoirs ont été accordés, il a été déclaré aux Chambres que ces pouvoirs n'étaient pas illimités. Ils devaient se borner aux mesures propres à assurer la sécurité du pays et à maintenir sa neutralité. Le Conseil fédéral ne pouvait donc s'arroger le droit de bouleverser les institutions suisses. Dans un débat des Chambres fédérales relatif à l'impôt de guerre, la plupart des orateurs ont justement soutenu que l'Assemblée ne pouvait modifier la constitution. A plus forte raison le Conseil fédéral ne saurait-il valablement le faire. De toutes les discussions qui ont eu lieu à diverses reprises aux Chambres, il ressort sans équivoque que le pouvoir législatif n'a pas pu et n'a pas voulu conférer à l'exécutif des pouvoirs inconstitutionnels.

Argumentation Burkhardt. Le texte de l'ordonnance du 3 août 1914 parle des pouvoirs *illimités* qui sont conférés au Conseil fédéral. Le mot illimité doit-il être entendu en ce sens que le Conseil ne pourra cependant agir que dans les limites tracées par la constitution ? Non, cela n'est pas possible en fait, vu les circonstances. Nombre de mesures, dans tous les domaines, ont été prises qui sont contraires aux principes généraux de la constitution fédérale. On n'a

pas entendu sacrifier le pays à la légalité. C'est le bon
sens même qui plaide pour la nécessité politique. Il
était impossible d'accorder les pleins pouvoirs au
Conseil fédéral tout en le forçant à respecter la constitution. Toutes les dispositions fédérales sont, en
outre, obligatoires pour le Tribunal fédéral, qui ne
peut en aucun cas en examiner la constitutionnalité.
Le Tribunal ne peut se demander si une mesure prise
pendant le *Notstand* (état de nécessité) est opportune
ou non. Cela regarde les autorités politiques. Les libertés publiques ne sont pas menacées. Il a fallu,
momentanément, les restreindre dans l'intérêt de la
patrie.

A l'ouïe des théories invraisemblables du procureur fédéral, on eût pu se demander si l'on était dans
la Venise du Conseil des Dix ou dans la Prusse du
Not kennt kein Gebot. Le Tribunal fédéral se fût honoré en expulsant l'auteur de ces impudentes déclarations. Malheureusement, ce sont celles-ci mêmes
qui devaient prévaloir, et, le lendemain, nous eûmes
la honte et la douleur de lire dans le jugement rendu
par la Cour ces paragraphes stupéfiants :

C'est en vain que le prévenu s'attache à démontrer
qu'en édictant l'ordonnance du 2 juillet 1915 le Conseil
fédéral a excédé les pouvoirs qui lui avaient été confiés.
C'est l'Assemblée fédérale seule qui peut décider si le
Conseil fédéral a outrepassé les droits qu'elle entendait lui
donner et elle a au moins tacitement ratifié l'emploi prétendument abusif qu'il en a fait, puisque, réunie le
2 juillet 1915, elle n'a pas cru devoir révoquer ou désa-
vouer l'ordonnance rendue à cette date.

Enfin, il n'est pas non plus exact de prétendre que l'Assemblée fédérale n'a pas pu autoriser le Conseil fédéral à s'affranchir des règles constitutionnelles qui, en temps ordinaire, s'imposent à l'observation des autorités. Bien que la Constitution ne comprenne pas de disposition formelle dans ce sens, il n'est pas douteux que, lorsque, par suite de circonstances exceptionnelles, le Conseil fédéral est chargé de prendre toutes les mesures exceptionnelles nécessaires pour le bien public menacé, il ne saurait être lié par la Constitution, dans cette œuvre indispensable. Le prévenu reconnaît lui-même qu'il peut être amené à restreindre certaines des garanties constitutionnelles, mais il veut qu'il respecte au moins les dispositions organiques de la Constitution : mais cette délimitation est tout arbitraire et il est manifestement impossible de prescrire au gouvernement de s'arrêter à un point déterminé, si le salut du pays exige qu'il aille au delà.

Quant à savoir si, dans tel cas particulier, par exemple en l'espèce, le Conseil fédéral avait des raisons suffisantes pour sortir du cadre tracé par la Constitution, l'autorité judiciaire ne peut s'arroger le droit d'en décider : c'est l'autorité politique seule, soit le Conseil fédéral, sous le contrôle de l'Assemblée fédérale, qui est juge de la nécessité des mesures qu'elle ordonne dans la plénitude de sa responsabilité, vis-à-vis du pays.

En résumé, le Tribunal fédéral n'est pas compétent pour rechercher si l'ordonnance est constitutionnelle. Si même elle ne l'était pas, il ne s'en suivrait pas qu'en l'édictant le Conseil fédéral eût excédé ses droits.

Telle est la doctrine de Deux-Décembre qui sévit actuellement en Suisse. Il n'y a qu'une chose juste dans ce cynique langage, c'est de faire remonter à l'Assemblée fédérale la responsabilité première du désastre. Il est certain que c'est l'Assemblée qui a été la principale coupable en déléguant des pleins pouvoirs qu'elle n'avait pas, et qui l'est demeurée en

sanctionnant par son silence et par son inertie l'abus
qui en était fait. Tout le reste n'est que mensonge,
c'est de l'Escobar tout pur. Il n'est pas vrai que le
Tribunal fédéral soit tenu de juger sur des décrets
anticonstitutionnels et qu'à l'arbitraire des pouvoirs
publics il doive ajouter le sien.. Il n'y a pas de texte
légal qui puisse le soustraire à son devoir d'appliquer
la constitution et de n'appliquer que la constitution
et les lois constitutionnelles. Toute autre attitude
n'est qu'un scandale. Le sang d'un citoyen suisse ne
devrait faire qu'un tour devant d'aussi abominables
théories (¹).

Nous n'avions plus de constitution, plus de lois.
Maintenant nous n'avons plus de justice.

Que fait le peuple ?

C'est la première fois dans l'histoire suisse qu'on
assiste à une pareille déroute.

Le régime absolu de la tyrannie est désormais instauré chez nous. Il ne nous reste plus que l'espoir
que nos maîtres seront de bons tyrans.

Précaire consolation !

C'est d'ailleurs la seule chose que nos neutralistes
et bénisseurs patentés objectent à nos appréhensions.
— Oui, sans doute, disent-ils, en fait vous avez rai-

(¹) En septembre 1915, au moment de la saisie, trois mois avant le
procès, le colonel Feyler écrivait dans la *Revue militaire suisse* : « Que la
Bibliothèque Universelle fasse instruire le procès de la constitutionnalité
de l'ordonnance du Conseil fédéral. Il faut un arrêt de justice pour dire
si les Chambre fédérales peuvent avoir délégué à l'exécutif plus de
pouvoirs qu'elles-mêmes n'en tiennent du peuple. Si le Tribunal fédéral
répond non, la question sera tranchée. S'il répond oui, il se trouvera
bien quelques hommes encore en Suisse pour provoquer respectueusement, mais fermement les mesures constitutionnelles qui s'imposeront. »
— Il ne s'en est pas trouvé. [Janv. 1917.]

son ; mais qu'y a-t-il à craindre ? Nous avons confiance dans nos autorités. Nos conseillers et nos chefs
militaires sont de braves gens !

Braves gens, soit. Peut-être. Pour le moment. En
tout cas, ce ne sont pas des gens braves. Car le règne
de la tyrannie n'est, le plus souvent, que celui de
la lâcheté.

La condamnation de la *Bibliothèque Universelle*
devait s'en suivre automatiquement. Si le vénérable
auteur de l'article se fût trouvé sous la griffe de nos
inquisiteurs, nul doute qu'il n'eût été condamné au
maximum. M. Millioud, ayant pu établir qu'il avait
donné le manuscrit à l'impression sans le lire et en
ayant convenablement regretté les termes attentatoires au bon renom de l'Allemagne, s'en est tiré
avec 500 francs d'amende commuables à défaut de
paiement dans les trois mois en une peine de 100 jours
de prison.

Par une étrange coïncidence, le jour même où le
Tribunal fédéral se couvrait d'une triste gloire par
cette inique condamnation, nous apprenions l'acquittement, en Hollande, de M. Schroeder, rédacteur
en chef du *Telegraaf*, poursuivi pour le même délit
d'attaque contre l'Allemagne.

Il y a des juges à Amsterdam !

XI

L'AFFAIRE DES COLONELS

Février 1916.

Il y a quelque temps, nous causions, à Paris, entre compatriotes, des tristes conditions morales où se débat présentement notre pays, incapable d'avoir une attitude *une, digne, démocratique*, en un mot, *helvétique*, dans le conflit qui scinde l'Europe. Nous parlions de la Suisse prussianisée, toute puissante, en dépit de l'opposition croissante en Suisse alémanique même, de cette Suisse prussianisée composée des classes dirigeantes des cantons allemands, grands industriels, grands commerçants, banquiers et financiers, haut personnel politique et militaire, avec adjonction pour ce dernier élément d'un nombre appréciable d'officiers romands, tous persuadés plus que jamais du triomphe final de l'Allemagne ; nous parlions de l'action néfaste des journaux de langue allemande, dont les trois quarts sont aux gages de l'agence berlinoise Mosse ; de nos universités régentées par les méthodes d'outre-Rhin, avec leurs innombrables professeurs de haute Kultur, dont la moitié ne sont même pas naturalisés ; de nos intellectuels dévoués à la gloire prussienne, aux deux brillantes exceptions de Spitteler et de Ragaz ; de nos neutralistes romands, affolés à l'idée de déplaire à Berne et résignés à tout sacrifier, jusqu'à nos libertés les plus chères, sur l'autel fallacieux d'une union qui n'est plus celle des âmes ; des mesures anticonstitutionnelles prises impunément par notre pouvoir exécutif et du déplorable procès de Lausanne, où le Conseil fédéral s'est fait reconnaître par la plus haute instance judiciaire le droit de violer la constitution.

Tout cela, disions-nous, tous ces faits lamentables ou révoltants, si contraires à notre esprit national, à nos traditions, sont dus uniquement à l'influence prépondérante de l'Allemagne. Que faire, nous demandions-nous, pour lutter contre cette fatale emprise ? Hélas ! répondais-je, nous avons tout essayé ; tous ceux qui pensent comme nous, et aux efforts de qui on ne saurait trop rendre justice, ont tenté par tous les moyens de modifier l'incroyable mentalité créée chez nous par la guerre européenne, sans autre résultat que de faire apparaître une minorité impuissante et timorée, qui se contente de se plaindre doucement sans se résoudre à rien. Et je me rappelle avoir ajouté : « Il n'y a plus qu'un bon scandale qui puisse nous sauver. »

Dans ma pensée, le « scandale sauveur » pouvait naître de la révélation brusque, par quelque fait matériel et inattendu, de la mainmise allemande sur notre pays. Il n'est pas douteux qu'un étroit réseau d'espionnage nous enserre, que nous sommes repérés, calculés, minés sur tous nos points vitaux, que tout est minutieusement préparé pour notre conquête militaire comme pour notre vasselage économique. Seconde Belgique, nous sommes mûrs pour la catastrophe. Nos Suisses préfèrent ne se douter de rien. Ils font des affaires avec l'Allemagne. Les forcer à voir, en leur mettant les yeux, par un contre-espionnage bien réussi, sur une traîtrise patente de l'Allemagne, tel était, selon moi, le meilleur et seul moyen de révolter enfin l'opinion contre l'impérialisation progressive du pays et de l'unir, comme aux temps jadis, contre les menaçants machinateurs d'annexion.

Le scandale est venu, mais, hélas ! non point comme je le souhaitais, pur et ne mettant en cause que des Allemands. Le scandale, comme une monstrueuse marmite trop bien dirigée, est tombé en plein sur notre État-major, écrabouillant deux de nos chefs les plus « insoupçonnables » et les plus hauts placés, sans doute parce que les plus germanophiles, et éclaboussant de ses éclats tout le reste. L'espionnage et la trahison étaient le fait d'officiers suisses. Là où l'on pouvait compter surprendre, dans leur louche besogne, d'authentiques Prussiens et leur mettre la main au collet pour l'édification de notre peuple dupé et mené en laisse, on découvrait deux colonels fédéraux, l'un issu d'une vieille famille zurichoise, l'autre appartenant au patriciat bernois le plus huppé, le premier, le colonel Egli, sous-chef de l'État-major général, l'autre, le colonel de

Wattenwyl, chef du service des renseignements.

Quand on pense que j'ai été injurié, menacé, décrété d'antipatriotisme jusque dans les colonnes pourtant modérées et peu suspectes d'hypocrisie du *Journal de Genève,* pour avoir dit — ou répété — qu'il ne serait pas impossible de trouver en Suisse alémanique quelques concitoyens auxquels ne répugnerait pas la perspective de coiffer le casque prussien !... Qui avait raison ? En voilà deux, tout au moins, qui le portaient déjà, le casque à pointe, et comment !...

Les faits ont été abondamment rapportés par la presse, aussi m'abstiendrai-je d'en reproduire le détail. Il en résulte que les deux officiers neutres entretenaient des rapports étroits avec les attachés militaires allemand et autrichien à Berne et, dans leur enthousiasme pour la noble cause des Empires du centre, ne trouvaient rien de plus louable que de leur faciliter leur mission d'espionnage. Ils leur passaient quotidiennement les renseignements particuliers de l'État-major suisse provenant des postes d'observation de la frontière et utilisaient à leur profit les talents d'un cryptographe fédéral expert à déchiffrer les dépêches secrètes russes que la légation de Russie envoyait candidement à son gouvernement, touchant l'organisation du service de renseignements russe en Allemagne, sans se douter que ses informations étaient aussitôt et fidèlement transmises sur place à l'ennemi par les soins de nos deux traîtres archigalonnés, que n'attendait plus que la gloire de la croix de fer. C'est même la perspicacité de ce cryp-

tographe, subtil par fonction et scrupuleux par définition (dans le civil il est théologien), qui, par un jeu
compliqué de petits papiers digne de Sardou ou de
l'affaire Dreyfus, finit par faire découvrir toute l'histoire.

Informés au commencement de décembre par un
mémoire circonstancié du trop curieux cryptographe,
le général Wille et le Conseil fédéral n'eurent pour
première et naturelle pensée que d'essayer d'étouffer
cette affaire qui leur parut malencontreuse. Au lieu
de faire procéder à l'arrestation des deux officiers, ils
résolurent de les éloigner en douceur de l'État-major
en les nommant, sans trop d'avancement, à d'autres
fonctions. Mais sur ces entrefaites, l'affaire s'était
ébruitée en Suisse romande. Elle prit de la consis-
tance du fait d'un cycliste romand de l'État-major,
qui faisait les commissions du Wattenwyl auprès du
von Bismarck de la légation d'Allemagne et qui jasa
inconsidérément dans les cafés de Genève. Le bruit
s'enfla, devint rumeur, tourna au scandale. Les journaux ne publiaient rien encore, mais leurs rédactions
s'agitaient, et quand une rédaction s'agite, c'est
encore pire que quand elle écrit. Des personnages politiques enquêtaient. Enfin, le 11 janvier, une délégation de députés genevois, vaudois, neuchâtelois,
fribourgeois se transportait à Berne pour saisir le
président de la Confédération de l'inquiétude croissante de la population romande. Quelques jours après,
des télégrammes officiels des Conseils d'État de
Genève, Vaud et Neuchâtel pressaient le Conseil fédéral et réclamaient des sanctions. Toute la presse

romande, jusqu'ici muselée par la peur de la censure ou les scrupules d'un patriotisme d'autruche, se déchaînait en un chorus impressionnant, à l'ahurissement complet de la presse alémanique, qui n'y comprenait rien, refusait de se rendre à la cruelle évidence, couvrait ses officiers et criait déjà au complot romand contre l'intègre Suisse allemande.

Il fallait marcher. Le Conseil fédéral le comprit. Il y alla de fort mauvaise grâce, mais il y alla. Après avoir bien tergiversé, décidé un complément d'enquête pour asseoir sa conviction, tenté de s'en tirer par de discrètes sanctions administratives sans procès public, il lui fallut bien finir par déférer les sacrosaints inculpés à la justice militaire. Et le 24 janvier, la *Gazette de Lausanne* pouvait écrire, non pourtant sans un résidu important d'indignation :

La décision du Conseil fédéral et du général renvoyant à la justice militaire les deux officiers qui ont manqué à leur devoir et au pays a soulagé l'opinion publique. Mais l'opinion publique n'est pas satisfaite.

Elle ne le sera que le jour où elle saura la loi, toute la loi, appliquée, le jour où elle pourra constater que les officiers prévenus sont traités comme tous les prévenus.

Elle sait que, pour des délits infiniment moins graves, des prévenus ont été incarcérés le jour où ils étaient présumés coupables. Elle sait que la loi est la même pour tous. Elle sait que, dès le 8 décembre 1915, les autorités politiques et militaires ont connu les accusations portées contre les deux colonels. Elle sait que, postérieurement à cette date, et en dépit des charges qui pesaient sur eux, un des officiers a été appelé à un haut commandement et qu'un autre haut commandement était destiné au second. Elle sait que, depuis six semaines, les deux officiers vont et viennent en toute liberté, plaident ou font plaider leur opprobre dans les journaux, plastronnent et défient. Elle sait ces deux hommes très intelligents. Et elle se demande ce que tout cela veut dire.

L'opinion publique reste inquiète. Elle ne sera tranquillisée que par l'application de la loi. Jusque-là, elle restera soupçonneuse et construira sur l'inapplication de la loi des raisonnements, sans doute injustifiés, mais qu'une justice égale pour tous peut seule réfuter.

L'opinion publique a raison. Ce qu'elle veut, c'est la loi et, avec la loi, l'honneur, l'honneur de l'armée, qui est l'honneur du pays.

Il est éclaboussé. Il n'y a qu'un moyen de le rétablir : la loi.

La loi : mais quelle loi ?

Sommes-nous en temps de paix ou en temps de guerre ? Les journaux citent des textes de codes dont seraient passibles les deux officiers félons. On n'a que l'embarras du choix, et le choix s'augmente d'ordonnances récentes émises sous le régime de bon plaisir dont nous jouissons. Mais ce régime même et les pleins pouvoirs qui l'ont instauré ne se légitiment, selon les déclarations du Conseil fédéral et le jugement fameux du Tribunal fédéral, que par les « nécessités » du temps de guerre. Nous sommes donc en temps de guerre, ou alors le Conseil fédéral n'a plus qu'à se démettre immédiatement de ses pleins pouvoirs. De ce dilemme inexorable, il ressort que c'est le Code militaire de guerre qui doit être appliqué.

Je n'ai pas besoin d'indiquer quelle en serait la sentence.

XII

LE PROCÈS DE ZURICH

Mars 1916.

LES deux colonels félons, après aveux sans ambages et glorification sans remords de leurs attentats contre la patrie suisse au profit de leur patrie austro-allemande, ont été acquittés par le Conseil de guerre de la 5e division. L'État-major triomphe. La franc-maçonnerie militaire, le prestige des étoiles, les injonctions du chef d'État-major von Sprecher, la puissante pression occulte du général ont victorieusement opéré. Des militaires n'ont pas voulu condamner des officiers appartenant à la caste. C'est l'affaire Dreyfus renversée, avec cette différence que les faits de la cause étant avoués, reconnus, mis en pleine lumière par le procès, ne prêtaient à la discussion que sur leur interprétation, et avec cette aggravation que la caste dont l'honneur était en jeu ne demeurait pas strictement nationale, mais s'inféodait à deux puissances étrangères.

Le « scandale sauveur » dont, imprudemment et

11

dans mon incurable optimisme, je voulais favorable-
ment augurer, a finalement tout perdu. Le mal est
plus profond que je ne l'imaginais. Le prussianisme
de nos classes dirigeantes, exaspéré par les pleins
pouvoirs, résiste à tout, même au scandale. Loin de
s'en effarer, loin de s'en voir diminué par l'évidence,
d'y trouver sa ruine et son effondrement, il s'en pare
glorieusement et, ne pouvant plus se dissimuler, il
s'affiche. « N'avouez jamais ! » disait Avinain. Nos
colonels ont trouvé mieux : « Avouez tout, mais
vantez-vous-en ! »

Cette tactique par le cynisme était évidemment la
meilleure, puisqu'elle a réussi devant des juges hyp-
notisés à la fois par la puissance germanique, le prestige des accusés et la volonté de leurs grands chefs.

Was Wille will
Und Sprecher spricht,
Das thue still
Und murre nicht.

La justice suisse a donc dès maintenant bouclé la
boucle de ses exploits, sous l'œil du Kaiser et la béné-
diction du Vieux Dieu. Après la justice civile qui, à
Lausanne, avait jugé qu'il était licite de violer la
constitution, voici la justice militaire qui décide, à
Zurich, que la livraison à des puissances étrangères
belligérantes de renseignements secrets appartenant
à l'État-major de la Confédération et la violation de
la neutralité en pleine période de guerre n'est pas un
cas punissable judiciairement. Telle est la mentalité
qui règne aujourd'hui dans le royaume de Danemark.

Le système de défense des deux inculpés fut aussi

simple qu'arrogant. Il consista tout uniment à dire :
Oui, les faits sont patents. Oui, nous communiquions
quotidiennement des renseignements confidentiels
de notre État-major à l'attaché militaire allemand
von Bismarck et à l'attaché militaire autrichien von
Einem, avec lesquels nous entretenons des rapports
étroits. Mais ce faisant nous estimons que nous ren-
dions service à notre pays, car nous obtenions, en
échange, des informations intéressantes qui nous
permettaient « de mieux étudier l'histoire de la
guerre ». Qu'à satisfaire ainsi notre curiosité nous
portions atteinte à la neutralité, nous n'en discon-
venons pas, mais cela nous laisse parfaitement indifférents. Tout le service de renseignements est
d'ailleurs contraire à la neutralité. La neutralité,
qu'est-ce que cela ? Elle consiste pour nous à en donner
autant à l'attaché autrichien qu'à l'attaché allemand
et à tenir entre nos deux sympathiques voisins la
balance égale. Sur quoi nous nous déclarons, la main
sur la conscience, des gens pleins d'honneur, des officiers modèles et de parfaits citoyens.

Telle fut, sommairement mais très exactement
résumée, l'argumentation d'Egli et de von Wattenwyl
et la plaidoirie de leurs avocats, le tout constellé
d'insultes et de railleries à l'adresse de la Suisse romande et d'accusations menaçantes à l'endroit du
principal témoin à charge.

Il est regrettable que le tribunal n'ait pas cru devoir s'attarder un peu aux faiblesses de cette thèse.
Les renseignements livrés aux attachés étrangers
étaient sans valeur et n'intéressaient pas la sécurité

de la Suisse, aux dires des accusés et de leur haut garant, le colonel von Sprecher. S'ils étaient sans valeur, comment nos gens pouvaient-ils en recevoir d'importants en échange ? L'argument du troc ne résiste pas à cette simple observation. Si par contre, contrairement à leur affirmation, les documents suisses avaient de la valeur, c'était passer des armes à l'une des parties belligérantes au détriment de l'autre, sans recevoir en retour quelque chose d'une utilité correspondante, puisque la Suisse n'est pas en guerre. De toute façon, la position prise par les deux complices et leur puissant acolyte était insoutenable. Sans parler de ce qu'il y a de répugnant et d'inacceptable pour notre pays à penser que l'honneur de la Suisse peut faire l'objet d'un trafic, considération dont le tribunal n'a pas paru le moins du monde se préoccuper.

En réalité, les renseignements confidentiels transmis avaient une grande valeur, comme on en a pu juger aux quelques passages, discrètement triés, de la fameuse *Gazette de l'État-major* lus à l'audience par le greffier. Ces passages contenaient, selon les comptes rendus, « toute une série de nouvelles relatives à des mouvements de troupes étrangères (lisez françaises), à des compositions de troupes, à des actions de guerre, à des emplacements de troupes, *des détails circonstanciés sur la bataille d'Arras, sur le nombre des Anglais en France* » ; puis, concernant le front italien, « des renseignements parfaitement précis sur des opérations d'artillerie, sur des mouvements de troupes, *le tout hautement confidentiel et*

révélant très clairement la cause de certains succès et
de certains revers ; sur le service des chemins de fer,
sur la fabrication des aéroplanes, des munitions, sur
les transports » ; on y trouvait « *le compte rendu dé-*
taillé de l'ordre de bataille des Alliés sur le front fran-
çais ».

Que devient, devant ces constatations, l'autre allégation des inculpés que les renseignements fournis
n'intéressaient pas la sécurité de la Suisse ? Ce n'était
donc pas créer un véritable danger pour notre pays
que de se livrer à des agissements portant directement préjudice à deux pays belligérants voisins, la
France et l'Italie ? Sans doute, le danger n'était que
latent, du moins autant que ces agissements de-
meuraient secrets, mais le fait même qu'ils pouvaient
être découverts, que la connivence de l'État-major
suisse avec les Empires du centre pouvait venir à la
lumière, ne constituait-il pas le plus évident péril
pour notre sécurité ? Qu'elles en fussent averties, et
les deux puissances lésées se trouvaient en droit d'y
voir un acte d'hostilité flagrante à leur égard et une
rupture de la neutralité au profit de leurs ennemis.
Négligeant les trahisons à l'égard de la Russie qui,
bien que moralement certaines, n'ont pu être juridiquement établies, n'y en avait-il pas suffisamment
pour motiver, de la part des puissances alliées, de
sérieuses explications diplomatiques à demander à la
Suisse ?

Quant aux prétendus renseignements obtenus en
échange, que signifiaient-ils ? Les attachés allemand
et autrichien s'empressaient de communiquer à leurs

gouvernements les précieuses indications qu'ils recevaient de leurs espions et amis, les deux colonels suisses. Mais ceux-ci, quel usage faisaient-ils des informations qui leur étaient données ? Où en trouve-t-on trace ? Quels sont les documents où elles figurent ? Egli et von Wattenwyl les consignaient-ils aux dossiers de l'État-major ? Renseignaient-ils le Conseil fédéral ? Aucunement. Egli et von Wattenwyl étaient considérés par les attachés centraux comme de loyaux et indéfectibles camarades, comme de bons et purs Allemands ; les nouvelles qu'ils leur communiquaient étaient des confidences de boche à boche, qui n'allaient pas plus loin et que nos deux Suisses savaient garder plus jalousement que les secrets militaires fédéraux qui leur étaient confiés. C'est ainsi qu'ils connurent l'offensive germano-autrichienne contre la Serbie un mois avant qu'elle se produisît et l'assaut de Verdun bien avant qu'il se déclanchât. Peut-être auraient-ils appris de même, un beau jour, quelque projet d'agression austro-allemande contre le territoire helvétique.

Toute cette scabreuse et suspecte théorie des compensations, assimilant des officiers supérieurs de l'armée fédérale à de louches agents d'espionnage, ne tient pas debout. Il a fallu toute l'ingérence du haut commandement pour l'imposer, toute la complaisance du tribunal pour l'accepter. Car quel que soit le subterfuge des considérants plus ou moins sévères qui figurent au verdict, le fait est là, scandaleux, offensant pour la dignité d'un peuple libre, démocratique et neutre : l'acquittement.

Que des mesures disciplinaires aient été prises ensuite contre les coupables, que le général leur ait infligé vingt jours d'arrêts et les ait mis en disponibilité, que le Conseil fédéral les ait suspendus des fonctions civiles qu'ils occupaient à l'État-major, se réservant d'ailleurs de leur en confier d'autres dans l'administration militaire(¹), qu'à la suite de ces pâles sanctions l'un des deux acquittés de Zurich, froissé dans sa conscience, ait jeté théâtralement sa démission à la tête du pays qui le méconnaissait, qu'on ait donné ce maigre os à ronger à l'opinion romande, peu nous chaut : cela ne répare pas la sorte de triomphe moral qui leur a été décerné (²), cela n'atténue en rien la défection de la justice militaire.

(¹) On lit dans la *Tribune de Genève* du 4 février 1917 ;
« Nous sommes en mesure d'infirmer le démenti d'après lequel le colonel de Wattenwyl n'a plus de relations avec l'État-major. Des derniers renseignements que nous avons pris à la source la plus sûre, il résulte que le colonel de Wattenwyl est bel et bien employé à l'État-major de l'armée. Il y est occupé à la revision d'un ancien guide d'état-major. Lorsque le colonel avait, au lendemain du procès de Zurich, été éloigné de l'État-major et des bureaux du Département militaire, il avait été convenu qu'on verrait à lui confier à l'occasion d'autres fonctions. Jusqu'à présent, le Département militaire n'avait pas jugé utile de faire appel aux services de M. de Wattenwyl. Il paraît que le chef de l'État-major a trouvé que la revision d'un guide pourrait occuper utilement les loisirs du colonel. Mais, ce qu'il y a d'étrange, c'est que le chef du Département militaire n'a pas été avisé de cette décision, ce qui explique le démenti qui a paru. Vu les circonstances dans lesquelles le colonel de Wattenwyl avait été momentanément mis à pied, on s'explique difficilement que le chef de l'État-major ait fait appel aux services de cet officier sans en informer immédiatement le chef du Département militaire. » [Février 1917.]

(²) L'Université de Bâle s'est empressée d'offrir une chaire au colonel Egli, promu au rang de héros national, et le principal journal de Bâle, les *Basler Nachrichten*, lui a demandé sa précieuse collaboration. Il juge actuellement de cette tribune écoutée les événements militaires de l'Europe. Ce n'est évidemment pas la compétence qui lui manque. Il est informé. [Janv. 1917.]

Mais ce qu'il y a eu de plus grave, ce qui est res-
sorti de plus inquiétant des débats de Zurich, c'est
l'attitude de la camarilla d'État-major qui nous gouverne, dont nous dépendons, qui tient on ne sait
comment sous sa botte le Conseil fédéral, les Chambres et le pays, et qui fut personnifiée par son chef,
le colonel von Sprecher von Bernegg. La fantastique déposition de Sprecher, couvrant ses subordonnés, affichant avec une audace déconcertante
des sentiments et des façons de voir en importation
directe de Berlin ou de Vienne, aux grands applau-
dissements de la presse gouvernementale et germanophile, a produit un effet consternant. Voilà donc
où nous en sommes ! Le chef de notre État-major
s'est permis de déclarer que la neutralité n'oblige pas
strictement ; que si elle comporte des devoirs, elle
confère aussi des droits, qui sont précisément de la
violer lorsque cela paraît utile à l'autorité militaire.
Il s'est permis d'incriminer l'Angleterre de ne pas
respecter la correspondance des neutres, sans se dire
que l'administration militaire suisse en fait exactement de même sur le territoire de la Confédération,
comme cela a été prouvé au Tessin, et sans penser
que les citoyens suisses préféreraient beaucoup être
protégés contre les attentats des sous-marins impé-
riaux, que d'avoir la satisfaction de savoir que la
« puissance qui domine la mer » laisse libre passage
aux complots qui s'ourdissent en Suisse contre les
usines des États-Unis et la vie des ouvriers américains. Quelle honte ! Toute confiance a désormais
disparu. Nous ne nous sentons plus en sûreté ! Notre

neutralité n'est plus qu'un vain mot. Notre armée ne nous protège plus contre les menaces ou les tentations du Nord. Nous sommes à la merci d'hommes dont le plus cher désir est de transformer notre pays en une marche de l'Allemagne.

XIII

LA DICTATURE MILITAIRE

Avril 1916.

COMPROMISE dès le début par l'acceptation silen-cieuse de la violation du Luxembourg et de la Belgique, ainsi que par l'illégale attribution des pleins pouvoirs, la situation politique et morale de notre pays, loin de s'améliorer, ne cesse d'empirer. Il semble que de par cette défaillance initiale, symptôme subit d'un état de décadence nationale que nous ne soupçonnions pas, tout se soit corrompu dans sa source, paralysé dans sa racine, — jusqu'aux plus belles tirades parlementaires, qui ne se traduisent que par des actes de soumission, jusqu'aux plus louables manifestations populaires, qui ne vont pas plus loin que la fadeur d'ordres du jour stériles, — comme sous l'effet progressif d'un venin subtil et dissociateur, qui ruine la volonté et annihile le caractère. Les hommes de 1914 sont encore là, ceux sur qui reposait la dignité de la Suisse et qui l'ont si mal soutenue, tous, sauf les deux sinistres acquittés de Zurich, dont nous ne sommes peut-être même pas définitivement débarrassés, députés trembleurs, conseillers butés, colonels sournois, tous sont là, immuablement là, dans leur louche inertie ou leur autoritarisme suspect : Chrysales épais dont la capacité se hausse à nombrer des seaux de charbon ou à compter des sacs de blé, Tartuffes galonnés, s'employant *ad majorem gloriam Germaniæ* et n'attendant que le moment de s'écrier, en sonnant du talon : « La maison est à moi ! » La frousse, l'effroi des responsabilités étreint la plupart de ceux que ne gonfle pas secrètement la sainte ardeur du *Deutschtum* et la tentation des complicités inavouées. La neutralité qui muselle les uns est à charge aux autres. C'est le gâchis des consciences, le tohu-bohu des sentiments que l'on cherche vainement à rendre conciliateurs. Seul l'État-major sait à peu près ce qu'il fait et ce qu'il veut : ployer sous un joug disciplinaire à l'instar de Berlin les opinions et les libertés, créer la raison d'État, instaurer le drill moral, briser les autonomies et régner sur le troupeau docile des citoyens par la cravache et par la botte.

Le principal coupable, en cette triste histoire, n'est autre, en définitive, que le peuple souverain. Il laisse sans sourciller porter atteinte à ses traditions, à son esprit, aux institutions qu'il s'est librement données. On viole sa Constitution fédérale, il ne dit rien. On viole ses Constitutions cantonales, pas un de ses cantons ne proteste. On établit chez lui le régime de la dictature, il le souffre placidement. Ses représentants, excédant leur mandat, confèrent

d'exorbitants pouvoirs à un Conseil d'oligarchie, il
ne les désavoue pas. Et devant cette succession de
délits qui lèsent sa dignité comme ses intérêts, il
s'abstient de recourir à ses droits imprescriptibles :
pas la plus petite initiative, pas le moindre referendum. C'est l'abdication pure et simple.

Après un an et demi de silence morne, il a fallu
l'affaire des officiers pour le sortir un peu de son
apathie. Il a tenu quelques assemblées populaires ;
on l'a vu émettre, à Genève, un ordre du jour de
protestation « contre l'attitude équivoque des députés aux Chambres fédérales, préconisant la limi-
tation des pleins pouvoirs dans les assemblées populaires et votant ensuite leur maintien à Berne ». A
Zurich, — ville infestée de Boches qui tiennent le
haut du pavé, mais où le modeste électeur, où l'authentique Suisse n'a nullement approuvé l'acquittement et n'a point vu sans indignation le bataillon de
service rendre les honneurs militaires aux traîtres,
— à Zurich, le mécontentement s'est traduit par de
forts succès socialistes dans un scrutin judiciaire et
aux élections municipales. C'est là tout. Le peuple
gronde sourdement, mais il ne cherche pas à s'exprimer avec plus d'efficacité. Survienne un cataclysme, il sera trop tard.

Après le désastreux éclat du procès de Zurich, on
avait fondé quelque espoir sur la réunion des
Chambres fédérales (¹). Celles-ci, pensait-on, allaient se
ressaisir, profiter des fautes commises par le gouver-

(¹) Session du 6 au 17 mars.

nement pour lui retirer ses pleins pouvoirs, stigmatiser l'État-major devenu indigne de la confiance du
pays, exiger les modifications nécessaires dans le
haut personnel politique, administratif et représen-
tatif de la Suisse, et replacer l'autorité militaire sous
la suprématie du pouvoir civil. Ce fut une déception.
Au lieu de reprendre la direction des affaires, nos
mandataires ne firent que contresigner leur faillite.
Certes, il y eut d'abondantes joûtes oratoires. Des
flots de méritoire éloquence emplirent les enceintes
parlementaires. On put entendre, avec un soulagement provisoire de conscience, l'excellent rapport
du colonel Secretan, député de Vaud, sur l'emploi
des pleins pouvoirs par le Conseil fédéral,les protestations et les propositions de M. Fazy, député de
Genève, les exposés du neuchâtelois Calame et du
tessinois Borella sur le trouble jeté dans leurs cantons par les agissements de l'autorité militaire, les
énergiques déclarations de M. Tissières, député du
Valais, les édifiants récits de M. Daucourt, député
du Jura bernois, sur les brutalités des officiers menant
leurs hommes à la prussienne, les louables discours
de MM. Maillefer, Grimm, de Meuron, les paroles
concordantes et semblablement réprobatrices du
socialiste Naine et du libéral capitaliste Ador, les
justes violences de M. Willemin et les sensationnelles
révélations de M. Jaton sur des préparatifs de répression militaire contre la Suisse romande. On put
même ouïr de fort honorables propos de députés alémaniques, comme M. von Arx, de Soleure, au National, ou M. Winiger, de Lucerne, aux États. On

174   LES DEUX SUISSE

aurait pu même en découvrir,quoique de bien suspects et de bien enfarinés, dans les explications savamment opportunistes des conseillers fédéraux sur la sellette, MM. Hoffmann, Motta et Decoppet.

Tout cela en pure perte, tout cela pour aboutir au maintien des pleins pouvoirs et à l'approbation du Conseil fédéral, acte de désistement voté par 159 voix contre 15 (14 socialistes et 1 jeune-radical) au Conseil national et à l'unanimité au Conseil des États. Une proposition socialiste instituant une commission de contrôle a été rejetée. Une proposition « repoussant et désapprouvant les opinions sur la neutralité développées par des officiers supérieurs devant le tribunal de la 5e division » a été écartée par 111 voix contre 33. Une proposition chargeant le Conseil fédéral et le général « de prendre des mesures énergiques et immédiates, sans excepter, s'il le faut, le relèvement de leurs fonctions, contre des officiers qui, méconnaissant la tâche de l'armée, cherchent à influencer la politique extérieure du pays » a été rejetée par 115 voix contre 16. Deux propositions invitant le Conseil fédéral, l'une « à mettre à disposition le chef de l'État-major général de l'armée, M. le colonel von Sprecher von Bernegg, qui dans l'exercice de ses fonctions a délibérément violé le principe de la neutralité proclamée dans la déclaration du 3 août 1914, principe que le peuple suisse a toujours considéré comme la base de sa vie internationale », l'autre « à convoquer l'Assemblée fédérale pour examiner la situation du général et prononcer éventuellement sa révocation », ont été repoussées par 158 voix contre 3. Un postulat Fazy invitant le Conseil fédéral à élaborer un projet de loi modifiant deux articles de la loi militaire « de manière à assurer la prépondérance du pouvoir civil sur l'autorité militaire » a été rejeté par 111 voix sur 45. De telle sorte que, s'autorisant de ces beaux résultats pour tirer la moralité des débats, le président du Conseil national Eugster, dans son discours de clôture, a pu s'écrier sans la moindre ironie : « Nous avons confiance dans le Conseil fédéral, le général, le chef de l'État-major, dans toute l'armée et nous savons qu'à eux tous ils veilleront jalousement sur notre neutralité. » Décidément, c'est bien la faillite.

Mais le plus scandaleux fut l'histoire de l'amendement Gaudard. Ce Gaudard est un député vaudois qui voulait intercaler dans les considérants de la Commission un alinéa, d'une modération extrême, engageant le Conseil fédéral et le général à veiller « à ce que la *neutralité absolue* de la Suisse fût assurée *par tous ceux qui avaient mission de la défendre* ». Cet amendement, qu'accepta la Commission, portait les signatures de la plupart des députés romands, voire celles de quelques alémanes. Les députés radicaux allemands, qui détiennent la majorité aux Chambres, soupçonnant ce texte peu révolutionnaire d'être capable de porter quelque ombrage à S. M. grisonne, prince de Zurich, de Berne et autres lieux, le colonel von Sprecher, s'abaissèrent à la démarche inouïe dans les annales parlementaires d'aller lui demander s'il l'accepterait. S. M. répondit qu'elle ne

l'accepterait pas. Sur quoi cette bande servile de
revenir au Palais fédéral se prononcer contre l'amendement. Le moindre sens de leur dignité aurait dû
conseiller aux députés romands de le maintenir,
quittes à se voir mis en minorité, ce qui eût du
moins constitué une protestation dont toute la
Suisse non prussianisée leur aurait su gré. Ils n'en
firent rien. Devant le veto extra-parlementaire du
chef d'État-major, ils s'inclinèrent à leur tour, et
eux qui ne cessent, dans leurs journaux, de réclamer
justement la démission de Sprecher, on les vit s'empresser, à Berne, comme affolés par la menace de
cette même démission, de se rallier tous autour du
texte inoffensif qui leur fut proposé en remplacement
de l'amendement prohibé. Son auteur lui-même fut
le premier à l'abandonner. Voilà où nous en sommes.
Voilà la manière dont le pays est représenté (¹). Et
l'on appelle cela faire de la conciliation !

(¹) A la suite de la session de décembre, la *Gazette de Lausanne* du
24 décembre 1916 n'hésitait pas à stigmatiser le Conseil national, « si
manifestement inférieur à la moyenne de la nation et dominé par une
majorité en possession des places principales et de l'influence, bien
décidée à se maintenir au pouvoir, à s'y perpétuer obstinément, malgré
et contre le pays ».
« Cette majorité, disait la *Gazette*, qui ne correspond plus à celle du
peuple, mais s'inspire d'un âpre désir de conservation personnelle, porte
beaucoup plus que le gouvernement qu'elle nomme et soutient avec une
fidélité qui serait touchante, si elle ne s'inspirait de motifs beaucoup
moins idéalistes, la responsabilité de la situation actuelle. Pour défendre les situations acquises, cette majorité fait preuve d'une union
sacrée qui est infiniment supérieure à toutes les autres solidarités...
L'expérience a prouvé une fois de plus qu'à Berne les radicaux romands
placent les intérêts de leur parti et les réalités du pouvoir politique bien
au-dessus des aspirations des citoyens qui leur renouvellent leurs mandats avec la plus entière bonne foi et sans pouvoir se rendre compte
de visu de la manière dont ils sont représentés sous la coupole du Palais
fédéral... On parle beaucoup depuis quelque temps d'éducation ci-

La conciliation se fait, oui, mais sous la botte de l'État-major. Toute puissante, cette camarilla prétorienne se croit plus que jamais tout permis. Elle tient le pays, elle tient la représentation nationale, elle tient le Conseil fédéral, dont la principale fonction paraît être de couvrir ses excès. Elle est à la fois le pouvoir, la loi et la justice. On la voit, après avoir fomenté le cynique acquittement de Zurich, préparer l'occupation de la Suisse romande par des troupes bernoises, au risque de les faire accueillir par des coups de fusil et de déchaîner la guerre civile. On la voit, au lendemain du jugement innocentant des traîtres avérés qu'elle avait précieusement couvés, faire condamner à treize mois de réclusion, pour « haute trahison », un journaliste coupable de dire la vérité. On la voit incriminer grossièrement l'Angleterre de violation du droit des neutres, pour se permettre de contrôler en mer quelques sacs postaux, puis contempler le sourire aux lèvres la noyade de deux mille envois des postes suisses embarqués sur paquebot neutre et l'assassinat du courrier diplomatique de la légation suisse de Londres par les torpilles allemandes. On la voit, aux premières bombes de l'avion de Porrentruy, s'empresser de déclarer *a priori* par communiqué officiel que ce sont des bombes françaises, alors qu'il se trouve, quelques heures après, que ce sont en réalité des projectiles tudesques. Et c'est cela qu'on appelle de la neutralité!

vique. Ce serait rendre un inestimable service au peuple que de le conduire au Parlement pour lui faire voir comment il est représenté. » [Janv. 1917.]

Est-ce être neutre que de tolérer de pareils hommes à la tête de l'armée ? Est-ce être neutre que de confier l'armée nationale aux mains d'un général apparenté à la famille de Bismarck, né à Hambourg, cousin germain du général von Bissing, le bourreau de la Belgique (¹), jouissant de la confiance particu-

(¹) Le général Ulrich Wille est né en 1848 à Hambourg, d'une famille originaire de la principauté prussienne de Neuchâtel, où le nom s'écrivait Vuille, puis établie en Allemagne. Son père, François Wille, lui-même né à Hambourg, fut, à Gœttingue, le compagnon d'études et de débauches de Bismarck. L'exclusion de l'Université, qui les frappa tous deux en même temps, contribua encore à les rapprocher. Lorsque François Wille eut pris son doctorat, il rentra à Hambourg, où il fit du journalisme et de la littérature et participa activement au mouvement de la « Jeune Allemagne ». En 1845, il épousa Mlle Éliza Sloman, fille d'un armateur de Hambourg, appartenant au patriciat de cette ville. La sœur de Mme Éliza Wille épousa M. von Bissing et fut la mère du futur gouverneur de la Belgique occupée, qui se trouve être ainsi le cousin germain du général Wille. En 1851, François Wille et sa femme vinrent s'installer à Zurich. Le petit Ulrich avait alors trois ans. Ils achetèrent une maison de campagne aux environs de Zurich, entre Herrliberg et Feldmeilen, qui appartenait à un ami de François Wille, Henri Simon, président du Parlement-tronc de Stuttgart, et qui est aujourd'hui propriété du général. Cette même année, François Wille acquit la bourgeoisie zurichoise. A Zurich, François Wille fut un des plus ardents propagateurs de l'influence allemande. On le trouve mêlé à l'incident scandaleux de la Tonhalle. D'une lettre inédite du colonel fédéral Rüstow à Mme Georges Herwegh, en date du 26 avril 1871, j'extrais ce qui suit : « L'instinct du peuple zurichois (des classes populaires) a été particulièrement blessé de ce que des Teutons qui, il y a peu d'années encore, mendiaient platement le droit de bourgeoisie et l'avaient obtenu sans bourse délier, voulussent maintenant tout à coup redevenir Eichelteutsche, sous la protection du puissant empereur Lehmann Ier, et proférassent des menaces contre la Suisse ; que ce fussent précisément de tels archigredins qui demandaient secours à l'ambassadeur de l'Allemagne du Nord à Berne, au lieu de s'adresser aux autorités locales. Pour moi, je ne déplore qu'une chose : c'est que ce ne soient pas les vrais coupables, Wesendonck, Semper, Wislieenus, Zyschetski, Ottensoser, Marck, etc. — oh, non ! il en manque encore un, le Eichelteutsche François Wille, — qui aient reçu les coups et encouru les condamnations, mais des gens relativement innocents, qui s'étaient bravement frayé à coups de poing le chemin vers l'estrade... » Quant à Mme Éliza Wille, elle secondait l'œuvre de son époux en faisant de sa maison un centre littéraire et musical où se rencontraient toutes les illustrations allemandes et alémaniques en résidence ou de passage à Zurich : Gottfried Keller, Arnold Bœcklin, Semler, Gottfried Kinkel,

lière de Guillaume II qui recommanda bienveillam-
ment sa nomination au Conseil fédéral ([1]) et lui
témoigna sa haute faveur en acceptant d'être le par-
rain d'un de ses petits-fils, d'un général qui, dès
le début des hostilités, se compromettait par les fameux bulletins germanophiles d'août et de septembre 1914 au cours de la marche triomphante des
Allemands en Belgique et en France ([2]), d'un gé-

Conrad-Ferdinand Meyer, Liszt, Richard Wagner lui-même, qui sé-
journa deux mois dans cette hospitalière demeure en 1864. C'est par
Mme Wille que Wagner entra en relation avec Mme Wesendonck. Éliza
Wille publia sur ses vieux jours *Quinze Lettres de Richard Wagner*, soi-
gneusement expurgées.

Ulrich Wille a épousé, en 1873, la comtesse von Bismarck, fille d'un
second lit du comte von Bismarck, qui avait épousé en premières noces
une princesse de Nassau-Usingen. L'arrière-grand-père de celle qui
devait être la générale Wille était un grand-oncle du futur chancelier
de l'Empire. C'est à Rome qu'Ulrich Wille fit la connaissance de la
jeune comtesse, qui vint ensuite avec sa mère à Zurich, où ils se fian-
cèrent. En 1872, ils passèrent tous deux un an à Berlin comme fiancés,
elle, suivant les fêtes et cérémonies de la Cour de Prusse, lui, docteur
en droit et lieutenant suisse, faisant un stage dans l'artillerie de la
Garde. Le cabinet de travail du général Wille dans sa villa de Zurich est
orné de deux portraits qui symbolisent les suprêmes admirations de sa
vie : celui de Frédéric le Grand et celui de Bismarck avec dédicace
autographe. Wille fut bien souvent l'hôte de Friedrichsruhe, où le
vieux Chancelier aimait à se remémorer, en sa présence les joyeux souvenirs de sa vie d'étudiant avec François Wille. Il s'est également assis
plus d'une fois à la table impériale, où Guillaume II le traitait à la fois
en ami et peut-être en futur compagnon d'armes.

Le fils du général, le Dr Ulrich Wille, major dans l'armée fédérale et
dont un fils est le filleul de Guillaume II, est un des plus ardents pro-
pagandistes du pangermanisme en Suisse et l'un des fondateurs, avec le
Dr Anton von Sprecher, fils du chef de l'État-major, et le fameux pas-
teur Blocher, de la Société de publications des *Stimmen im Sturm*, qui
défendent bruyamment la cause des Empires du centre. [Janv. 1917.]

([1]) Voir p. 193, note.
([2]) Ces bulletins étaient lus aux troupes, mais ne devaient pas être
affichés. Ils étaient composés en partie de résumés des dépêches Wolff.
En voici quelques échantillons :

Du N° 6 (18 août) : « Les Russes ont été battus à Stalupenen. Les
Serbes ont été battus complètement sur la Drina. »

« D'après de nombreux récits il paraîtrait que les chaussures des
troupes françaises sont en mauvais état. »

néral qui, saisi du dossier des deux officiers félons,
eut pour premier geste de nommer l'un au commandement d'une brigade, l'autre à celui du Hauenstein, et qui, se déboutonnant quelque temps après
devant un journaliste, déclarait que « la position du

Du No 7 (20 août) : « On annonce l'arrivée de 40.000 Anglais au Havre.
La population ne paraît pas enthousiasmée d'avoir à les loger. »

Du No 9 (22 août) : « L'occupation de Bruxelles est un succès pour
les armées allemandes. »

Dans sa séance du 26 janvier 1916, le Grand Conseil de Genève a
entendu une interpellation de M. F. de Rabours, député, où figurait
ce qui suit :

« Quand, au début de la mobilisation, ont été lus aux troupes des
bulletins relatifs aux armées belligérantes, nous avons été frappés de
l'allure générale du style de ces documents. Ceux-ci ne correspondaient
certainement pas à ce que nous attendions d'un esprit imbu de l'idée
de neutralité, idée à laquelle nous venions de sacrifier, idée que nous
estimions si intimement liée au rôle de notre pays que nous ne pouvions
point concevoir ce pays sans concevoir en même temps cette neutralité.
Nous la voulions fière et loyale : elle était notre parole d'honneur, elle
était un traité.

« Nous avons été aussi singulièrement affectés à la lecture de certains
bulletins, notamment celui du 8 septembre 1914, qui trahissait vérita-
blement, de la part de son auteur, une méconnaissance profonde de la
mentalité de toute une partie de notre population et des citoyens qui,
dans les premières semaines, pouvaient croire qu'ils seraient appelés à
verser leur sang pour le pays et qui avaient fait gravement, lors de leur
départ en août, le sacrifice de leur vie à une idée qui était celle de patrie.

« Ce bulletin a donné lieu à un échange de lettres entre le Conseil d'État
et le Conseil fédéral. Et, à la fin du mois de septembre, le Conseil d'État
a dû écrire au Conseil fédéral pour lui rappeler qu'il était dans l'intérêt
du pays tout entier qu'un ton plus convenable aux circonstances et
surtout plus impartial fût observé.

« Le bulletin en question disait notamment :

« Notre « section des renseignements » a publié, le 4 septembre, un
article d'un journal suédois ainsi conçu : « Ce qui, en première ligne, et
jusqu'à présent, fait pencher la balance en faveur des armées allemandes,
dont les succès sont sans exemple, c'est leur éducation militaire, le « drill »
allemand, maudit et méprisé. C'est lui qui triomphe maintenant. »

« Ce même bulletin ajoutait :

« Il a fallu cinq semaines pour qu'une de nos brigades devienne un
instrument de guerre sur lequel on puisse compter. Nous comptons que,
dans un avenir rapproché, les lois de notre pays seront modifiées de telle
façon qu'une situation aussi humiliante ne se reproduise jamais.

« Ce qui est humiliant, aujourd'hui, ce n'est pas ce dont parle ce
médiocre document. » (Janv. 1917.]

Hauenstein est la plus forte de toutes et de première importance au point de vue stratégique pour la défense contre l'Allemagne » ([1]) ?

Est-ce être neutre que d'avoir nommé et de conserver aux fonctions de chef d'État-major un austrophile notoire, l'homme des déclarations de Zurich, le cousin du général autrichien comte von Salis, aujourd'hui gouverneur militaire de Serbie ([2]) et présidant à l'infâme martyre de ce petit peuple si noblement héroïque ?

Grâce à l'abdication de ses citoyens, de ses députés et de ses gouvernants devant une caste militaire inféodée à l'Allemagne, la Suisse n'a jamais été neutre. Et cependant, forte de ses institutions séculaires, de son antique sens de la liberté et du droit, consciente de sa valeur morale, de l'idée qu'elle repré-

---

([1]) Le *Journal,* de Paris, a publié le 17 mars 1916 une interview du général Wille qui se termine ainsi :

« Pourtant une question me brûle les lèvres, que j'hésite à poser, parce qu'elle est un peu... délicate. Je me décide :

« On a insinué, mon général, que les travaux de défense exécutés « sur le territoire suisse étaient plus importants du côté français que « du côté allemand. Y a-t-il quelque chose de vrai dans ces alléga- « tions ? »

« Le général me regarde droit dans les yeux et haussant imperceptiblement les épaules :

« Il me semble, dit-il doucement, que, de l'avis de techniciens, notre « position du Hauenstein est réputée comme la plus forte de toutes. « Eh bien, ne fait-elle pas face à l'Allemagne ? Cela se trouve ainsi parce « que cette fortification nous apparaît comme de première importance « au point de vue stratégique. Dans l'organisation de nos défenses, « dans la répartition de nos forces, nous ne poursuivons qu'un but : « assurer, quoi qu'il arrive, l'inviolabilité de notre pays. »

Je tiens d'ailleurs d'officiers suisses que le Hauenstein n'était, jusqu'à tout récemment, fortifié sérieusement que du côté de la France. [Janv. 1917.]

([2]) Le général comte von Salis a été remplacé en juillet 1916, comme gouverneur de la Serbie occupée, par le général baron von Rehmen. [Janv. 1917.]

sentait dans le monde, appuyée sur ses milices, son
sol et son patriotisme, sans rechercher la guerre,
mais sans la redouter non plus, la Suisse, dans le
conflit des nations, avait un beau rôle à jouer : elle
l'a complètement sacrifié.

XIV

LA SUISSE EST-ELLE NEUTRE ?

Mai 1916.

LA série d'incidents qui ont suivi le procès de Zurich et aggravé douloureusement, pour nos cœurs qui furent patriotes, le redoutable acquittement des traîtres n'ont pas manqué d'émouvoir jusqu'à l'exaspération l'opinion romande, d'ébranler même les masses alémaniques, si solidement assises jusqu'ici dans leur lourde confiance et leur sereine impassibilité.

Coup sur coup, ce furent l'affaire Froidevaux, l'affaire Behrmann, l'affaire de Porrentruy, l'affaire Lallemand, toutes singulièrement révélatrices de l'état critique de notre démocratie, toutes étrangement symptomatiques de la contagion prussienne dans notre pays.

Que la Suisse soit actuellement l'État neutre où la presse soit le moins libre — ou le plus partialement censurée, — voilà qui n'était que trop bien établi. Mais qu'au lendemain du défi judiciaire de Zurich,

la vindicte militaire se soit abattue de toute la lour-
deur de treize mois de réclusion et de cinq ans de
privations de droits civiques sur un journaliste dont
les écarts de plume s'éloignaient si peu de la vérité
que les faits se chargeaient quelques jours plus tard
de témoigner du fondement de ses propos, voilà qui
était de nature à déconcerter ceux mêmes qui se
sentaient disposés, sous le jour des circonstances
exceptionnelles que nous traversons, à tout pardon-
ner à l'autorité. Froidevaux vient, il est vrai, en
cassation, de bénéficier d'un acquittement du chef
de « haute trahison », mais ce nouveau tribunal militaire, où figuraient cependant deux romands et un
tessinois, n'a pas osé le libérer complètement et, sur
ses treize mois, lui en a laissé quatre, tandis qu'Egli
et von Wattenwyl, après leurs vingt jours d'arrêts
disciplinaires, se prélassent au soleil printanier et
exhibent orgueilleusement sous les arcades de Berne
leurs têtes insolentes, qu'auréole sans discrétion le
nimbe flatteur d'un casque à pointe.

Et pourtant, les balles dont le journaliste jurassien
avait révélé l'absence dans les cartouchières des
soldats qui gardent nos frontières ne sont pas parties
contre les deux avions allemands qui ont survolé la
cité des évêques, y laissant choir leurs bombes « acci-
dentelles ».

Il eût été facile à nos militaires de les atteindre, dit le
Pays de Porrentruy, mais, chose étrange, pas de cartouches ! Aucune sentinelle n'en possédait... Aussi aucun
coup de feu n'a retenti... Un avion a traversé la rue du
Marché ; la sentinelle, sans munitions également, a suivi

ses évolutions... Une bombe est tombée près de la gare des marchandises... La sentinelle qui se trouvait à la gare a failli tomber à la renverse par la commotion. L'avion était au plus à 200 mètres de hauteur. Mais comme **tous** les autres soldats, pas de munitions !

Froidevaux aura le loisir de méditer dans sa prison bernoise sur les vicissitudes des choses humaines et de la justice militaire suisse en particulier.

Comme par hasard, les avions venaient de France. Ils n'avaient pas survolé la Suisse à l'aller, ils empruntèrent son territoire au retour. Aucune confusion ne leur était possible, la ville et la gare, illuminées, devant leur montrer qu'ils n'étaient plus en France. Ces avions boches étaient destinés à passer pour des avions français, et c'est ce que décida aussitôt l'autorité suisse qui, dans son premier communiqué, « supposa » officiellement qu'il s'agissait d'avions français, « violant ainsi gravement la neutralité », selon les propres termes d'un des députés qui interpellèrent au Grand Conseil de Berne. Si toutes les bombes avaient éclaté, cette « supposition » serait devenue la vérité. Mais toutes les bombes n'éclatèrent pas, et il se trouva qu'un citoyen jurassien, ayant retrouvé un de ces projectiles, avant d'aller avertir l'autorité militaire, s'empressa, plein de méfiance, de le photographier tout d'abord, avec les inscriptions allemandes qui en authentiquaient la provenance. Tout ce que l'on en doit légitimement déduire, c'est qu'il n'y a eu là qu'une tentative exclusivement allemande pour créer un incident entre la Suisse et la France, que les Egli et autres Wattenwyl n'y sont pour rien et qu'il faudra, la prochaine fois, pour réussir le coup, se munir préalablement d'engins français.

Mais que signifie alors l'étrange accès de fureur auquel s'est inexplicablement livré un des officiers les plus germanophiles de l'armée suisse, le colonel de Perrot,interdisant au préfet Choquard de se servir du téléphone pour informer des faits l'autorité cantonale civile de Berne, le traitant d'infâme révolutionnaire, ainsi que toute la population qu'il administre, et menaçant dans le langage le plus violent de faire mettre en état de siège le district de Porrentruy ? Tout cela laisse singulièrement rêveur. D'autant plus que cet irascible colonel, qu'a mis en un tel état l'affaire des avions (et qui, entre parenthèses, est le gendre de M. Lardy, ministre de Suisse à Paris), a servi neuf ans, jusqu'au grade de capitaine, dans l'armée allemande et a bénéficié, à ce titre, dans notre armée d'un avancement singulièrement rapide.

Quant aux excuses de l'Allemagne, elles se traduisirent par l'envoi, trois semaines plus tard, d'un nouvel avion sur Porrentruy, sans projectiles cette fois, mais à bonne hauteur, les fusils ayant recouvré leurs cartouches.

Presque en même temps se produisait le scandale Behrmann, étalant à tous les yeux le réseau d'espionnage que l'Allemagne tend à peu près librement sur notre pays. Où est le temps de l'affaire Wohlgemuth, pas bien vieille cependant (1889), où, devant une entreprise analogue d'un agent de Bismarck, la Suisse tout entière, Suisse alémanique comme Suisse

romande, se dressait unanimement, quelles que
pussent être les conséquences, contre l'audace prussienne ? Personnage considérable, directeur du « Bureau des renseignements » (agence semi-officielle du
tourisme en Suisse), subventionné par l'État bernois
et par la Ville de Berne, appelé, lors de la dernière
Exposition nationale suisse, à la direction de son service de publicité, membre influent de la Nouvelle
Société helvétique, association nationaliste et patriotique (culture suisse, la Suisse aux Suisses) qui
l'avait chargé de présider à l'élaboration de son organe, *la Semaine suisse*, rédacteur au *Bund* — (ce
même *Bund* qui, s'illustrant en outre d'un chroni-
queur militaire non moins authentiquement boche,
croit de son devoir de m'accabler de ses honorables
injures), — ce Teuton de haut vol, prestement naturalisé Suisse aux premiers mois de la guerre, était, en
réalité, et sous les diverses parures de son plumage
décoratif, l'un des chefs les plus dangereux du grand
espionnage allemand. Ses agissements étant devenus
par trop notoires, on eut enfin la douleur, on ne sait
encore sur quelle mystérieuse initiative, de devoir
l'arrêter, ainsi que le cours de ses exploits ([1]).

([1]) On pouvait lire récemment dans les journaux français :
« L'Allemand Frédo-Jules-Charles von Meyerem, quarante-trois
ans, lequel parle couramment notre langue, comparaissait hier devant
le 1er Conseil de guerre présidé par le colonel Fonsagrives. L'accusé,
qui avait à répondre du crime d'espionnage, était assisté de Me Viteau,
avocat d'office.
« Les débats ont eu lieu à huis-clos èt ont duré trois heures. Des six
questions posées par l'accusation et auxquelles le Conseil de guerre,
en séance publique, a répondu affirmativement et à l'unanimité, sans
admission de circonstances atténuantes, il résulte que von Meyerem,
dissimulant sa nationalité, s'est introduit en mars 1916 dans la ville de
Nice d'abord et dans le camp retranché de Paris ensuite, qu'il a adressé

Quelques jours plus tard, c'était l'ignoble et révol-
tante histoire Lallemand. Après tant de violations,
il nous fallait encore voir violer, toujours au bénéfice de l'Allemagne, l'une de nos traditions les plus
sacrées : le droit d'asile. Sans autre raison qu'un
inexplicable — ou trop explicable — bon plaisir, la
police de Bâle commettait la félonie de livrer un dé-
serteur alsacien à la gendarmerie allemande. Le
pauvre enfant avait réussi à franchir la frontière, il
se croyait sauvé : il n'aurait pas à tirer avec un fusil
prussien sur ses frères de France. Mais au lieu de la
terre hospitalière et libre où il comptait trouver un
refuge, il ne rencontra que l'affreux guet-apens des
sbires helvétiques voués à l'Allemagne. Ici l'indignation ne peut plus que céder la place à la douleur et
à la honte. Autrefois, la Suisse risquait la guerre,
plutôt que de livrer un proscrit (1838, Louis-Napo-
léon) ; aujourd'hui, sans rien risquer du tout, elle
rejette infâmement un martyr à ses bourreaux.

J'arrête la nomenclature de ces scandales. Chaque
semaine amène le sien. Au moment où j'écris, c'est
l'affaire des accaparements de vivres à Genève, pour
le compte de l'Allemagne, du fait d'une vaste association, avec firme commerciale, ayant son siège à

à un nommé Behrmann, agent d'espionnage allemand à Berne, « des
renseignements susceptibles de nuire aux opérations de l'armée ou de
compromettre la sûreté des places, postes ou autres établissements
militaires », et qu'il a reçu de ce dernier un chèque de 1,140 francs et
autres rémunérations en échange de ses services. Rappelons que l'agent
d'espionnage allemand Behrmann a été arrêté en Suisse avec plusieurs
complices et qu'il a été remis en liberté sous caution de cinq mille francs.
Sur réquisition du lieutenant Cresson, commissaire du gouvernement,
von Meyerem a été condamné à mort. »
Von Meyerem a été fusillé à Vincennes le 15 janvier. [Janv. 1917.]

Zurich, et s'étendant probablement sur toute la Suisse. Le gouvernement central fermant les yeux, il s'est trouvé un gouvernement cantonal, celui de Genève, pour ouvrir les siens. Pour ce qui le concerne, il a arrêté la bande qui opérait sur son territoire et à la tête de laquelle se trouvait un espion archi-connu, le nommé Falk, autre collaborateur du *Bund*, Allemand notable, correspondant de la *Gazette de Francfort* et de l'agence Wolff, privat-docent à l'Université de Genève, agent des plus remuants et dont, pour ma part, j'entends parler depuis un an. Le Conseil d'État genevois, prenant son courage à deux mains, s'est résolu à l'expulser du canton. Il en reste vingt-et-un à ce faucon où continuer ses opérations déprédatrices (¹).

Tous ces faits, petits ou grands, quelle que soit l'importance qu'on leur accorde séparément, sont, par leur accumulation, l'indice d'un état d'esprit singulier. Et quand on les joint à tout ce qui s'est passé depuis le commencement de la guerre, quand d'un coup d'œil on embrasse tout l'ensemble de cette histoire embarrassante de notre attitude à l'égard des États belligérants à partir du 3 août 1914, on ne peut s'empêcher de discerner entre eux comme un lien, on ne peut s'empêcher d'être pris d'un doute sur la sincérité de notre neutralité.

La Suisse veut être neutre, c'est entendu. Elle en a fait la déclaration. Mais l'est-elle réellement ? L'est-

---

(¹) Il lui en reste vingt-deux, le gouvernement fédéral venant de « suspendre provisoirement » les effets de la mesure prise par le gouvernement de Genève.

elle et peut-elle l'être, quand à peu près tout ce qui la dirige, la gouverne, l'influence à l'intérieur ou la représente à l'étranger, quand ses autorités administratives, ses chefs militaires, la majorité de ses députés et de ses plénipotentiaires sont plus ou moins ouvertement des partisans de l'un des groupements des puissances en guerre et prennent moralement, quelquefois même effectivement position dans le conflit ?

Il est de notoriété publique que nos sept conseillers fédéraux ont des tendances germanophiles, y compris le seul conseiller romand que nous ayons à Berne et dont les sympathies les plus sentimentales sont vouées aux grâces allemandes. Germanophiles, ils l'étaient avant la guerre ; germanophiles ils sont restés [1]. Ce n'est point à leur déshonneur, mais c'est contraire à la neutralité helvétique. Trois d'entre eux, dont l'un est fils d'un Allemand naturalisé, le demeurent ostensiblement et naviguent sur les eaux germaniques toutes voiles déployées. N'eût-il pas été loyal, n'eût-il pas été prudent de dire tout au moins à ces trois-là : « Messieurs, vous êtes des gens de grand talent, mais nous ne voulons pas mettre votre conscience à une trop rude épreuve. Chargés de faire valoir notre neutralité, vous ne le pouvez normalement pas. Nous ne voulons pas demander cet effort difficile, impossible, à votre honnêteté. Rentrez dans la vie privée, pendant la période de guerre. A la paix, nous vous rappellerons, si toutefois nous n'avons pas trouvé mieux. »

[1] Voir p. 17, note.

Si nous avions fait cela, nous nous serions évité de grandes difficultés ; nous nous en éviterions de plus grandes encore dans un proche avenir.

Notre députation aux Chambres fédérales est aux trois quarts favorable à l'Allemagne, et le quart qui ne l'est pas, subissant la terreur gouvernementale, s'incline devant la raison d'État chaque fois qu'on l'invite à s'incliner. Nos députés romands parlent fort bien sans doute, mais au quart d'heure de Rabelais, c'est-à-dire au moment du vote, ils votent fort mal. C'est ainsi qu'ils entendent l'union sacrée, celle de leur conscience et de leurs intérêts politiques. Nos conseillers nationaux et nos conseillers aux États représentent-ils encore l'opinion suisse ? C'est très douteux. Il est probable que si des élections avaient lieu, ils seraient pour la plupart balayés, comme cela vient de se produire dans une élection partielle en Thurgovie, un des fiefs cependant du radicalisme germanophile suisse. Mais cette députation est toujours là. C'est, à peu de chose près, celle qui a livré le Gothard à l'Allemagne (¹). C'est elle

---

(¹) M. Horace Micheli, conseiller national, écrivait le 10 mai 1913, dans la *Semaine littéraire*, à propos du vote de la convention du Gothard : « Jamais peut-être dans aucune circonstance et dans aucun pays on n'a vu un gouvernement fournir un pareil témoignage de son influence irrésistible sur son parlement. D'un côté il y avait tous les arguments du droit, de la raison et du sentiment, défendant l'intérêt national et appuyés par l'esprit patriotique de notre peuple. De l'autre côté il y avait le Conseil fédéral. Et c'est le Conseil fédéral qui l'emporte. Comment ne serait-il pas fier de cette victoire ? Il a voulu un succès d'amour-propre. Il l'a obtenu. Il est vrai que c'est le pays tout entier qui en a fait les frais et que c'est l'histoire qui le jugera. » Depuis, M. Horace Micheli a voté les pleins pouvoirs, a repoussé l'amendement Gaudard, m'accuse d'écrire des « vilenies » sur mon pays et, non content des sept conseillers fédéraux qui nous tyrannisent, propose d'en porter le nombre à neuf. [Janv. 1917.]

qui a fait le coup d'État des pleins pouvoirs, celle qui
a nommé général le plus bismarckien de nos colonels.

Notre État-major, toute l'Europe le sait maintenant, est résolument germanophile. Tous les états-
majors des pays neutres le sont, tant est grand l'as-
cendant qu'a su prendre le militarisme prussien sur
les professionnels de la guerre. Il eût été difficile que
les nôtres ne cédassent pas à cette puissante suggestion. Mais il y a la mesure. Il ne manquait pas, chez
nous, de colonels capables, que leur admiration pour
la technique militaire de nos voisins du nord pût ne
pas entraîner jusqu'à celle de toutes leurs méthodes
in globo. Il n'en manquait pas qui dussent conserver
assez de liberté de jugement et de sens helvétique
pour ne pas considérer l'impérialisme germanique
comme le plus souhaitable des régimes politiques [1].
Pourquoi a-t-on été chercher précisément les deux
officiers qui, par leur passé, leurs tendances, leurs
opinions connues, leurs alliances de famille, pouvaient le moins rester neutres, pour les mettre l'un à
la tête de l'armée, l'autre à celle de l'État-major ?
Mystère ! Quoi qu'il en soit, la lutte pour le généralat
ne fut qu'entre ces deux-là. L'Assemblée se divisait :
les uns voulaient nommer Wille, les autres préfe-
raient Sprecher. Sur une pression décisive du Conseil
fédéral, ce fut Wille qui l'emporta. Fut-ce parce que
l'empereur d'Allemagne avait fait officieusement
savoir que ce choix lui agréerait ? Fut-ce parce que
Wille était un pur germanophile, tandis que Sprecher

[1] Voir p. 226.

n'était qu'austrophile ? Fut-ce parce que le premier
était allié à la famille de Bismarck, alors que le second ne pouvait se targuer d'avoir dans sa parenté
que deux généraux autrichiens ? L'histoire décidera (¹).
Bref, Sprecher dut se contenter de l'État-major.
Mais dans ce nouvel avatar de notre neutralité, nous

(¹) L'élection se fit à huis-clos. Pendant toute la séance, le colonel
Wille ne quitta pas le Palais fédéral, où il attendit le résultat du vote
dans le salon du Conseil fédéral. Celui-ci avait été informé, soit par le
ministre d'Allemagne, soit par le colonel lui-même, que Guillaume II
désirait la nomination de Wille, avec lequel il se sentait en sécurité et
qui lui offrait toute garantie. Le Conseil fédéral ne pouvait pas ne point
déférer au désir impérial, d'autant qu'il pouvait y voir une contre-
assurance qu'avec Wille la Suisse serait elle-même en sécurité et que
l'Allemagne n'attaquerait pas la Suisse. La nomination n'étant pas
certaine, les députés furent réunis par groupes, que se répartirent les
conseillers fédéraux et sur chacun desquels fut opérée la pression nécessaire. Le vote fut ainsi acquis. Que se passa-t-il dans ces groupes ?
Que s'y dit-il et comment s'exerça la pression gouvernementale ? Nous
n'avons sur ce point qu'un seul témoignage écrit, et encore très insuffisant, celui de M. Naine, conseiller national appartenant au parti
socialiste. Le voici :
« Le 3 août 1914, à 6 heures du soir, les Chambres étaient réunies
pour nommer le général. A ce moment, le Conseil fédéral apprit que la
majorité n'était nullement disposée à nommer le colonel Wille. Il
invita alors les députés à se réunir par groupes dans les salles spéciales
du Palais pour leur faire des communications qu'il préférait ne pas
rendre publiques. Le conseiller fédéral Muller fut délégué au groupe
socialiste et il nous dit que, parmi plusieurs officiers également très
qualifiés pour le haut commandement, le Conseil fédéral estimait qu'il
fallait préférer le colonel Wille parce qu'il était un homme robuste. Je
n'ai jamais cru que cette raison de santé fût la véritable raison qui
poussait le Conseil fédéral. L'un d'entre nous demanda à cette occasion
à M. Muller : Mais qu'adviendrait-il si le colonel Wille n'était pas
nommé ? M. Muller répondit : Oh ! il n'arriverait rien et tout irait bien
probablement, quoique cependant, avec le caractère entier de M. Wille,
on pourrait peut-être avoir des désagréments.
« Ces paroles de M. Muller, j'en ai pris note le même jour et je ne suis
pas seul à les avoir entendues. Quelle signification fallait-il leur donner ?
Comme elles ont été prononcées et dans le moment où elles l'ont été,
j'ai eu le sentiment très net que si M. Wille n'était pas nommé, il se
produirait une crise militaire d'une certaine gravité à un moment aussi
critique.
« C'est encore mon sentiment maintenant, mais je ne crois pas cependant que cela suffise à expliquer pourquoi le Conseil fédéral a imposé
aux Chambres un homme dont les Chambres ne voulaient pas. Les

avons cependant de quoi nous féliciter : car si Sprecher avait été élu général, le chef d'État-major qu'il
avait décidé de s'adjoindre n'était autre que le colonel Egli.

Dans ce brillant ensemble de nos autorités civiles
et militaires, notre représentation diplomatique ne
fait pas exception. Elle en reproduit à merveille, et
jusque chez les puissances en guerre avec l'Allemagne,
la constante germanophilie. La proclamation de
notre neutralité au début des hostilités eût dû logiquement être accompagnée d'une modification convenable dans ce personnel trop marqué. Quelque
qualifiés qu'ils fussent par leur carrière et leur expérience, nos diplomates ne l'étaient plus, en période
de guerre, par leur attitude. On les a néanmoins
maintenus à leurs postes. Que notre ministre à Berlin, germanophile enthousiaste et gendre d'un général prussien, soit considéré par l'Allemagne comme
un représentant parfait de la Suisse neutre, voilà
qui n'est sans doute pas d'une neutralité exemplaire,
mais qui du moins ne nous est pas directement nui-
sible (¹). Mais qu'à Paris, à Londres, à Rome, les
hommes qui parlent au nom de la Suisse se fassent

causes qui ont poussé le gouvernement à agir de la sorte seront, espé-
rons-le, connues un jour. Pour le moment, on ne peut, à ce sujet, que
se livrer à des suppositions. ».
[On remarquera la disproportion entre la gravité des déclarations
de M. Naine et la puérilité de l'argumentation attribuée au conseiller
fédéral Muller. Comme s'il avait pu suffire d'invoquer la robustesse
du colonel Wille pour entraîner tout un groupe de députés à voter
pour lui ! [Janv. 1917.]
(¹) M. de Claparède a donné sa démission fin janvier 1917, soi-disant
« en raison de son grand âge et de son état de santé ». Il est probable que,
sentant l'Allemagne perdue, son cœur de germanophile n'a pu se résoudre à la perspective des missions très désagréables qu'il pourrait
avoir à remplir. Il a été remplacé par M. Robert Haab. [Février 1917].

beaucoup plus les émissaires zélés de nos autorités
fédérales que les serviteurs éclairés et sincères de
notre démocratie, voilà qui ne laisse pas d'être inquiétant et qui pourrait peut-être nous devenir fatal.
C'est, à Paris, un homme d'une autorité évidemment
incontestable, blanchi sous le harnois des affaires,
mais ennemi intime de la France, de tout ce qui est
français, et beau-père d'un ancien officier allemand.
A Londres, c'est un autre germanophile, époux d'une
Autrichienne, lequel fait volontiers profession de
détester les Anglais. A Rome enfin, c'est un ami dé-
voué du prince de Bülow et qui, au beau temps de la
neutralité italienne, ne quittait pas la Villa des
Roses.

Ainsi l'armature est complète. Voilà ce qu'est la
Suisse officielle. Nous le demandons franchement :
Est-elle neutre ? Le peuple qui l'est, lui, qui, tout au
moins, depuis quelques mois — je parle de sa partie
alémanique — l'est devenu, peut-il souffrir plus
longtemps de se voir traité de la sorte et peut-être
mis en péril ? Le peuple qui, en Suisse, a une voix
qu'il est toujours le maître de faire entendre à toute
heure, le peuple devrait parler. Les électeurs devraient s'exprimer. Ils ne l'ont fait jusqu'à présent
que dans une mesure si modeste qu'ils ont paru tout
approuver. Qu'ils désapprouvent maintenant ce qui
se passe chez eux, il n'est que temps ! Qu'ils exigent,
par les puissants moyens dont ils disposent, que la
Suisse, neutre sur le papier, devienne enfin neutre en
réalité et que, consciente de son devoir international,
elle fasse honneur à sa signature comme à sa dignité.

XV

LE MANIFESTE DES SUISSES DE PARIS

Juin 1916.

Est-ce à Paris qu'il faut trouver enfin la Suisse, la vraie Suisse ? Ou — car qui peut se vanter de savoir ce qu'est aujourd'hui la vraie Suisse ? — la Suisse telle qu'elle devrait être, telle qu'elle était encore il y a vingt ou trente ans, la Suisse républicaine, loyale et courageuse ?

Dans le conflit qui divise les peuples et où la Confédération, que l'on croyait une, s'est elle-même montrée si divisée, la voix des nombreux Suisses établis à l'étranger ne s'était pas encore fait entendre, sinon par quelques manifestations tout individuelles. Que pensaient-ils ? Quel jugement portaient-ils sur l'attitude adoptée par leur patrie ?

Beaucoup s'étaient enrôlés, et c'était une façon, la plus éloquente, de témoigner de leurs sympathies. Nous ne connaissons pas le nombre de ces volontaires. Il est considérable pour la France ; nous ignorons ce qu'il peut être pour l'Allemagne. Mais jusqu'ici per-

sonne n'avait parlé. Personne n'avait exprimé une
opinion sur la politique suivie par le gouvernement
de la Confédération, politique qui, par ces temps
dangereux d'.« union sacrée », engage, par répercussion, tous les Suisses. Il faut croire que si l'on peut
pousser l'ardeur de sa conviction jusqu'à prendre les
armes pour sa seconde patrie, il soit moins aisé de
s'enhardir jusqu'à reconnaître les défaillances de la
première, aveuglé que l'on est, semble-t-il, par « cette
espèce de candeur patriotique », dont parle judicieu-
sement M. Alexis François dans son dernier article
de la *Semaine Littéraire*, « qui nous tient lieu bien
souvent, à nous autres Suisses, de conscience nationale ».

Un certain nombre de Suisses de Paris, émus depuis longtemps par la regrettable évolution du sentiment national que la guerre a fait apparaître, las de
subir en silence les inquiétantes compromissions
que risquait de leur faire partager la nouvelle mentalité helvétique, n'ont pas voulu demeurer dans
cette situation ambiguë. Ils avaient espéré que le
procès de Zurich, si douloureusement retentissant,
marquerait la fin de cette équivoque et le début d'une
réforme de notre esprit public. Mais de nouveaux
incidents sont survenus, témoignant que la leçon
n'avait pas été comprise. Loin de reconnaître leurs
fautes, les autorités de tout ordre persistaient dans
leur étrange entêtement et le peuple, satisfait de
quelques récriminations aussi platoniques que par-
tielles, continuait à laisser faire. Ils se décidèrent alors
à rompre un trop long silence et à dégager leur

responsabilité, pour eux-mêmes d'abord, pour le
pays ensuite, dont ils demeurent des citoyens, pour
l'étranger enfin, auquel il n'est pas inutile de démontrer que la Suisse qui ne touche pas de trop près au
Rhin reste toujours la vieille Suisse.

Ils se sont donc groupés pour rédiger un manifeste
et le proposer à la signature de ceux de leurs concitoyens qui, à Paris, pensent comme eux et, comme
eux, jugent à propos de le dire. Conçu dans l'esprit
de la plus stricte neutralité, ce manifeste, communiqué d'abord à la presse suisse, puis télégraphié de
Genève et reproduit dans les journaux français, ne
saurait heurter que les germanophiles et ceux qui
s'imaginent que le meilleur moyen de sauver la réputation de la Suisse est de couvrir d'un mutisme pu-
dique des fautes déjà connues *urbi et orbi* et d'endosser
sans mot dire le décri de leurs auteurs responsables.

Après avoir rappelé quelques-uns des faits scandaleux qui ont compromis « et compromettent journellement encore », en même temps que notre neutralité, « la considération dont nous jouissions jusqu'ici auprès des autres nations belligérantes ou
neutres », le manifeste des Suisses de Paris, qui n'a
point à s'embarrasser de précautions, ne craint pas
de dénoncer l'erreur initiale : « En s'abstenant, dit-il,
de protester officiellement contre la violation de la
neutralité du Luxembourg et de la Belgique, le gouvernement fédéral a renoncé à cette tradition antique
et noble de la Suisse, qui n'a jamais hésité, fût-ce
aux risques d'une guerre, à affirmer des principes
qui sont l'essence même de son existence. »

Rien n'est plus exact, et voilà la meilleure réponse
à servir à ceux qui, saisis déjà d'une sainte panique
à l'idée que les armées impériales auraient pu enva-
hir la Suisse, au cas où celle-ci se fût résolue à demeurer fidèle à sa mission historique, vous décochent
sur un ton qui paraît ne concevoir aucune réplique
possible : « Quoi ! vous auriez donc voulu risquer la
güerre ? » Mais parfaitement. Trois fois au moins,
au cours du XIXe siècle, la Suisse a risqué la guerre,
lorsque sa dignité s'est trouvée en jeu. Elle l'a risquée
en 1838, contre la France, lors de l'incident Louis-
Napoléon. Elle l'a risquée en 1857, contre la Prusse,
à la suite de la conspiration de Neuchâtel. Elle l'a
risquée en 1889, contre l'Allemagne, pendant l'affaire Wohlgemuth. Chaque fois, il est vrai, le conflit
qui menaçait se résolut, à l'honneur et à la satisfaction de la Suisse, sans qu'on eût à recourir aux armes.
Mais chaque fois, la Suisse fut prête à marcher pour
défendre un patrimoine de fierté et d'indépendance
qui était cependant beaucoup moins en péril qu'aujourd'hui. C'est qu'il n'y avait pas alors deux Suisse,
mais une seule, animée du même souffle d'enthousiasme et de liberté. Suisse latine, Suisse alémanique, que ce fût contre la France, que ce fût contre
l'Allemagne, chaque fois on retrouvait la patrie unie
dans un seul sentiment national : *Un pour tous, tous
pour un !*

« Dès lors, poursuit le manifeste, les erreurs ne se
sont point atténuées, loin de là. Le pouvoir législatif
s'est cru autorisé à remettre aux mains de l'exécutif
des pleins pouvoirs qu'il ne possédait pas et que celui-

ci a transmis à l'autorité militaire, devenue de ce fait
quasi dictatoriale. » C'est la malheureuse évidence
même, et voilà comment il se fait que de Confédération neutre de républiques que nous nous figurions
être encore le 1er août 1914, nous sommes devenus,
en moins de deux ans, une oligarchie militaire cen-
tralisée à tendances nettement germanophiles.

Mais, et c'est là la partie la plus originale du document, cette constatation, pour déprimante qu'elle
soit, ne constitue pas un diagnostic désespéré. Il
suffit de regarder au delà de la zone d'emprise de la
dictature militaire, pour retrouver la Suisse avec ses
vieilles vertus, la Suisse libre, jalouse de son antique
idéal, la Suisse telle qu'elle aurait dû se montrer,
pour sa gloire, dans cette crise. La colonie de Paris
en apporte le témoignage. « Image fidèle de la mère-
patrie, dit le manifeste, elle représente dans les
mêmes proportions et la même harmonie l'ensemble
de ses cantons et la diversité de ses républiques confé-
dérées. Elle atteste la parfaite unité de vues du
peuple suisse. »

Le manifeste en conclut que le « fossé » qui « se
serait creusé entre les différentes nationalités de
notre pays » n'existe pas. Il ne s'agirait pas, en
Suisse, de « l'asservissement d'une minorité à une
majorité, ce qui serait grave, mais de l'effacement,
très momentané, de la majorité devant l'attitude
inadmissible et périlleuse d'un pouvoir inconstitu-
tionnel ». Il n'y aurait plus dès lors qu'à rentrer, le
plus vite possible, « dans le droit et la légalité » pour
voir reparaître la Suisse authentique, pour le moment

enfouie et méconnaissable sous sa chape difforme de fonctionnaires enrégimentés, de politiciens d'affaires, de journalistes suspects et d'officiers prussianisés.

Sans partager entièrement, à cet égard, l'optimisme du manifeste et sans oublier qu'au début de la guerre la Suisse alémanique fut dans sa presque totalité et à très peu d'exceptions près ardemment germanophile, reconnaissons toutefois que la situation a changé et qu'il ne serait pas impossible qu'il se trouvât maintenant, en Suisse alémanique même, une majorité pour réprouver les actes du Conseil fédéral et de son État-major et aspirer à une conception plus saine de la neutralité.

Quant au Suisse qui réside à l'étranger, en pays allié ou en pays neutre — nous n'avons pas de renseignements sur nos concitoyens des empires centraux, d'ailleurs beaucoup moins nombreux, — il est certain que ce Suisse, échappant aux pressions déformatrices que subit trop souvent le Suisse de l'intérieur et conservant dans son cœur l'idéal intact de la patrie lointaine, est resté tout entier le vieux confédéré d'autrefois. Il représente mieux peut-être la véritable Suisse que l'électeur travaillé des bords de la Limmat ou de la Birse. Il est donc naturel, il est intéressant, il est précieux qu'il fasse entendre sa voix.

C'est ce qu'a compris la *Gazette de Lausanne*, lorsque, après avoir publié l'appel des Suisses de Paris, elle ajoute :

Les Suisses de Paris sont bien placés pour juger notre politique. Leur patriotisme est au-dessus de tout soupçon.

L'amour qu'ils portent à leur pays, avivé par la distance, éclate non seulement dans les magnifiques œuvres sociales, les institutions d'entre-aide si touchantes qu'ils ont créées à leur usage, mais par la sollicitude constante avec laquelle ils s'associent à notre vie nationale dans les bons et les mauvais jours. Et précisément parce qu'ils vivent en dehors de nos frontières, ils voient et sentent mieux que nous-mêmes les conséquences de nos actes et les répercussions de nos faits et gestes à l'extérieur.

Les Suisses de Paris ont fourni la preuve de leur attachement à leur pays, le jour où la guerre a éclaté, quand ils sont accourus en foule à l'appel de la mobilisation. Leurs intentions ne sauraient donc être suspectées. C'est dans l'intérêt de la Suisse qu'ils ont pris la parole.

Les inquiétudes qu'ils expriment au sujet de la situation internationale de notre petit pays et des sympathies que les fautes commises ont failli nous aliéner doivent donc nous toucher. Elles seront certainement prises en très sérieuse considération par tous ceux qui ont l'obligation d'observer « la plus stricte impartialité envers tous les belligérants » dont parlent les ordonnances du Conseil fédéral et que sanctionne solennellement le récent vote de l'Assemblée fédérale unanime.

La sécurité de la Suisse, son bon renom de loyauté et d'honneur en Europe sont à ce prix.

Il y avait encore une autre raison à l'initiative prise par la colonie suisse de Paris. Cette raison n'est pas spécifiée dans l'appel, mais elle y est incluse : c'est la défense même de la colonie. M. Marcel Guinand, député au Grand Conseil de Genève, l'exprime en ces termes dans un journal romand :

De nombreux sujets allemands ont cherché à se dérober en France aux poursuites de l'autorité militaire en usurpant la qualité de citoyen suisse. La consonnance germanique des noms alémanes favorisait la confusion. C'est ainsi que, sous le couvert de notre nationalité dont on abusait, des belligérants ont pratiqué l'espionnage et jeté la suspicion sur la colonie suisse en France.

Cette suspicion est la chose la plus douloureuse qui puisse exister pour un citoyen de la libre Helvétie habitué à pratiquer les principes de la loyauté et de l'honneur.

Il fallait donc qu'un cri s'échappât de la poitrine de ceux que l'on confondait parfois, dans le peuple, avec des délateurs et des indésirables abusant de l'hospitalité que la France leur accordait.

Ce cri, nous venons de l'entendre. Nous venons d'assister à l'angoisse des Suisses de Paris qui, sentant la nécessité de l'union, ont voulu faire appel à la patrie et lui faire la confidence de leur souffrance.

Que l'on discute les termes du manifeste adressé au Conseil fédéral. Que l'on en critique certains détails, certaines phrases : c'est un droit. C'est le droit du citoyen libre, du républicain, du démocrate. Mais que l'on s'incline chapeau bas lorsque ceux qui luttent à l'étranger, qui y portent haut le renom de notre patrie, viennent invoquer les liens indissolubles formés par l'alliance helvétique.

C'est en vain que la *Neue Zürcher Zeitung*, effrayée de cet acte d'insubordination, évoque tragiquement le spectre de la division gagnant également les colonies à l'étranger :

Nos concitoyens établis à l'étranger, dit le grand journal de Zurich, ne forment pas seulement d'importantes colonies à Paris, Londres ou Milan, mais aussi à Munich, à Vienne, à Berlin. Que l'une d'elles prenne le droit de s'exprimer librement sur la situation internationale et sur les événements de notre politique intérieure, rien n'empêchera une autre colonie de revendiquer le même droit. Il en résultera qu'entre Suisses à l'étranger surgiront les mêmes dissensions que celles dont nous fournissons chaque jour chez nous le témoignage, et finalement nous offrirons le spectacle d'un peuple dont, à l'intérieur et à l'extérieur, tout l'édifice d'État tremble sur ses bases (¹).

Les très nombreuses signatures alémanes figurant déjà sous notre appel lui répondront. Quant aux Suisses de Berlin, à supposer qu'ils soient germanophiles, ce qui est loin d'être prouvé, nous ne voyons pas très bien ce qu'ils pourraient faire. Rédigeront-ils un manifeste en opposition avec celui des Suisses de Paris ? Impossible, ce dernier étant irréprochablement neutre et ne comportant pas un mot qui puisse le faire étiqueter de manifestation francophile. Voudront-ils faire acte de loyalisme envers nos autorités et couvrir d'un satisfecit leurs actes contraires à la constitution comme à la neutralité ? A leur aise, ils ne nous apprendront rien de nouveau, toute la députation aux Chambres fédérales faisant de même, et ils ne diminueront pas d'un iota la valeur de la protestation civique émanée de Paris. Ce qu'ils auront de mieux à faire sera donc de se joindre à nous ou de se taire.

Je ne serais d'ailleurs pas sans reproche à l'égard de la vérité, si je laissais entendre que la colonie suisse de Paris se réclame tout entière de son manifeste. Les germanophiles y sont rares, sans doute, mais l'espèce neutrale y pullule. J'ai déjà défini le neutral. A l'encontre du neutre sincère, qui se forme une certaine conception de la neutralité et s'efforce de la faire prévaloir par son attitude,. le neutral craint avant tout de se compromettre. Dans le privé et en paroles, on le verra, plus que le neutre

(¹) Voir *Appendice* 3.

parfois, se montrer sévère et incriminer fortement les excès de l'autorité. Il se déclarera volontiers francophile convaincu. Mais s'agit-il de passer aux actes, plus personne ! Le neutral disparaît comme une anguille. De nombreux ressortissants de l'espèce nous ont dit : « Votre appel est très bien : nous en approuvons tous les termes ; mais le Suisse à l'étranger doit se taire. » D'autres, se dérobant personnellement, enhardissaient leurs scrupules jusqu'à promettre bravement leur concours pour l'obtention de toute signature qui ne fût pas la leur. D'autres encore s'étaient intéressés au manifeste au point d'y collaborer avec amour ; mais au quart d'heure de la signature, une savante retraite les assurait sur les suites que pouvait comporter à leur endroit ce geste d'audace. D'autres enfin, non plus courageux, mais moins subtils, s'apprêtaient à signer, signaient déjà, tant qu'aucun nuage ne menaçait le ciel jusqu'ici serein de leur prudence.

Mais le Conseil fédéral veillait, car le Conseil fédéral a un œil à Paris. Dès que cet œil eut le soupçon de quelque chose, il s'embruma, puis s'alluma de colère sous son sourcil froncé. A cet éclair, le fragile troupeau neutraliste se dispersa instantanément de tous les côtés, affolé sous le vent de l'orage qui se préparait. Un souffle, un grondement, il n'était déjà plus.

Semblables à leurs congénères métropolitains, nos neutralistes parisiens renoncèrent donc à contrister M. Hoffmann. Mais sensibles au reproche qui leur avait été trop souvent adressé de ne rien faire, leur

conscience bourrelée, à défaut de meilleur emploi,
s'est réfugiée dans la bienfaisance. La bienfaisance !
Voilà qui est suisse, voilà qui est neutral, voilà qui
permet d'exhaler ses bons sentiments à l'égard de la
France, sans crainte de déplaire à l'Allemagne ! Il
avait suffi d'un regard de l'œil courroucé pour déterminer à la fois cette fuite et ce ralliement sur un pa-
cage plus calme.

Certes, la bienfaisance, c'est très bien. Nous en
faisons tous, nous en voulons tous faire : mais non
pas au détriment de notre sens du droit et de l'honneur national. Nous ne voulons pas que la bienfaisance serve de prétexte légitime à l'abdication de
notre titre de citoyens suisses.

C'est ce qu'exprime M. Ed. Bauty, directeur de la
Tribune de Genève, dans un article qui vaut d'être cité
entièrement :

Ce n'est pas à nous à souligner ce que la Suisse a fait
pour les belligérants. Elle s'est dépensée sans compter.
Elle a été généreuse. Elle n'a pas épargné son temps, ni
sa peine. Elle a accueilli les blessés, toutes les victimes
de la guerre et leur a fait des réceptions que pourraient
envier des rois. Et si elle a été charitable envers tous, sa
charité s'est affinée encore, s'est montrée plus particulièrement attentive et tendre lorsqu'il s'est agi des Alliés, et
surtout des Français.

Ce furent de beaux gestes et des actions pures, absolument désintéressées pour la plupart, que n'oublieront sans
aucun doute ni ceux qui en furent l'objet, ni les nations à
qui ils appartiennent.

Toutefois, si la Suisse a eu de beaux gestes et de nombreux, elle n'a pas su trouver jusqu'ici le mot qui désarme
toutes les préventions, sape toutes les suspicions, la parole

qui frappe par sa sincérité, qui découvre le cœur et qui prouve la beauté de l'âme. Elle n'a rien dit quand on s'attendait à ce qu'elle dise quelque chose, quand son devoir envers l'humanité lui imposait de dire ce quelque chose.

Il y a des mots qui sont plus que des mots et qui sont beaucoup plus que mille actions. Et c'est parce que ces mots, qui doivent jaillir du cœur et que ne connaissent pas ceux qui compulsent sans cesse les traités de jurisprudence, n'ont pas été prononcés, que certain malaise n'a cessé de régner parmi nous et qui se manifeste maintenant de façon plus aiguë dans nos colonies établies chez les Alliés... Aussi les représentants les plus authentiques, les plus autorisés, sinon les plus officiels, de la colonie suisse de Paris viennent-ils de publier un appel qui trace de façon saisissante leurs inquiétudes.

On sait qu'on a cherché à diminuer la valeur de cette manifestation. Mais on n'a réussi par là qu'à marquer en traits plus frappants la réalité de la crise.

Il y a crise, ce n'est pas douteux.

Reste à savoir ce que nous pourrions faire pour en atténuer les effets.

Le manifeste des Suisses de Paris ne le dit pas clairement. Toutefois, il n'a échappé à personne que la riposte qui l'a suivi sous forme d'un télégramme d'agence (¹) devait provenir directement ou indirectement de ceux qui s'étaient sentis visés comme étant les auteurs responsables de cet état de crise.

Disons les choses en toute franchise, car nous sommes à un moment où les fautes se paient lourdement, le mani-

(¹) Voici le télégramme : « Paris, 15 mai. — Il a paru samedi soir dans quelques journaux de Paris un manifeste à l'adressedes autorités fédérales et cantonales au sujet de l'attitude du gouvernement suisse depuis le début de la guerre.

« D'après les renseignements recueillis à Paris de la meilleure source, la presque totalité de la colonie suisse ignorait ce manifeste et n'a pris aucune part à son élaboration et à sa publication. »

Ajoutons que ce manifeste a recueilli environ 1.500 signatures de citoyens majeurs, ce qui est un beau résultat, étant donné que toutes les sociétés suisses de Paris l'avaient boycotté par Jordre.[anv.1917.]

feste des Suisses de Paris et la réplique envoyée aux journaux n'ont été que l'extériorisation d'un conflit très réel
qui divise leur colonie et notre légation en France.

On reproche à celle-ci, ou plutôt à son représentant, de
n'avoir précisément pas su trouver les mots jaillis du
cœur qu'on pouvait attendre de lui dans les circonstances
tragiques pendant lesquelles il a le grand honneur d'être
le porte-parole de la petite république suisse auprès de la
grande république sœur.

On lui reproche plus encore.

On répète dans toute la colonie que par son attitude,
ses propos, la manifestation de ses sympathies, notre ministre à Paris n'a pas su faire naître la confiance et l'amitié dans les milieux où il était le plus nécessaire pour nous
qu'on eût confiance et qu'on nous aimât.

XVI

GERMANOPHILES ET NEUTRES

Juillet 1916.

L, A guerre aura été la pierre de touche des peuples comme des individus. Sous son contact brutal et décisif, on aura vu soudainement paraître les psychologies les plus insoupçonnées, se révéler les caractères les plus dissimulés. Toutes les idées reçues, toutes les valeurs traditionnelles sur lesquelles nous vivions depuis quarante ans en ont été bouleversées. On peut dire que pas une nation n'aura eu, dans la crise, l'attitude qu'on lui eût logiquement prêtée si quelque devin en eût pu formuler par avance les données. Ni la France, ni l'Angleterre, ni l'Italie, ni l'Allemagne ne se sont comportées comme on eût été fondé à leprévoir. Partout il y a eu de considérables surprises. Plus encore chez les neutres que chez les belligérants. Parmi les plus surprenantes, l'histoire devra noter celle offerte par la Suisse.

Si le devin m'eût dit : « Voici ce qui va se passer : l'Allemagne fera ceci, émettra telles prétentions, atta-

14

quera de telle et telle façon, envahira deux pays
neutres sous prétexte de nécessité, violera des conventions internationales, ruinera, fusillera, noiera
un certain nombre de tes compatriotes : que fera ton
pays ? » J'eusse répondu avec la plus grande assurance : « Fidèle à son passé, ainsi qu'aux principes
supérieurs qui sont le fondement de la nationalité
helvétique, la Suisse élèvera sa protestation contre
toute atteinte portée au droit international et, considérant comme un acte d'hostilité à son égard la rupture des contrats où elle a mis sa signature et le sang
répandu d'un seul de ses enfants, elle joindra ses
armes à celles des nations qui combattront pour la
cause de la liberté des peuples. »

On voit quelle eût été mon erreur et combien peu
je connaissais la Suisse, du moins la Suisse que nous
ont faite nos contemporains.

La surprise qui fut la mienne, et qui a été celle de
beaucoup de mes compatriotes, devait même dépasser tout ce qui eût été imaginable.

Qu'à la ruée triomphale des légions germaniques
une sainte terreur se soit emparée de la patrie de
Guillaume Tell et de Winkelried, que les éclats toni-
truants du *Deutschland über alles* aient foudroyé
jusqu'à la paralysie les descendants des héros de
Morgarten, de Sempach, de Naefels, de Morat, de
Marignan, les petits-fils des braves qui versèrent
leur sang pour des causes étrangères sur tous les
champs de bataille de l'Europe, défièrent dans leurs
montagnes les armées de la République, firent toutes
les guerres de l'Empire et en 1815 attaquèrent Napo-

léon, qu'intimidée par le sentiment de sa petitesse
et de son impuissance la Suisse du xxe siècle se soit
résolue à se tapir silencieusement derrière le bouclier
de sa neutralité diminuée et que, médusée par l'ampleur du désastre, elle ait préféré disparaître dans
la stupeur générale des neutres, prétextant l'abstention universelle pour ne pas risquer un mot de réprobation, tout cela n'est guère honorable, sans
doute, mais pouvait à la rigueur se comprendre.
Les temps sont durs, l'égoïsme est profond, le don-
quichottisme n'a jamais été le fort des peuples et la
sagesse des nations enseigne depuis longtemps : « La
raison du plus fort est toujours la meilleure. » Aussi
bien, s'il n'y avait eu que cela, rien n'eût été plus excusable, plus humain, et j'aurais été le dernier à vouloir jeter une pierre dans le jardin alpin de l'humble
et circonspecte Confédération.

Mais à peine le cataclysme déchaîné par l'Allemagne commençait-il à ébranler le monde de ses
roulements sinistres, qu'un phénomène beaucoup
plus inattendu se produisait. Non seulement la
Suisse ne s'indignait pas, ne protestait pas, mais,
dans l'énorme majorité de sa population, elle accueillait la ruée barbare avec le sourire de la sympathie et la satisfaction de la complaisance. Sans hésitation, sans mystère, elle approuvait tout, admirait
tout, applaudissait tout. Soulevée du même orgueil,
du même élan qui faisait déferler les vagues teu-
tonnes, elle accompagnait de ses vœux l'épouvantable
débordement. Toute la Suisse allemande pactisait
d'un seul cœur avec l'envahisseur.

Durant tout ce mois d'août 1914, tout le long de
ces mortelles semaines, la Suisse alémanique à peu
près sans exception, sans restriction, fut ardemment,
follement germanophile. Du vacher de l'Oberland
au grand industriel de Winterthur, du tisseur de
Glaris au commerçant de Zurich ou de Bâle, dans
tous les milieux, tous les mondes, dans tous les états,
qu'on fût protestant, catholique, qu'on votât pour
les radicaux, les libéraux, les conservateurs, quelle
que fût la fortune, la condition ou l'origine, chacun
participait à la grande épopée allemande et de tout
son enthousiasme saluait et auréolait le vainqueur.

Quel que soit le désir de jeter la cendre de l'oubli
sur ces faits, ils sont là ; ils seront de l'histoire, de la
triste histoire. Impossible de les nier. Trop de témoignages confirment ce que chacun sait, ce que chacun
a vu, connu, souffert.

En voyant la Suisse allemande devenir pour ainsi dire
une province allemande, écrivait en octobre 1914 l'écrivain alémanique Helvéticus dans le *Grütlianer*, en voyant
nos républicains et nos démocrates applaudir aux
triomphes de l'Allemagne prussianisée sur la France républicaine, sans même réaliser ce qu'aurait d'effroyable-
ment tragique l'écrasement de la France, en voyant
comme on a su excuser, sinon justifier, la violation de la
neutralité belge et comme on a fulminé contre l'Angleterre
protectrice du faible, nous nous sommes demandé : Que
reste-t-il de la Suisse ? Si, moralement, la Suisse n'existe
plus, à quoi sert que nos frontières restent intactes ?

Et dans une communication de 1915 destinée à
défendre le patriotisme des Suisses allemands et
dont nos neutralistes ont fait grand état, le Dr Schlin-

der, président du tribunal civil de Glaris, ne trouvait rien de mieux, comme preuve à l'appui, que de
citer une lettre d'un haut magistrat bernois, de la
partie allemande du canton, favorable par extraordinaire à la cause des Alliés, et où on lisait ce qui
suit :

Je ne puis comprendre que dans la Suisse alémanique
on sympathise en général avec l'Allemagne et souhaite
sa victoire. A mes yeux, le mot d'ordre donné par certains
germanophiles de la neutralité morale est tout à fait mé-
prisable. Ils voudraient même interdire aux libres Suisses
de s'indigner à l'occasion de la violation de la malheureuse
Belgique et de l'exécution de centaines d'otages innocents.
Trop de Suisses alémaniques vivent sous la suggestion
allemande et ont perdu le sens du droit, de la liberté et de
l'indépendance à force d'admirer la culture et l'organisation allemandes. Tandis que les anciens confédérés sacri-
fiaient leur vie et leurs biens pour conquérir sur l'Empire
leur indépendance, nombre de confédérés modernes, la
plupart à leur insu, semblent tendre de nouveau vers
l'Empire. Il serait tout à fait inadmissible que le Conseil
fédéral et l'Assemblée fédérale se laissassent aller à une
intervention favorable aux puissances centrales, ainsi
qu'on l'a déjà suggéré dans certains milieux. Cela signi-
fierait la fin de la Confédération, car nos Suisses romands
ne marcheront contre la France que dans le cas, tout à
fait exclu à mon avis, où celle-ci nous attaquerait.

D'ailleurs je crois encore à une justice immanente, qui
ne permettra pas que l'État militarisé allemand arrive à
dominer en Europe : car sa domination serait en même
temps le tombeau de notre indépendance politique et
économique.

Voilà, certes, qui était d'un excellent Suisse, mais
quel témoignage ce digne magistrat bernois portait

ainsi sur la mentalité de la généralité de ses concitoyens alémaniques !

Je ne commettrai pas l'erreur de prétendre que
cet état d'esprit du début de la guerre se soit maintenu semblable à lui-même jusqu'à maintenant : je
suis même assuré du contraire. Nous avons vu se
produire, au cours des événements, de notables modifications dans la germanophilie des cantons alémans. Une minorité réfractaire commença à y paraître après la Marne ; elle a été s'y affirmant à
mesure que s'établissait, sur l'Aisne et sur l'Yser,
l'incapacité de l'envahisseur à reprendre l'offensive.
Pendant la grande retraite russe, le germanisme re-
devint tout puissant ; il est de nouveau en décrois-
sance et l'affaire des colonels, tombant au moment
où s'annonçait ce second mouvement de dépression,
lui a porté un coup sensible. Cela est très approximatif. En l'absence de tout critère, comme pourraient
l'être des élections, et en présence de l'inertie foncière, de la pesante discipline des masses alémanes,
il est difficile d'apprécier l'importance des pertes,
provisoires ou définitives, à inscrire aujourd'hui au
compte de l'idée pangermanique dans notre pays.
Tout ce que l'on peut avancer, c'est qu'elles portent
principalement sur l'élément populaire, les classes
dirigeantes s'obstinant à demeurer avec une stupidité
convulsive inébranlablement germanophiles [1]. C'est

[1] M. Paul Seippel ayant prétendu le contraire, s'est attiré, dans les
Basler Nachrichten (novembre 1916), cette réponse de M. W. Bruckner :
« Les assertions de M. Paul Seippel, d'après lesquelles il se manifes-
terait dans la Suisse allemande une réaction croissante contre l'influence d'outre-Rhin permettraient à celui qui vit loin de nous de se

que celles-ci sont plus inféodées par leurs intérêts
au Mitteleuropa ; c'est aussi qu'elles sont plus mâ-
tinées de sang prussien ; c'est surtout parce qu'elles
croient toujours fermement à la victoire de l'Allemagne. Le jour où le doute se mettra à infiltrer sa
corrosion dans leurs méninges consternées verra le
commencement de leur débâcle. Et, comme je l'écrivais un jour à un directeur de journal romand qui
m'avait refusé un article en s'en excusant de la
sorte : « Vous avez parfaitement raison, mais il ne
faut pas le dire. Vous êtes trop dur ; ces gens-là
nous reviendront avec la victoire des Alliés. » — « Je
suis tellement persuadé, lui répondis-je, qu'ils nous
reviendront, que vous les verrez ensuite plus français
que nous. »

Et c'est bien là ce qu'il y a de très grave dans la
mentalité de la majeure partie de nos concitoyens
alémaniques, cette soumission aveugle et si peu
suisse à la force. Ces gens-là ne pensent plus comme
leurs pères ; ils ne pensent plus comme nous. Quoi
qu'ils puissent faire et devenir maintenant, leur
attitude d'août 1914 les a jugés. Ils pouvaient avoir

faire des illusions. Au contraire, il faut dire qu'une grande partie des
Suisses allemands, on peut dire tranquillement la majorité d'entre eux
ont toujours nourri et nourrissent encore des sympathies sincères pour
le peuple allemand, leur parent ethnique... La plus grande partie
d'entre nous sommes convaincus que, dans ce conflit géant, le droit se
trouve, en général, du côté de l'Allemagne. Nous croyons que l'Allemagne peut prétendre honnêtement qu'elle n'a pas voulu la guerre,
mais que, lorsque la catastrophe fut devenue inévitable par la politique
d'encerclement de ses ennemis, elle a fixé d'après sa volonté l'heure du
déclenchement. Nous considérons qu'il serait tout à fait erroné de
parler, comme cela arrive souvent dans la Suisse romande, d'une guerre
criminelle de conquête par l'Allemagne ».
Voir aussi ce que dit M. Ragaz, *Appendice* 4, note, [Janv. 1917.]

peur de l'Allemagne, ils n'avaient pas le droit de souhaiter son triomphe, comme ils l'ont fait avec une pareille ardeur, comme ils le font encore, ces *Realpolitiker*, et, ce qui est un comble, contre tous leurs intérêts, ainsi qu'il ressort du naïf aveu que faisait récemment en ces termes d'une simplicité désarmante un journal commercial alémanique, la *Schweizer Exportrevue* :

En Suisse allemande aussi, écrit ce journal, il faut faire abstraction de *sympathies personnelles, très compréhensibles*, pour embrasser d'un regard clair et calme la situation économique dans son ensemble. En ce faisant, nous voyons qu'en 1913 nous avons exporté pour 191 millions de produits fabriqués en Allemagne, pour 56 millions et demi en Autriche, pour 1,3 million en Bulgarie et pour environ 10 millions dans la Turquie d'Europe et d'Asie : soit un total de 258,8 millions.

En Angleterre, nous avons exporté pour 193 millions, en France pour 89, en Italie pour 56, en Belgique pour 22,7, en Russie pour 51,7, au Portugal pour 4,9 millions ; au total pour 417,3 millions.

Cette statistique suffit à indiquer où sont ancrés les intérêts de notre industrie d'exportation. Il faut y ajouter les produits fabriqués que nous exportons dans les pays d'outre-mer, dont la valeur totale est d'environ 300 millions et pour lesquels nous devons avoir recours, en bonne partie, aux services transatlantiques de l'Entente.

En présence du danger où nous nous trouvons de perdre une grande partie de nos exportations industrielles dans les pays de l'Europe centrale, nous devons nous orienter de l'autre côté, si nous voulons participer au développement prévu du marché russe et profiter de ce champ d'action pour remédier avec avantage à la perte de nos débouchés allemands.

C'est ainsi que la situation se présente au point de vue

purement économique, si nous ne nous laissons pas égarer
par *nos sympathies naturelles.* Ce point de vue est aussi le
plus propre à fortifier la cohésion nationale, puisqu'il nous
rapproche tout naturellement des cantons romands. Cessons, sur le terrain économique aussi, de nous laisser diriger
par *des considérations qui ne sont pas d'intérêt national.*

J'ai souligné cet aveu sans fard de « sympathies »
que l'on juge « naturelles ». Eh bien, non, ces sympathies ne sont pas naturelles. Un Suisse ne peut pas
être germanophile, cela lui est absolument défendu.

C'est une erreur essentielle et contre laquelle on
ne saurait trop protester que de prétendre qu'un
Suisse, étant neutre, a le droit de porter ses sympathies d'un côté ou de l'autre. C'est précisément parce
qu'il est neutre et non partie, c'est parce qu'il détient ainsi la liberté de choisir selon son sens de
l'équité, comme un juge à son tribunal, que son choix
ne saurait se porter, au gré de passions déconcer-
tantes ou d'intérêts individuels, sur celle des parties
en cause qui, par l'acte initial de son coup de force
et par toute sa conduite subséquente, se présente en
conflit direct avec tous les principes sur lesquels
reposaient l'esprit, la raison d'être et la cohésion de
ce qui était jusqu'ici la Confédération helvétique.

Neutre, oui ; francophile, anglophile, rien ne s'y
oppose ; germanophile, non pas !

Or, les trois quarts des Suisses sont encore germanophiles ou ne font rien pour rétablir leur dignité
compromise de neutres, c'est-à-dire d'hommes libres,
capables de jugement et de justice.

Faut-il donc craindre, avec Helvéticus et le magistrat bernois, que la Suisse n'existe plus ?

XVII

LE COLONEL DE LOYS ET LE PARTI
DE LA GUERRE

Septembre 1916.

QUEL est, au seuil de cette troisième année de guerre, l'état moral de la Suisse ? Il n'a guère changé: égoïsme, mesquinerie, peur des responsabilités, abandon des grands principes helvétiques pour la poursuite anxieuse de petites réalités immédiates et dérisoires, incapacité à envisager l'avenir non moins qu'à se souvenir du passé, abdication, complicité du silence, hypocrisie. On feint toujours de croire à la Suisse, alors que visiblement la Suisse n'existe plus depuis deux ans. Quelqu'un m'écrit — et ce n'est pas un germanophile, mais bien un francophile convaincu : — « Surtout ne parlez plus de deux Suisse ! Notre situation économique est si grave qu'il est nécessaire de faire un seul front partout. Il n'y a et il ne saurait y avoir, actuellement, qu'une Suisse. » Tel est le refrain. Les plus hautes questions se dé-

battent partout les armes à la main ; la cause de la
liberté des peuples est en jeu ; on viole les traités ;
on pille, on rançonne, on fusille, on pend, on déporte ;
on supprime, on égorge des petites nations ; on pié-
tine et l'on massacre d'immenses populations : le
Suisse ne songe qu'à vivre à l'abri, supputant âpre-
ment ses gains et ses pertes, estimant que rien ne
saurait lui importer que le trafic plus ou moins aisé
de son ravitaillement. Son blé, son sucre, son charbon, tout est là. Payera-t-il ce dernier 40 francs la
tonne aux Allemands ou lui faudra-t-il l'acquérir
200 francs des Alliés, voilà la question, il n'y en a pas
d'autre, et pour continuer à le payer 40 francs il est
prêt à toutes les compromissions. Il adresse par deux
fois une délégation à Paris, prétendant plier les
Alliés à un grossier chantage allemand dont il se fait
le mauvais courtier. Pendant ce temps, la Serbie
agonise, la Pologne meurt de faim, la Belgique
étouffe. Mais la Suisse pourrait manquer de charbon,
quel malheur ! Les événements les plus importants
peuvent survenir, notre Helvète ne connaît qu'une
note et la pousse à tout propos. Lui apprend-on que
la Roumanie est partie en guerre pour délivrer ses
frères de Transylvanie, il ne trouve à exprimer que
ceci, par l'organe de son journal officieux, le très
confédéral *Bund* : « L'intervention roumaine est pour
la Suisse une gêne nouvelle. On espérait recevoir
tout prochainement d'assez grandes quantités de
pétrole. Voici la route bloquée. » Si vous le sondez,
il vous expliquera que sa neutralité lui interdit de
penser à autre chose qu'à son ventre et à ses aises.

C'est ce qui faisait récemment écrire au professeur André Mercier, dans la *Gazette de Lausanne*, ces lignes révoltées, à propos de l'*Appel à la conscience universelle* adressé aux neutres par le gouvernement français sur les déportations du Nord :

Tandis que nos grands politiciens se complaisent dans les questions de tourteaux, puisque leur oreille, trop sensible aux refrains des maîtres chanteurs, reste indifférente aux révoltes de la conscience des honnêtes gens, puisqu'on s'obstine à ne pas admettre qu'un idéal de justice et de morale soit plus indispensable encore que le fer, l'acier et le charbon à un peuple épris de liberté, puisque, malgré tant d'appels à une vision plus élevée des choses, on persiste dans une « Realpolitik » qui nous écœure, eh bien ! alors, faisons nous-mêmes ce que se refuse à faire une autorité impuissante à représenter nos aspirations les plus chères et qui se plaît à nous ignorer.

Et cependant, si notre gouvernement avait l'ombre d'une conscience, ne pouvait-il trouver dans ce chantage même l'occasion de faire preuve de quelque dignité ? Puisque l'Allemagne, — à ce qu'on nous affirme, car on ne daigne pas publier de textes et nous en sommes réduits, pour toute information, aux affirmations si souvent controuvées des autorités (qu'on se rappelle l'affaire du projet d'occupation de la Suisse romande par des troupes alémaniques, où le président de la Confédération a été obligé de venir infirmer à la tribune du parlement ce qu'il avait assuré trois mois auparavant) (¹),— puisque

---

(¹) Pendant le procès de Zurich, des préparatifs avaient été faits par l'autorité militaire, à l'insu du Conseil fédéral, en vue du transport de troupes alémaniques en Suisse romande, pour l'occupation du pays

l'Allemagne donc n'était pas tenue par ses engagements de nous fournir de charbon, mais seulement de
nous le transporter, nous n'avions qu'à répondre à
ces *Meistersinger* : « Fort bien, nous nous passerons

en cas de troubles. A une demande d'explication qui lui fut adressée
pendant la session de mars des Chambres fédérales, M. Decoppet, président de la Confédération et chef du Département militaire, vint affirmer à la tribune, sur la foi du haut commandement, que ni le Conseil
fédéral, ni le général, ni le chef d'État-major n'avaient donné, ni connu
cet ordre de préparatifs de transports et n'en étaient responsables.
Vint la session de juin et la réunion préalable de la commission des
pleins pouvoirs. Là, on posa des questions, on insista. La vérité finit
par être connue : l'ordre avait bien été donné par le haut commandement. Le général et le chef d'État-major avaient menti au président
de la Confédération, qui se vit réduit à venir faire devant le Conseil
national la déclaration suivante :
  « Pendant votre session de mars, j'ai été interpellé, à l'égard de ces
mesures, par un membre de ce Conseil, comme je le fus, peu de jours
après, dans l'autre Chambre. Dans ces deux occasions, je dis, entre
autres, que les mesures dont il s'agissait avaient été ignorées non seulement du Conseil fédéral, mais du général, auquel j'en avais parlé dès
que la nouvelle m'en était parvenue, et du chef de l'État-major que
j'en avais entretenu quinze jours plus tard. Or, les renseignements que
je vous apportais sur ce dernier point n'étaient pas exacts, puisque,
ainsi qu'ils me l'ont fait savoir durant les délibérations de votre commission, le général et le chef d'État-major connaissaient ces préparatifs.
Il est inutile que j'insiste sur le vif regret que j'ai d'avoir été amené à
vous renseigner inexactement. »
  Dans tout autre pays, le haut magistrat ainsi trompé et humilié
aurait exigé la démission du général et de son chef d'État-major ou
aurait démissionné lui-même. En Suisse, il en fut tout autrement.
M. Schulthess, vice-président du Conseil fédéral, vint lire une déclaration du gouvernement qui se terminait ainsi :
  « Les ordres concernant les préparatifs de transports de troupes, à
fin février, ont été donnés par le commandant de l'armée. Si M. le président de la Confédération a fait en son temps, au Conseil national et au
Conseil des États, une déclaration différente, c'est qu'il s'est basé sur
les communications du général et du chef de l'État-major général l'autorisant à tirer la conclusion que ces ordres n'avaient pas été donnés
par eux ; ces communications reposaient sur un malentendu qui n'est
pas imputable à M. le président de la Confédération, mais, d'autre part,
n'entache en rien la bonne foi du général et du chef de l'État-major
général. »
  Sur quoi toute discussion fut étouffée et cette honteuse affaire fût
proprement enterrée par 88 voix (dont 5 romandes), contre 40 et 3 abs-
tentions (dont 2 romandes). (Séance du 23 juin 1916). [Janv. 1917.]

de charbon allemand, mais nous achèterons du charbon belge dont vous devez nous assurer le transport.
La Belgique n'est pas encore l'Allemagne, que nous
sachions, et vous ne pouvez nous empêcher de traiter
avec les charbonnages belges. » Ce qui eût avanta-
geusement remplacé pour notre honneur les piteux
marchandages de Paris.

Voilà où nous en sommes au bout de deux ans de
guerre. Il y a cependant quelque chose de changé en
Suisse et mon assertion de tout à l'heure n'était pas
tout à fait exacte. Il y a quelque chose de changé :
on y a moins peur de l'Allemagne. On y a moins peur
de l'Allemagne depuis que le triomphe des empires
du centre n'y paraît plus aussi certain. Les victorieuses offensives alliées ont enfin réussi à semer
quelque trouble dans les cerveaux obstinément hyp-
notisés par le fluide tout puissant émané de Berlin.
M. Hoffmann lui-même qui, il y a peu de mois, déclarait encore à un de nos amis que le gouvernement
helvétique n'avait jamais envisagé qu'une hypothèse, celle de la victoire de l'Allemagne, commence
à se demander s'il n'y aurait pas lieu peut-être, ne
fût-ce qu'à titre de simple éventualité, d'envisager
aussi l'autre hypothèse. A Berne donc, on a moins
peur de Berlin, et en Suisse romande on a, conséquem-
ment, moins peur de Berne. C'est ce qui explique le
relâchement des mesures contre la liberté d'opinion,
les arrestations d'espions parmi lesquelles celle du
directeur de l'agence Wolff en Suisse, la rapidité avec
laquelle le Conseil fédéral a tenté d'intervenir dans
l'affaire de Loys, toutes choses qui, récemment en-

core, eussent paru impossibles. C'est ce qui explique
aussi qu'en Suisse romande on ose enfin dresser
quelques velléités d'autonomie contre la dictature
fédérale et que, pour la première fois depuis deux ans,
on ait vu une chambre cantonale, le Grand Conseil
vaudois, revendiquer, conformément à la constitution, son droit d'initiative et voter à l'unanimité une
motion invitant les pouvoirs fédéraux à protester
contre des actes commis par l'Allemagne (la déportation en masse des non-combattants des territoires
français occupés par les troupes allemandes), « en
violation des Conventions de La Haye signées par la
Suisse » (¹).

Quand il n'y a plus de danger, le courage renaît.
Mais ces manifestations tardives, et toutes celles
auxquelles nous allons sans doute assister, ne répa-
reront pas le mal incalculable fait à la Suisse par son
abstention totale, durant deux ans, « devant les innombrables crimes de droit commun auxquels se
livrent les puissances centrales et leurs alliés », ainsi
que le constate, dans un significatif article de la
Gazette de Lausanne, M. Georges Batault, qui a eu
souvent l'occasion de se rendre compte de ce qu'on
pensait exactement de notre pays en France et en
Angleterre.

L'opinion dans les pays alliés, écrit M. Georges Batault,
s'explique mal que les neutres se confinent dans cette attitude d'abstention... Aucune obligation de neutralité n'explique, dit-on, le silence des neutres devant de telles abominations. Le cœur le plus endurci se soulève devant ces

(¹) Voir chap. xix.

forfaits et c'est le devoir humain le plus élémentaire que d'élever une ferme protestation. Pourtant aucun gouvernement neutre ne s'y est risqué. J'avoue que nous, Suisses à l'étranger, sommes nombreux à souffrir de ce fait. Que d'autres gouvernements, dont l'apathie nous paraît sans noblesse, se taisent, cela, somme toute, nous laisse plus ou moins indifférents. Mais que la Suisse soit comprise dans ce mouvement naturel de désaffection qui s'élève chez les Alliés contre les neutres, cela ne peut pas nous laisser indifférents... Malgré son exiguité, la Suisse représentait dans le monde une puissance morale, une force de justice et de droit d'une extrême importance. Nous sommes en train de la perdre.

Elle est perdue ! C'est trop tard. Rien ne pourra faire revenir l'Europe libérale sur cette impression, ineffaçable comme la tache de lady Macbeth, que la Suisse désirait la victoire de l'Allemagne et qu'elle se fût, dans ce cas, jetée joyeusement dans les bras de la victoire.

Pourvu que nos innombrables pangermanistes ne nous jettent pas maintenant dans ceux de la défaite ! Car ils s'agitent, ils s'affolent à la pensée que *ça ne marche plus très bien*. Nos militaristes sont dans la plus grande perplexité. L'un d'eux vient de laisser paraître le trouble de son âme. A l'idée épouvantable que l'Allemagne pourrait ne pas être victorieuse, le colonel de Loys, commandant la 2e division, n'a pu se tenir de crier avec angoisse : « Il faut courir à son secours ! »

Qu'un officier romand, chef de troupes romandes, ait pu laisser échapper un tel cri du cœur, on juge ce que peuvent ruminer les autres, les officiers alémans !

Pour se faire une idée de la mentalité réellement

fantastique qui règne dans les milieux germanophiles, il faut lire cet article de la *Solothurner Zeitung*
auquel l'adhésion bruyante du colonel de Loys a
valu un si fâcheux retentissement.

La Suisse, déclare son auteur, le major Bircher, n'a fait
jusqu'ici que très peu de chose pour l'honneur du pays,
car on ne peut confondre avec cet honneur l'activité humanitaire et la pose à la neutralité... L'histoire dira que,
par lâche égoïsme en matière économique, nous n'avons
pas su conserver cette indépendance de l'étranger que nos
ancêtres nous avaient conquise au prix de tant de sang ;
elle dira que sans coup férir nous nous sommes laissé char-
ger de chaînes dont nous ne pourrons plus nous défaire
même après la conclusion de la paix. Combien plus haut
trônent la Serbie, la Belgique, la Bulgarie, que nous con-
templons souvent avec dédain !...

C'est très bien ! vous écriez-vous. Cette gazette
soleuroise dit le mot de la situation ! Oui, mais at-
tendez. La conclusion n'est pas celle que vous
croyez. Ce n'est pas l'Allemagne qui a chargé la
Suisse de chaînes, ce sont les Alliés ! C'est contre les
Alliés, ces misérables qui refusent de livrer à la
Suisse toutes les marchandises dont celle-ci a besoin
pour ravitailler l'Allemagne, que la Suisse, si elle
n'est pas la dernière des dernières, doit prendre les
armes !

Et le colonel de Loys d'applaudir :

Enfin, un homme qui ose écrire ce que beaucoup
pensent ! J'adresse à l'auteur, avec une profonde émotion,
mes remerciements.

Pourquoi avoir une armée, pourquoi exercer des troupes,
si devant l'étranger on s'incline comme des lâches ?

15

Plus aucun sentiment d'honneur, plus de fierté nationale ! L'amertume étreint les cœurs en présence de cette
effroyable déchéance !

Soyez assurés, vous tous qui comptez sur nous, que la
division sera debout, sitôt que vous l'appellerez, et que
mon sentiment est partagé par les officiers, sous-officiers
et soldats que j'ai l'honneur de commander.

La lettre, nous dit-on maintenant, n'était pas destinée à la publicité. Elle n'en est que plus grave,
parce qu'elle décèle un état d'esprit qui n'est pas
particulier au colonel de Loys. Celui-ci a crié bravo
un peu trop fort : combien d'autres ont murmuré
bravo en secret !

La patrie est en danger : courir à la rescousse de la
patrie allemande, tel est le vœu de ces braves. Semblables aux Suisses de 92, ils brûlent de verser noblement leur sang sur les marches d'un trône qu'ils ne
peuvent pas sauver.

C'est bien ce que laisse entendre en termes peu
voilés, et sans que la censure fédérale s'en mêle, un
autre de leurs organes, le *Berner Tagblatt*, lorsqu'il suppute qu'en mobilisant 500.000 hommes et
à supposer que la Hollande en fasse autant, la
France et l'Angleterre commenceraient vite à dé-
chanter.

Et c'est en somme ce que pensent, avec plus ou
moins de violence, tous nos colonels en activité, sauf
deux (¹). Voilà nos chefs. Quelle confiance pouvons-nous

(¹) Je fais des réserves. Si la plupart de nos officiers de la Suisse alémanique souhaitent la victoire de l'Allemagne, il en est, même parmi les
colonels, qui, Suisses avant tout, et si le devoir militaire le leur commandait, se battraient avec la même conscience contre l'Allemagne que

avoir en eux et dans l'armée qu'ils commandent ?
Ce n'est plus une armée républicaine, c'est, avec de
tels hommes, une armée de prétoriens dont nous ne
pouvons plus que nous défier au plus haut point (¹).

Qu'il y ait dès lors, en Suisse, un parti de la guerre,
et de la guerre contre la France aux côtés de l'Allemagne, c'est ce qui paraît évident et c'est ce que
reconnaissent plusieurs de nos hommes politiques
eux-mêmes, si prudents soient-ils, en dehors même
des socialistes, dont c'est l'opinion unanime.

M. Adrien von Arx, conseiller national, écrit à la
Neue Zürcher Zeitung :

contre la France. A ce titie, les mutations qui ont été effectuées au
milieu de janvier dans le haut commandement peuvent être considérées
comme une amélioration. Le remplacement du colonel Iselin par le
colonel Wildbolz à la tête du 2ᵉ corps est particulièrement appréciable.
Les promotions des colonels Schiessle (au 3ᵉ corps), Gertsch (à la 3ᵉ division) et Bridler (à la 6ᵉ division) sont satisfaisantes. Celle du colonel
Bieberstein l'est moins. Parmi les très rares officiers alémaniques hostiles à l'Allemagne on peut signaler le colonel Isler. Quant aux deux
colonels auxquels il est fait allusion, ils sont certainement défavorables
au germanisme ; mais l'un, le colonel Audéoud, replacé au commandement du 1ᵉʳ corps, vieux professionnel, est avant tout un soldat ; l'autre,
le colonel Bornand, commandant la 1ʳᵉ division, manque de caractère.
Tous obéiront aux ordres de Berne, quels qu'ils soient. [Janvier 1917.]

(¹) On m'en a beaucoup voulu pour ce passage. Personne n'a re-
marqué une petite incidente qui a son importance : « *Avec de tels
hommes* », c'est-à-dire : Avec de tels chefs. Il va de soi que je n'ai pas
voulu attaquer l'armée sur laquelle je n'ai rien à dire. L'armée n'est
qu'un instrument entre les mains de ses chefs, qui seuls comptent.
Quant à l'esprit de la troupe, comme celui du peuple lui-même, il a
certainement changé. Un Romand de Berne, venant de faire un service
de relève avec une compagnie bernoise de landsturm, écrivait récemment au *Démocrate* : « Le service précédent m'avait laissé des souvenirs
mélangés, par rapport aux questions internationales et suisses. N'in-
sistons pas. Le fait est que ce n'est pas sans d'assez vives appréhensions
que je retournai sous les drapeaux. Mais là, changement à vue : il me
semblait que ce n'était plus la même troupe. Je puis affirmer que les
trois quarts au moins de mes camarades affichaient des sentiments
nettement favorables aux Alliés. Et je dois convenir que j'ai éprouvé à
ce service autant de satisfaction qu'autrefois dans les troupes romandes ». [Fév. 1917.]

Jusqu'à hier personne chez nous ne pensait à la guerre.
Aujourd'hui, par contre, impossible de se le dissimuler :
il y a en Suisse des gens et il s'y forme un parti qui ont en
vue la guerre. Et ce parti a des représentants dans l'armée.
S'ils étaient les maîtres, nous aurions la guerre aujourd'hui.
Cela signifie que notre jeunesse serait conduite à la boucherie, que nos villes seraient bombardées, notre sol violé,
notre nation détruite. Ceux qui ne veulent pas de ce pro-
gramme sont qualifiés de lâches. Le Conseil fédéral, le
Parlement, qui ne veulent pas déclarer la guerre, sont des
lâches. Ce sont des chefs de l'armée qui le déclarent. Si
ces gens deviennent les maîtres, ils nous plongeront dans
la guerre demain. Il suffirait qu'ils fussent les maîtres
quelques instants pour que nous eussions la guerre. Certes, à l'heure actuelle, la vieille fidélité, la virilité helvétiques sont nécessaires. Mais ces vertus trouveront leur
première application dans la mise hors d'état de nuire
aussi rapide et complète que possible des scélérats qui
voudraient lancer le peuple suisse dans la guerre.

La *Revue*, organe officiel du parti radical vaudois,
dit à son tour :

On s'est demandé à ce propos s'il n'y avait pas chez
nous ce qu'on peut appeler un « parti de la guerre », c'est-
à-dire un groupe assez actif d'hommes qui préféreraient
voir la Suisse entrer en guerre, plutôt que de subir les in-
convénients des conventions économiques qui nous sont
imposées par les conditions de la guerre. M. Adrien von
Arx l'affirme et, malgré le vif désir que nous aurions de
le contredire, il est impossible de ne pas lui donner raison.
La lecture des journaux le prouve.

Certes, la plus grande partie de la presse proteste sans
distinction de parti contre le langage du colonel de Loys.
Mais nous voyons que précisément à Berne les journaux
font preuve à son égard d'une singulière mansuétude qui
ne reflète en rien l'impression produite au Palais fédéral.

Le parti de la guerre existe, et c'est le mérite du colonel

de Loys de l'avoir fait apparaître avec une évidence qui
ne laisse plus de doute au peuple suisse (¹).

Quant à savoir si les troupes marcheraient, c'est
une autre affaire, et c'est sans doute ce qui retient
nos prétoriens sur la voie qui mène aux catastrophes.
La Suisse, ou tout au moins une partie de la
Suisse, n'est pas encore mûre pour saluer le nouveau
chapeau de Gessler.

Et c'est ici que je reviens à mes « deux Suisse ».
Le patriotisme, nous dit-on, consiste à affirmer qu'il
n'y a qu'une Suisse et à agir comme si on y croyait.
Mais comme cette Suisse, s'il n'y en a qu'une, ne
peut être que celle de l'État-major, de M. Hoffmann,
des députés alémaniques, du parti radical suisse qui
détient la majorité, des industriels, des commerçants,
des banquiers qui disposent de toutes les forces sociales, et que cette Suisse est vouée à l'Allemagne
jusqu'aux moelles, je déclare que le patriotisme
consiste au contraire à crier bien haut qu'il y a deux
Suisse. Plus que jamais il y a, il faut qu'il y en ait
deux ! Ce ne sera pas exactement, si l'on veut, la
Suisse romande et la Suisse alémanique, puisqu'on
trouve des Romands parmi les traîtres et de nombreux Alémans parmi les bons citoyens ; ce sera la
Suisse des Boches et celle des Suisses, la Suisse des

(¹) Dans un discours prononcé à Glaris, en septembre 1915, le général
Wille disait déjà : « Nous voulons espérer que Dieu écartera la guerre
de nos frontières, car, si nous devions être entraînés dans la mêlée, nous
aurions à supporter de terribles sacrifices de sang et de biens. Mais,
dans une certaine mesure, ce serait peut-être très bon, car cela nous
donnerait le sentiment de la terrible réalité des choses, sentiment qui,
précisément, nous manque encore beaucoup. » (Janv. 1917.]

colonels et celle du brave peuple, la Suisse impérialiste et la Suisse démocratique, la Suisse des honnêtes
gens et celle des « scélérats », comme les stigmatise
sans réticence le député alémanique Adrien von Arx.

Il ne s'agit plus que de savoir laquelle de ces deux
Suisse l'emportera.

XVIII

LES GERMANOPHILES EN SUISSE ROMANDE

Octobre 1916.

Qu'il y ait un certain nombre de germanophiles en Suisse romande, — et je ne parle ni des Allemands, ni des Suisses alémaniques, ni des récents naturalisés qui y sont établis ou y circulent, mais bien d'authentiques Romands de bonne souche, — qu'il y ait parmi ces derniers, titulaires de noms à consonance irréprochablement latine, d'invraisemblables amis de l'Allemagne, c'est ce qu'il est malheureusement impossible de dissimuler. Ces messieurs n'ont pas toujours su cacher les mouvements d'humeur qu'ils subissaient au contact d'une ambiance trop francophile. On n'est pas sans se souvenir de l'accès de germanophilite aiguë qui prit un jour le professeur Hugo de Claparède [1] dans sa chaire de l'Université de Genève et des divagations non moins tudesques qui saisirent l'honorable M. de Candolle en pleine Société

[1] Fils du ministre de Suisse à Berlin, aujourd'hui démissionnaire. Cf. p. 194. [Fév. 1917.]

des Arts. Les germanophiles romands sont peu nombreux, mais ils font quelque bruit. Ils se recrutent
de préférence dans les cantons de Genève et de Neuchâtel ; les milieux cléricaux de Fribourg et du bas-
Valais en fournissent quelques-uns ; on n'en rencontre plus que de rares spécimens dans le pays de
Vaud, et l'on en chercherait vainement un seul
exemplaire dans le Jura bernois. Le germanophile
romand est presque toujours un aristocrate ou un
financier ; il est volontiers l'un et l'autre ; il se manifeste aisément momier ou cagot ; quand, par sur-
croît, il est officier, le type est complet.

Si le germanophile est rare en Suisse romande, le
neutral ou neutraliste l'est moins. Ce dernier n'est
d'ailleurs parfois qu'un germanophile honteux, qui
n'ose pas ou ne croit pas devoir s'avouer. Le neutral
ne souhaite pas ostensiblement la victoire de l'Allemagne, mais il ne veut pas non plus sa défaite. Ce
qu'il redoute surtout, c'est sa ruine. Il demande à
pouvoir reprendre ses affaires avec l'Austro-Allemagne au point où elles étaient avant la guerre. La
paix blanche lui suffit ; la partie nulle lui sourit,
partie où la Suisse aura su conserver heureusement
sa mise. D'un neutral à un germanophile, la distance,
on le voit, n'est pas grande en fait ; mais elle
est immense en apparence, car le neutral, qui ne se
défend de rien, se défend au moins résolument d'une
chose : c'est qu'on dise de lui qu'il est germanophile.
Neutral, il est neutral.

Si l'importance sociale des germanophiles romands,
— qu'on leur adjoigne ou non les neutraux, — est

appréciable, leur nombre, comme je l'ai dit, ne doit
pas être exagéré. Il doit l'être d'autant moins que,
souvent, la famille du germanophile ne partage nullement ses passions. Jusque dans son clan, notre
monstre reste seul de son espèce. C'est ainsi que le
fantasque colonel de Perrot — qui, tout roidi d'orgueil de ses neuf ans passés au service militaire de son
ancien suzerain, le roi de Prusse, a prétendu faire
mettre en état de siège le district de Porrentruy,
bien que ce régime n'existe pas en Suisse, — c'est
ainsi que cet insolent junker appartient à une excellente famille neuchâteloise dont, à l'exception toutefois de son beau-père, la francophilie est notoire.
C'est ainsi encore que la famille vaudoise du colonel
de Loys, marié à une Française, a été tout entière
douloureusement scandalisée de l'incartade du commandant de la 2ᵉ division, si bien que le fils même du
divisionnaire factieux, officier lui-même, n'a rien
trouvé de mieux, dans son indignation, que de passer
immédiatement la frontière, aux fins de contracter
un engagement dans l'armée française (¹). Pour ce qui
concerne ces deux colonels, l'un neuchâtelois, l'autre
vaudois, on peut donc presque dire qu'ils ne sont
germanophiles que parce qu'ils sont officiers supérieurs. Il est vrai qu'il serait peut-être encore plus
juste de dire qu'ils n'ont pu devenir officiers supérieurs que parce qu'ils étaient germanophiles (²).

(¹) Cet engagement n'a pas été autorisé par l'autorité militaire française.
(²) Le prédécesseur du colonel de Loys au commandement de la
2ᵉ division était un Genevois, le colonel Galiffe, officier remarquable
auquel on a brutalement fendu l'oreille un peu avant la guerre, parce

L'affaire de Loys a vivement ému l'opinion dans les pays alliés habitués à considérer la Suisse romande comme sûre. Quoi ! entend-on dire, voilà le chef d'une des deux divisions romandes, de la moitié des troupes de langue française, qui se manifeste germanophile ! Mais alors ? Qu'arriverait-il en cas de rupture, par trahison ou pour telle autre cause, de la neutralité helvétique ? On a vu le général, après s'être tout d'abord refusé à punir, accorder, sur les instances du Conseil fédéral, un blâme dérisoire qui a dû se traduire, dans la réalité, par quelque colloque cordial, accompagné de poignées de mains et de félicitations, autour d'une table de jass de l'hôtel Bellevue ; on a vu la division compromise par son chef (« la division sera debout sitôt que vous l'appellerez... mon sentiment est partagé par les officiers, sous-officiers et soldats que j'ai l'honneur de commander ») accepter le compliment sans sourciller : on est très inquiet en France et ailleurs.

Ce qui n'a pas peu contribué à alimenter l'inquiétude, c'est l'attitude adoptée en cette affaire par un grand organe de la Suisse française, qui passe pour représenter une portion importante de l'opinion romande, le *Journal de Genève*. Ce n'est pas la première fois, depuis le commencement de la guerre, que le *Journal de Genève* tient une conduite étrange ; mais, cette fois, il a franchi les bornes de son hypocrisie coutumière. Contrairement à tout le reste de la presse romande, contrairement même à la plupart

qu'il ne présentait pas les garanties de servilisme prussolâtre aujourd'hui requises pour exercer un haut commandement en Suisse.

des feuilles alémaniques, qui n'ont pas osé approuver l'appel aux armes de la *Solothurner Zeitung* et l'adhésion enthousiaste du fougueux divisionnaire, et d'accord seulement avec les plus germanophiles de ces dernières, on a vu avec étonnement le *Journal de Genève* assumer la défense du colonel de Loys.

Alors que nulle part on ne mettait en doute la signification de l'article de la *Soluthurner Zeitung* et par conséquent de l'approbation que lui apportait le commandant de la 2ᵉ division, le *Journal de Genève* niait que l'article incriminé, dont il se gardait de donner le texte complet, présentât le sens qu'on lui attribuait partout, celui d'une diatribe violente contre l'Entente, accompagnée d'une invitation aux pouvoirs fédéraux à intervenir militairement aux côtés de l'Allemagne. Selon la feuille sinueuse de la « ville de Calvin » (pour parler le langage du major Bircher), il n'y avait pas là de quoi fouetter un chat. Le major comme le colonel ne réclamaient qu'un peu plus de fermeté dans la politique helvétique, ce qui n'avait certes rien de répréhensible.

Comme il fallait s'y attendre, plaide le *Journal de Genève*, la presse étrangère juge la lettre du colonel de Loys non d'après son texte même, mais d'après les commentaires des journaux, en lui donnant un sens qu'elle n'a nullement et qu'elle ne doit pas avoir. On dit que le colonel prône l'entrée en guerre de la Suisse contre les puissances de l'Entente. Le colonel n'a rien dit de pareil. Il ne visait pas un pays plutôt qu'un autre. Dans sa lettre, qui n'était pas destinée à la publicité, il entendait approuver une attitude ferme et énergique de la Suisse dans ses négociations avec les puissances.

Pour mieux donner le change et faire croire que si la *Soluthurner Zeitung* et le colonel étaient disposés à faire pencher d'un côté plutôt que de l'autre la balance de « l'énergie » fédérale, ce n'était pas du côté de l'Entente, le *Journal de Genève* ajoutait :

Il ne faut pas oublier que c'est avec l'Allemagne que nous négocions à cette heure.

Puis, se haussant aux considérations morales, selon sa coutume, la feuille bien pensante écrivait :

Nous devons nous élever contre ceux qui cherchent à dénaturer cet incident de façon à nous créer des difficultés extérieures. Le geste du colonel de Loys n'était dirigé contre personne, pas plus que ne l'a été la mobilisation de 1914. Prétendre qu'il peut se trouver un chef supérieur de notre armée prêt à jeter le pays dans la guerre est une suspicion extrêmement grave et injuste qui ne peut que répandre le trouble dans notre vie intérieure et compromettre de la façon la plus dangereuse notre situation à l'étranger. Faire dire au divisionnaire autre chose qu'il n'a dit, grossir les faits et les représenter d'une façon tendancieuse, c'est mal servir la patrie dans un moment où, plus que jamais, elle a besoin de calme et d'union.

Enfin, abusant de la naïveté de cette presse étrangère qu'il s'efforçait ainsi de tromper, le moniteur genevois citait avec complaisance un article de l'*Œuvre*, fondé manifestement sur une erreur, à savoir la lecture seule de la lettre du colonel qui ne prend son sens que rapprochée du texte qu'elle approuve, article qui se terminait ainsi :

Relisons la fâcheuse lettre : « Pourquoi avoir une armée? s'écrie le bouillant colonel. Pourquoi exercer des troupes si, devant l'étranger, on s'incline comme des lâches ? »

Devant l'étranger... Rien ne prouve que cet « étranger »,
ce ne sont pas précisément les Boches dont les insolentes
exigences, dans les négociations en cours, ont exaspéré
les Suisses les plus longanimes. Ou plutôt si, quelque chose
le prouve : c'est que le lieutenant de Loys, fils du colonel,
vient s'engager dans l'armée française.

Et le *Journal de Genève* de triompher :

L'*Œuvre* était de nos ennemis. Mais son directeur est
allé sur place, et *ne s'est pas soustrait à l'évidence.*

L'évidence, pour le *Journal de Genève,* est donc
que si le colonel de Loys veut faire marcher l'armée
suisse, c'est contre l'Allemagne.

On ne peut pousser plus loin la duplicité, la mauvaise foi et le mépris de la vérité.

Malheureusement, le résultat de ces manœuvres
a été non pas de blanchir le colonel de Loys dans
l'opinion française (car, à part M. Gustave Téry, je
crois bien que personne n'a donné dans le panneau),
mais de jeter la suspicion sur la Suisse romande tout
entière.

Comment, se dit-on, non seulement voilà un
colonel romand germanophile, mais voici un des
principaux journaux de la Suisse romande qui le
défend ! Ce journal est donc germanophile, sous ses
apparences francophiles ? Et si ce journal, qui doit
compter avec l'opinion de nombreux lecteurs, se
permet de laisser transparaître des dessous germanophiles, c'est donc qu'on se trompe en croyant la
Suisse romande acquise entièrement aux Alliés ?
Méfions-nous.

Tel est le tort que nous porte le *Journal de Genève,*

à nous, Suisses romands. Son attitude louche et énig-
matique dans certaines questions fait présumer, à
l'étranger, que l'influence allemande est encore puissante en Suisse romande et que les germanophiles y
sont plus nombreux qu'on ne croit. C'est déjà trop
de ceux que nous avons !

Les Genevois, eux, qui savent à quoi s'en tenir
sur ces fameux « dessous » du *Journal de Genève*, ne
s'en émeuvent pas plus qu'il ne faut, bien qu'ils y
trouvent souvent un juste sujet d'irritation. Ils
savent que le *Journal de Genève* est entre les mains
d'un comité d'actionnaires où se rencontrent précisément quelques-uns des rares germanophiles et
plusieurs des principaux « neutraux » de leur bonne
ville. Ces Messieurs sont puissants, autoritaires, le
journal est à eux : il faut les satisfaire. Mais comme,
si on les satisfaisait entièrement, le journal ne comp-
terait bientôt plus que quelques douzaines d'abonnés
et n'aurait plus pour acheteurs que les agents de
M. le consul général d'Allemagne, il faut pactiser. Et
ces Messieurs le comprennent si bien, que, quelque
déplaisir qu'ils y trouvent, ils sont les premiers à
vouloir ménager leurs intérêts.

On est donc arrivé à un compromis. Pour le public,
on présente une rédaction nettement favorable à
l'Entente, composée de trois ou quatre brillants journalistes, auxquels on abandonne généreusement les
grandes rubriques, la politique internationale, la
guerre sur terre, la guerre sur mer, celles qui intéressent l'étranger, où il faut être lu et considéré.
Cette rédaction, qui, seule, fait le succès de la feuille,

s'acquitte à merveille de sa fonction. M. Albert Bonnard, le colonel Feyler jouissent d'une réputation européenne, et, pour le grand public, c'est eux qui représentent le *Journal de Genève* et lui assurent son crédit.

Mais, à côté de la rédaction, il y a la direction (¹). Autant la première est large, libérale, intransigeante à l'égard de l'Austro-Allemagne, autant celle-ci est circonspecte, étriquée, veule, chercheuse de juste mesure et rétablisseuse d'équilibre, germanophile, on le dirait, ententophile, elle le laisse espérer, pour tout dire en un mot, « neutrale ». Cette direction, qui a son équipe, s'est réservé les questions suisses, lesquelles, avec quelques annexes, constituent son domaine propre. Elle y exerce sa mauvaise humeur ; elle y répand son fiel et y distille sa perfidie ; elle y moralise avec des airs pharisiens, y épanche ses conciliations, y pallie les fautes, y excuse les trahisons et y couvre les scandales d'un silence prudent ; elle y surveille enfin ses intérêts de caste, car bien plus que l'organe d'un parti, le *Journal de Genève* est l'organe d'une caste (²). Or, comme tous les ger-

(¹) Il ressort de renseignements qui m'ont été donnés à la suite de la publication de cet article, que les choses sont peut-être moins catégoriques que je ne les présente. Les personnages du comité auxquels je fais allusion n'ont plus la même influence et laisseraient plus ou moins carte blanche au directeur du journal. Ce serait au caractère, aux tendances, aux scrupules de ce dernier qu'il faudrait surtout attribuer l'attitude prise par le journal dans les affaires intérieures. Quant aux deux rédacteurs dont il est question, ils écrivaient au journal avant la guerre, et c'est également par leurs tendances personnelles qu'il faut expliquer leur désaccord avec la direction. Ces précisions, ou plutôt ces imprécisions, tout en enlevant au double jeu du *Journal de Genève* son caractère de préméditation, ne modifient pas autrement l'essentiel de nos constatations. [Janv. 1917.]

(²) Exemple, entre cent autres, l'affaire Hugo de Claparède, dont

manophiles romands appartiennent à cette caste, ils sont, tout naturellement, protégés et défendus par le *Journal de Genève*.

Il y a donc au *Journal de Genève*, et c'est l'explication de ses bizarreries, il y a dans cette maison déconcertante([1]), comme j'ai déjà eu une fois l'occasion de l'indiquer, deux tendances très différentes, il y règne deux esprits parfois diamétralement opposés. La preuve, c'est que quand ses plus éminents rédacteurs, dont son rédacteur en chef, M. Albert Bonnard, désirent traiter des questions suisses, — ce qu'ils ne peuvent faire que dans d'autres organes, le colonel Feyler à la *Revue militaire suisse*, M. Albert Bonnard à la *Semaine Littéraire*, — ils prennent généralement la position directement contraire à celle du *Journal de Genève*. Exemple, l'affaire de Loys elle-même, dont M. Albert Bonnard s'est occupé dans la *Semaine Littéraire*.

Alors que le *Journal de Genève* niait le caractère interventionniste de l'article de la *Solothurner Zeitung*, approuvé par le colonel de Loys, et son appel

---

le *Journal de Genève*, seul, peut-on dire, dans la presse du monde entier, ne souffla mot, bien que ce soit un député de son parti qui ait porté l'affaire devant l'Assemblée législative genevoise et réclamé du gouvernement la suspension du professeur germanophile. Mais M. de Claparède appartenait à la caste, il était tabou.

([1]) On lit dans la *Suisse* du 4 février 1917 :

« Genève, le 3 février. — Votre excellent confrère M. G. W. écrit dans le *Journal* de Genève : « Certes, nous n'avons pas été moins fiers « que les autres neutres. Et les Suisses qui prennent un âpre plaisir à « rapetisser notre rôle par rapport à celui des autres nations calomnient « la Suisse. » Et immédiatement après : « Mais nous aurions pu parler « plus fort à mainte occasion. N'oublions pas les jugements que l'His- « toire portera sur nous. » On a dit déjà que M. G. W. est déconcertant. Vous verrez qu'il finira par se déconcerter lui-même. » [Fév. 1917.]

aux armes en faveur de l'Allemagne, M. Albert Bonnard, rédacteur en chef du *Journal de Genève*, écrivait :

> Dès le milieu de l'article, l'auteur laisse tomber les voiles
> légers qu'il jetait sur sa pensée, et il est facile de constater
> que l'article de la *Solothurner Zeitung* menace l'Entente
> seule. C'est d'elle que le major Bircher se plaint avec amer-
> tume. C'est elle qui nous opprime. C'est elle qui nous mal-
> traite. Tout le monde sait cependant qu'elle nous nourrit
> sans nous demander, elle, aucune compensation et que,
> grâce à elle, nous n'avons manqué, fût-ce une heure, ni de
> viande, ni de pain, ni de rien de ce qui nous est nécessaire.
> Mais comme elle n'a pas acquiescé aux exigences inaccep-
> tables de l'Allemagne, nous voici offensés gravement et
> nous aurons à rougir devant nos arrière-neveux de ce que
> nos six divisions ne sont pas encore sous les ordres du
> kaiser. S'il pouvait rester le moindre doute sur le sens de
> ces textes, voici qu'un témoin le lève : M. Henri Chene-
> vard, l'initiateur de la collecte nationale en faveur d'Uri,
> imprime sous son nom, dans la *Feuille d'avis des Mon-*
> *tagnes*, que l'auteur de l'article de la *Solothurner Zeitung*
> a dit à ses officiers que c'était une honte pour la Suisse
> de n'être pas tombée dans le dos des Français lors de la
> bataille de la Marne.

Là où le *Journal de Genève*, voulant désolidariser
le colonel de Loys des calomnies adressées par le
journal soleurois à la Suisse romande, au *Journal de*
Genève lui-même et au colonel Feyler, accusés d'être
à la solde de la France, déclarait que le colonel
n'avait entendu approuver que la partie générale de
l'article, M. Albert Bonnard, rédacteur en chef du
Journal de Genève, disait :

> Quand il a vu l'opinion se soulever, le correspondant de

16

la *Solothurner Zeitung* a fait dire qu'il ne pensait pas que sa lettre serait publiée. Cela ne change rien aux sentiments qu'elle exprime et les tentatives pour alléguer aujourd'hui que le commandant de la deuxième division approuvait dans la lettre du major Bircher ceci, mais non cela, sont vaines, puisque, reportez-vous au texte, il ne renferme aucune restriction à l'approbation enthousiaste, à la « profonde émotion » de son signataire...

On voit maintenant sous quel angle il faut apprécier, en France et ailleurs, l'attitude du *Journal de Genève*. Là où il ment à la grande ligne directrice de son parti et de toute l'opinion de la Suisse romande, il faut se rappeler qu'il n'est que le truchement d'une caste, pouvant se monter au maximum à deux cents personnes, lesquelles sont même loin d'être toutes germanophiles comme le colonel de Loys ou M. de Claparède.

Conclusion : 1º Il y a infiniment moins de germanophiles en Suisse romande qu'il n'y a, sûrement, de francophiles en Suisse allemande ; 2º Le colonel de Loys a beau se porter garant de sa division, il est certain que si l'on consultait celle-ci (qui se tait par discipline), on n'y trouverait que deux ou trois officiers et pas un homme pour consentir à se battre pour l'Allemagne ; 3º Quant aux aménités spéciales que le *Journal de Genève* décoche par accès périodiques aux patriotes romands, il n'y a pas plus à s'en soucier que si elles partaient du *Bund*, du *Berner Tagblatt* ou des *Neue Zürcher Nachrichten*.

Il serait cependant bon que l'on comprît enfin, à Genève, que l'attitude déplorable de la direction du *Journal de Genève*, sans réussir aucunement à combler le fossé qui nous sépare des Suisses allemands, neutralistes ou germanophiles, et des autorités fédérales (témoin le factum de la *Solothurner Zeitung* dirigé contre le *Journal de Genève* lui-même), nous compromet gravement aux yeux des puissances alliées qui combattent pour le droit des peuples et le respect des traités internationaux (¹).

(¹) Voir *Appendice* 4.

XIX

LA PSEUDO-PROTESTATION
CONTRE LES DÉPORTATIONS BELGES

Décembre 1916.

Les déportations en masse de civils, opérées par les Allemands en Belgique et dans les régions envahies de la France, ont vivement ému l'opinion dans la Suisse romande. Dès le mois d'août, à la suite de la « Note adressée par le gouvernement de la République française aux gouvernements des puissances neutres sur la conduite des autorités allemandes à l'égard des populations des départements français occupés par l'ennemi », des flots d'indignation soulevaient la partie de la population restée indemne de la paralysie neutraliste et un grand mouvement s'organisait pour amener le Conseil fédéral à protester officiellement à Berlin.

Pour notre dignité, autant que pour notre tranquillité morale, s'écriait le professeur André Mercier dans la *Gazette de Lausanne*, il ne sera pas dit que le peuple suisse

n'ait pas entendu cet appel poignant fait au nom de
milliers de victimes innocentes. Les « tortures morales »
qui leur sont infligées nous révoltent. Et ce ne sont pas
seulement les femmes, filles et jeunes gens emmenés en
exil qui souffrent un dur martyre, ce sont aussi les malheu-
reux pères, mères, frères, sœurs et enfants auxquels on
les a arrachés.

Qu'on y prenne garde ! Si les peuples suivaient l'exemple
décevant et néfaste des gouvernements qui, par terreur
ou platitude, feignent de croire que la neutralité les oblige
à assister impassibles aux crimes les plus caractérisés et
à s'incliner, sans dire mot, devant la violation des traités
signés par eux aussi ; si les peuples finissaient par se laisser
endormir par des paroles émollientes, c'en serait fait — et
pour longtemps — de ce précieux patrimoine humain,
conquis au cours de dix-neuf siècles de luttes, au prix des
plus douloureux sacrifices : la conscience universelle.

Dans la *Semaine Littéraire*, M. Benjamin Vallotton
écrivait :

Qu'attendons-nous pour protester comme pays souverain, et comme neutre signataire des Conventions de La
Haye, contre la déportation avouée des vingt-cinq mille
habitants de Lille et de Roubaix ? Est-il écrit que cette
guerre qui aura vu se perpétrer, et toujours par le même
belligérant, tous les crimes contre l'honneur, contre la
liberté, contre la justice, contre tout ce qui fait le prix et
la valeur de la vie humaine, n'aura pas arraché un seul cri
de réprobation à ceux qui ont pour mission de parler au
nom de la Suisse, État neutre mais souverain ?

Une pétition, dite « pétition de Leysin », circulait
et se couvrait de signatures. Le texte en était :

AU HAUT CONSEIL FÉDÉRAL

Monsieur le Président de la Confédération suisse, Messieurs les conseillers fédéraux,

Un nombre considérable de non-combattants des territoires français, femmes et jeunes filles pour la plupart, ont été arrachés à leurs familles pour aller travailler loin des leurs ; cette déportation en masse s'est effectuée pendant la semaine sainte et la nouvelle nous en parvient maintenant.

Il y a dans cet acte une violation évidente de la Convention de La Haye.

Or, la Suisse a apposé sa signature au bas de cette convention : elle en est donc garante, au moins moralement. Le fait d'avoir méconnu cet engagement est donc une atteinte directe à notre dignité. Les journaux rapportent que le gouvernement de la République française a saisi de ces faits les gouvernements des États neutres en les priant de protester contre des actes de guerre manifestement contraires au droit des gens.

Nous venons vous demander respectueusement, monsieur le Président de la Confédération et messieurs les conseillers fédéraux, de bien vouloir donner suite à la démarche du gouvernement français en élevant au nom de la Suisse une protestation énergique.

Veuillez agréer, monsieur le Président de la Confédération et Messieurs les conseillers fédéraux, l'expression de notre très haute considération.

En même temps, des motions tendant au même objet étaient votées par les Grands Conseils de trois cantons romands, Vaud, Genève et Neuchâtel. Voici celle du Grand Conseil vaudois, la première en date (31 août), adoptée à l'unanimité :

Le Grand Conseil, exerçant au nom du canton de Vaud,

conformément à l'article 52 de la Constitution de ce canton, le droit d'initiative garanti par l'article 93, alinéa 2, de la Constitution fédérale, prie l'Assemblée fédérale d'inviter le Conseil fédéral à protester contre la déportation en masse des non-combattants des territoires français occupés par les troupes allemandes, en violation des Conventions de La Haye signées par la Suisse.

Il n'en était pas de même en Suisse allemande, où l'agitation de la Suisse romande était vue d'un fort mauvais œil. Dans la *Gazette de Lausanne* du 17 août, M. Georges Batault publiait une lettre qu'il avait reçue de Berne et qui lui disait :

J'attire votre attention sur l'attitude étonnante de la presse suisse allemande qui n'a pas soufflé mot du document diplomatique adressé aux puissances neutres à propos des enlèvements de Lille. Pas un mot des faits. Mais tous les journaux : *Basler Nachrichten*, *National Zeitung*, *Neue Zürcher Zeitung*, *Bund*, *Vaterland*, etc.... ont publié la défense de la *Norddeutsche Allgemeine Zeitung*, envoyée par Wolff. Voilà une singulière façon de comprendre la neutralité...

Quelques semaines plus tard, l'extension à la Belgique de l'odieux système des déportations portait au comble l'irritation romande, ainsi que la honte de voir notre pays paraître accepter sans sourciller cet abominable scandale. Le Conseil fédéral ne bougeait toujours pas. Le 16 novembre, il recevait une note du gouvernement belge qui dénonçait ces actes contraires aux lois de l'humanité comme aux règles conventionnelles et que stigmatisait également la demande d'initiative du Grand Conseil neuchâtelois, la dernière formulée. Fin novembre enfin, le bruit se répandait que le Conseil fédéral s'était décidé à protester. L'agence télégraphique suisse annonçait que le ministre de Suisse à Berlin, M. de Claparède, avait été chargé, la semaine précédente, de faire une démarche auprès du Chancelier allemand. Aussitôt, sans peser les termes extrêmement mesurés dans lesquels cette démarche était annoncée, la presse romande, subitement retournée et croyant qu'il s'agissait d'une véritable protestation, manifestait sa joie patriotique et entonnait des hosannahs en l'honneur du Conseil fédéral.

L'action du Conseil fédéral, s'écriait le *Journal de Genève*, répond au sentiment ardent et unanime de notre population, tout au moins dans la Suisse romande... La Suisse, le plus exposé de tous, mais aussi le plus ancien parmi les États démocratiques, ne peut pas attendre plus longtemps pour pousser un cri d'alarme et de protestation.

La protestation officielle de la Hollande, celle de la Suisse, — enfin ! — qui a fait battre notre cœur de patriote, s'enthousiasmait, le 2 décembre, la *Semaine littéraire*, ne sauraient que frayer la voie à une action plus étendue, plus concertée des puissances neutres.

En Suisse allemande, les commentaires étaient divers, selon que les journaux, plus ou moins bien informés, croyaient ou non au caractère protestataire de l'acte du Conseil fédéral.

Le *Berner Tagblatt* parlait du silence glacial de la presse suisse (alémanique) et se demandait si toute l'affaire n'était pas une mystification, déplorant que le Conseil fédéral eût donné raison aux hurluberlus welches et déclarant que sa confiance dans le Conseil fédéral était ébranlée.

La *Züricher Post*, dans un article intitulé « Fausse route », critiquait vivement la démarche du Conseil fédéral, qu'il taxait d'inutile et dangereuse. Par contre, les *Neue Zürcher Nachrichten* la considéraient comme une mesure 'de haute sagesse politique à l'intérieur, bien que constituant, au point de vue extérieur, un précédent dangereux.

Mais le lendemain, toutes informations prises, la presse alémanique était rassurée. Le *Berner Tagblatt* constatait « à divers indices qu'à Berlin on ne prenait pas l'affaire au tragique et qu'on envisageait l'acte du Conseil fédéral comme une soupape de sûreté pour les difficultés intérieures ». La *Neue Zürcher Zeitung*, insistant sur le caractère amical de la démarche, écrivait :

Il ne saurait être question de protestations, ni de représentations. Dans un cas semblable, le gouvernement auquel la communication a été faite n'est pas tenu de donner une réponse.

Sur quoi la *Gazette de Lausanne*, croyant encore au caractère protestataire de la démarche, s'indignait. « Appréciation bouffonne ! » s'écriait-elle en parlant de l'article du *Berner Tagblatt*. « Chef-d'œuvre d'édulcoration », qualifiait-elle celui de la *Neue Zürcher Zeitung*.

Or, tandis que trois autres pays neutres, les Pays-Bas, les États-Unis et l'Espagne, protestaient, bien réellement, par des notes écrites officielles, on apprenait, le 6 décembre, jour où fut connu du public un rapport adressé l'avant-veille par le Conseil à l'Assemblée fédérale, que la Suisse ne venait de faire à

Berlin qu'une démarche orale n'ayant, de la déclaration même du Conseil fédéral, aucun caractère de protestation.

Dans le cas présent, disait le rapport, on demande du gouvernement suisse un acte de désapprobation contre l'une des parties belligérantes, sous la forme la plus vive, celle de la protestation, par ce motif qu'il y aurait eu violation des dispositions de la Convention de La Haye, signée aussi par la Suisse. On vise ici l'article 43 de la Convention concernant les Lois et Coutumes de la guerre sur terre, du 18 octobre 1907, article ainsi conçu : « L'autorité du pouvoir légal ayant passé de fait entre les mains de l'occupant, celui-ci prendra toutes les mesures qui dépendent de lui en vue de rétablir et d'assurer, autant qu'il est possible, l'ordre et la vie publics en respectant, sauf empêchement absolu, les lois en vigueur dans le pays. »

On ne saurait parler du devoir de la Suisse de protester, comme État contractant, contre les violations des conventions de La Haye. Ces conventions ont créé entre les États des obligations réciproques ; elles n'ont pas créé entre tous les contractants une solidarité qui, si elles venaient à être violées au détriment de l'un d'eux, obligerait les autres à s'opposer à cette violation ou tout au moins à protester contre elle.

L'attitude observée jusqu'ici par les États neutres répond absolument à cette manière de voir.

Nous ne pouvons admettre non plus que nous ayons une obligation morale d'élever la voix contre les violations d'engagements internationaux commises par l'une ou l'autre des parties belligérantes, et de protester contre des actes contraires au droit des gens. Nous avons la conviction que semblable manière d'agir mettrait inévitablement le Conseil fédéral en contradiction avec le principe fondamental de la neutralité absolue, dont l'observation lui est imposée par notre constitution, par l'histoire et la tradition, par la volonté inflexible de notre peuple. Depuis le début de la guerre, de nombreuses protestations et réclamations contre de prétendues violations du droit des gens ont été notifiées au Conseil fédéral, trente-sept par les Empires centraux et leurs alliés, quarante-huit par les Alliés et quatre par un État neutre ([1]). Ce ne pouvait être la tâche d'un gouvernement neutre et il lui eût été d'ailleurs impossible — est-il besoin de le démontrer ? — de faire une enquête minutieuse dans tous ces cas et de se former ainsi une opinion bien arrêtée sur les violations du droit des gens qui faisaient l'objet de ces plaintes. Dans quelle fausse situation se mettrait un gouvernement neutre qui voudrait distinguer entre les différents cas, entreprendre une enquête sur les uns et en faire l'objet d'une protestation, tandis qu'il laisserait les autres de côté ! Dans des cas où la Suisse n'est pas immiscée, où ni son honneur, ni ses intérêts ne sont en jeu, nous n'avons pas pour tâche et nous n'avons pas le droit de nous ériger sans en être priés en arbitres et de prononcer un jugement sur la manière d'agir des belligérants.

C'était une fin de non recevoir. Toutefois, « obéissant à ses sentiments humanitaires et dans la pensée que le gouvernement allemand attacherait de l'importance à l'opinion publique d'un État neutre et ami », le Conseil fédéral faisait en même temps connaître qu'il avait chargé, le 21 novembre, le ministre de Suisse à Berlin « d'attirer l'attention du Chancelier de l'Empire sur l'impression défavorable produite sur l'opinion publique suisse par les déportations en masse d'ouvriers belges en Allemagne ».

Nous estimons, concluait le rapport, qu'aller plus loin serait incompatible avec la situation neutre de notre pays. Aussi, tout en rendant hommage aux sentiments huma-

([1]) La Grèce ?

nitaires qui se sont manifestés par les décisions des Grands Conseils et la pétition, nous devons vous proposer de ne pas donner suite à l'initiative.

Contrairement à cette attitude archiprudente de la Suisse, les Pays-Bas, les États-Unis et l'Espagne n'avaient pas « estimé qu'aller plus loin serait incompatible avec la situation neutre de leurs pays ».

Voici ce qu'avait fait le gouvernement hollandais, d'après les déclarations de M. Loudon, ministre des Affaires étrangères, le 4 décembre, à la Chambre néerlandaise :

Des représentations *écrites* ont été envoyées au gouvernement allemand ; elles affirment que le gouvernement néerlandais considère que la déportation de populations de territoires occupés dans le pays de puissances occupantes est en opposition avec les principes et l'esprit du droit des gens tel qu'il a été fixé par la quatrième Convention de La Haye en 1907.

Il est vrai que la Hollande avait, pour protester officiellement, une raison que n'avait pas la Suisse. Parmi les déportés de Belgique figuraient un certain nombre de Belges qui, après s'être réfugiés en Hollande, au début de la guerre, étaient retournés plus tard en Belgique sous la garantie qu'ils ne seraient pas déportés en Allemagne, « garantie donnée expressément par la plus haute autorité allemande d'Anvers agissant en coopération avec le gouvernement néerlandais ».

Mais voici la note des États-Unis, qui, eux, ne se trouvaient pas plus que la Suisse dans une situation juridique spéciale :

C'est avec la plus grande inquiétude et le regret le plus vif que le gouvernement des États-Unis a appris la politique adoptée par le gouvernement allemand de déporter de Belgique une partie de la population civile dans le but de la contraindre à travailler en Allemagne.

Il est obligé de protester, amicalement mais solennellement, contre cette mesure qui est contraire à tous les précédents et aux principes humanitaires de pratique internationale qui ont été acceptés et suivis depuis longtemps par les nations civilisées pour le traitement des non-combattants.

En outre, le gouvernement des États-Unis est convaincu que l'effet de cette politique, si elle est poursuivie, sera en toute probabilité fatale à l'œuvre d'assistance aux Belges projetée dans un esprit humanitaire et mise à exécution avec succès, ce qui serait déploré généralement et ce qui, à ce qu'on assure, embarrasserait sérieusement le gouvernement allemand.

La Suisse, elle, ne pouvait évidemment « aller si loin ». Mais ce qu'il y a eu de plus fort, à notre avis, c'est qu'après la formidable désillusion qu'a dû éprouver la Suisse romande, lorsqu'il s'est avéré, par la publication du décevant rapport, que les journaux alémaniques avaient raison et qu'il ne s'agissait aucunement d'une protestation, c'est, disons-nous, qu'aucun journal romand n'ait cru devoir exprimer le moindre mécontentement, et que toute la presse welche, à notre connaissance, se soit bornée à enregistrer purement et simplement, avec toute la discipline de l' « union sacrée », la fin de non recevoir du Conseil fédéral.

Le rapport n'a pas eu le même succès en France, où un journal, la Liberté, avec l'agrément de la cen-

sure, en faisait précéder le compte rendu de ce titre :
« Le Conseil fédéral suisse se désintéresse des crimes
allemands », et le faisait suivre de ces mots : « La
race des Ponce Pilate n'est pas éteinte. »

Mais la duplicité du Conseil fédéral ne devait pas
en rester là. Le 9 décembre, pour contrebalancer,
sans doute, le mauvais effet produit dans les pays de
l'Entente, il faisait passer dans un journal de la
Suisse romande, la *Tribune de Genève*, d'où il était
aussitôt télégraphié en France et reproduit dans tous
les journaux, un communiqué officieux déclarant que
la démarche faite le 21 novembre à Berlin avait été
« considérée de part et d'autre comme une forme
courtoise de protestation contre les événements de
Belgique ([1]) ».

Comment le Conseil fédéral concilie-t-il la teneur
de ce communiqué avec son rapport aux Chambres
où il déclare ne pas pouvoir admettre « que nous
ayons une obligation morale de *protester* contre des
actes contraires au droit des gens » ?

De deux choses l'une : ou le Conseil fédéral a en-

([1]) Voici le texte de ce communiqué, dont une partie sert de démenti à des bruits qui circulaient :

« Pour réfuter certains faits qui ont été avancés ou certains bruits
qui ont couru, le Conseil fédéral déclare ce qui suit :

« La démarche du gouvernement suisse à Berlin a été faite par le
ministre suisse en personne. M. de Claparède a envoyé à ce sujet un
rapport au Conseil fédéral et a noté, pour les archives, la conversation
qui a eu lieu. La communication dont notre ministre avait été chargé a
été transmise au Chancelier de l'Empire allemand suivant les formes
diplomatiques habituelles et elle a été bel et bien considérée de part et
d'autre comme une forme courtoise de protestation contre les événements de Belgique. D'autre part, il est inexact que le Conseil fédéral
ait demandé au gouvernement allemand l'autorisation de rendre cette
démarche publique. Il en a avisé la presse sitôt qu'elle a été faite sans
solliciter aucune permission. »

tendu protester, ou il n'a pas entendu protester.
Dans le premier cas, le rapport à l'Assemblée est
mensonger, dans le second cas, c'est le communiqué
officieux.

Bien mieux : les journaux de Paris publiaient le
11 décembre une dépêche de Berne du 10 qui n'a, à
notre connaissance, paru dans aucun journal suisse,
ainsi conçue :

Le gouvernement allemand a remis sa réponse à la note
qui lui avait été adressée par le gouvernement suisse au
sujet de la déportation des Belges en Allemagne. Cette
réponse, conçue en termes très polis, laisse néanmoins
entendre clairement que la Suisse n'a pas à intervenir
dans les événements de Belgique tant que ses intérêts ne
seront pas en jeu.

Voici donc de nouvelles contradictions. D'après
cette dépêche, il y aurait bien eu une *note*, c'est-à-
dire, une *note écrite*, puisque le gouvernement allemand aurait *remis une réponse* au gouvernement
suisse.

Ainsi, d'après le rapport à l'Assemblée, il n'y a eu
aucune protestation, mais une démarche orale
n'ayant pas le caractère d'une protestation. D'après
le communiqué officieux, la démarche a bien été
orale, mais elle constituait une protestation. Enfin,
d'après la dépêche de Berne, il ne s'agit plus d'une
démarche orale, mais d'une note à laquelle l'Allemagne a répondu.

Où est la vérité ? S'il y a eu une note, qu'on la
publie, comme les États-Unis ont publié la leur. S'il
n'y a eu, à Berlin, qu'une simple manifestation orale

ne constituant pas une protestation, pourquoi l'Allemagne a-t-elle répondu ? Et si la démarche à Berlin constituait une protestation, pourquoi a-t-on dit le contraire aux Chambres ?

Autant de mystères, autant de points d'interrogation (¹).

(¹) La vérité, c'est qu'il n'y a bien eu, à Berlin, qu'une démarche orale, n'ayant pas le caractère d'une protestation, démarche à laquelle l'Allemagne a répondu, oralement aussi, dans les termes qu'indique cette dépêche Wolff du 9 décembre : « Le ministre de Suisse à Berlin, à l'occasion d'un entretien avec le Chancelier de l'Empire, en est venu à parler de l'inquiétude causée parmi la population suisse par les bruits répandus dans ce pays sur les déportations de Belges sans travail. Le gouvernement helvétique a reçu ensuite des éclaircissements sur les faits et le bien-fondé de cette mesure au point de vue du droit des gens. On lui a communiqué par la même occasion que le gouverneur général impérial à Bruxelles aurait égard aux intérêts suisses que l'exécution de cette mesure pourrait atteindre. »

Mais, on voulait se donner les gants d'avoir protesté tout en n'ayant pas protesté et, comme on le verra par le chapitre suivant, cette comédie n'avait pour objet que de seconder la manœuvre pour la paix que préparait l'Allemagne. [Janv. 1917.]

XX

LA NOTE POUR LA PAIX

Janvier 1917.

L'AVENIR se chargeant de menaces avec la prolongation de la guerre, une double manifestation extérieure a été jugée opportune par notre gouvernement, qui s'était borné jusqu'ici à observer d'un œil apathique et neutral les événements qui désolent l'Europe. Ces deux gestes, l'un la pseudo-protestation contre les déportations de Belgique dont nous avons parlé, l'autre une note pour la paix succédant à deux jours d'intervalle à la note américaine, ne sont au fond qu'un seul et même acte ; ils s'expliquent l'un par l'autre et il faut, pour en comprendre l'intention profonde, en établir la corrélation.

La pseudo-protestation du ministre de Suisse à Berlin s'était effectuée le 21 novembre.

Le 22 décembre, au lendemain du jour où il recevait communication du texte du président Wilson, le Conseil fédéral lançait sa note sur la paix. Ce document débute ainsi :

17

Le président des États-Unis d'Amérique vient d'adresser aux gouvernements de l'Entente et aux Puissances centrales une note en faveur de la paix. Il a bien voulu la communiquer au Conseil fédéral suisse qui, inspiré du désir ardent de voir bientôt cesser les hostilités, s'était mis en rapport avec lui il y a déjà cinq semaines.

Cinq semaines avant le 22 décembre, par conséquent antérieurement à la démarche à Berlin du 21 novembre, le Conseil fédéral s'était donc « mis en rapport » avec le président Wilson au sujet d'une action à tenter en vue de la cessation des hostilités.

Dans quelle mesure avait pu s'effectuer ce sondage opéré par la Suisse à Washington ? Le *New York Times* a publié à ce propos, le 25 décembre, le démenti officieux suivant à l'allégation de la note suisse :

Le président Wilson, en envoyant sa note du 18 décembre, a agi indépendamment de tous autres gouvernements neutres, conformément à la politique traditionnelle des États-Unis. Quoique le gouvernement américain soit prêt à apprécier l'approbation des autres gouvernements neutres, il est formellement décidé à ne pas agir de concert avec eux, et il n'a jamais consulté aucun d'eux pour la rédaction ou la transmission de la note de la semaine dernière.

En conséquence, la note du Conseil fédéral suisse, d'après laquelle celui-ci aurait été en contact avec le président Wilson, est une énigme pour le gouvernement.

Les journaux américains, en publiant ce démenti, l'accompagnaient de commentaires dont voici un spécimen :

Ce qui corrobore encore ce démenti catégorique, c'est que le gouvernement des États-Unis n'a adressé sa note à aucun gouvernement neutre au moment où il l'adressait aux belligérants. C'est seulement le mercredi soir (20 décembre), douze heures après la communication aux belligérants, qu'il a informé les neutres, et parmi eux le Conseil fédéral suisse.

Les seuls faits que puisse viser l'affirmation contenue dans la note suisse paraissent être ceux-ci : le ministre suisse à Washington s'est beaucoup agité depuis quelques semaines pour demander une intervention des États-Unis, mais ses démarches n'ont jamais produit aucun résultat, et, malgré ses instances, il n'a pas été reçu par le président Wilson.

D'autre part, M. Schulthess, président de la Confédération, dans une entrevue accordée à M. Quilici, correspondant du *Resto del Carlino*, de Bologne, précisait que la note américaine émanait bien de l'initiative personnelle du président Wilson et que la Suisse n'y était pour rien. Mais, déclarait-il :

Le Conseil fédéral s'était mis en rapport avec le gouvernement des États-Unis, afin d'apprendre si celui-ci avait l'intention de faire une démarche en faveur de la paix, et il a simplement reçu communication de la note en même temps que les belligérants.

Enfin, M. Hoffmann, chef du département politique, interviewé par M. Benedetti, rédacteur à la *Stampa*, de Turin, expliquait ainsi les choses :

La Suisse n'a pas choisi le moment de son intervention en faveur de la paix. Nos informations et celles des journaux nous avaient appris, ces mois derniers, que M. Wilson ferait probablement quelque chose en faveur de la paix. J'ai invité alors notre ministre à Washington à se mettre en contact avec les sphères américaines. M. Wilson nous assura que s'il se décidait à intervenir d'une manière

quelconque auprès des belligérants, nous serions tout de
suite informés de l'action des États-Unis. En réalité, nous
n'avons été avisés officiellement que quelques heures
avant que la note de M. Wilson ait été communiquée aux
puissances belligérantes et aux neutres. La première communication a été faite simultanément au gouvernement
suisse et à l'Espagne. Alors, pour notre compte, sans
accords préalables avec le gouvernement de Washington
ou avec d'autres puissances neutres, nous décidâmes d'appuyer la démarche américaine.

A travers ce tissu d'affirmations aussi officieuses
que contradictoires ([1]), on peut cependant démêler

([1]) La *Gazette de Lausanne* du 6 janvier tente vainement de résoudre
ces contradictions. Voici comment elle s'y efforce :
« Les malentendus provoqués par l'initiative fédérale sont de deux
sortes : les uns se rapportent à la genèse de la note, les autres aux conditions dans lesquelles la note américaine a été transmise à Berne.
« Dans l'interview qu'il a accordée à un correspondant de la *Stampa*,
M. Hoffmann a fait des déclarations d'où il résulte clairement qu'entre
l'audience accordée par le président Wilson à notre ministre à Washington et la notification à la Suisse de la note américaine, il y a eu un
intervalle blanc de cinq semaines. Sur un ordre reçu de Berne, notre
ministre avait exprimé au président des États-Unis le désir du Conseil
fédéral d'être informé des démarches que M. Wilson pourrait entreprendre. A ce moment-là, M. Wilson répondit qu'il continuait à s'occuper de la paix et qu'il prenait acte des vœux du gouvernement suisse.
« C'est ce que M. Hoffmann a exprimé au journaliste italien en disant
textuellement :
« Personnellement et par la presse, nous savions depuis des mois que
« le président Wilson ferait probablement une démarche en faveur de
« la paix. »
« En communiquant cette interview aux journaux, une agence de
presse a complètement déformé le sens de cette déclaration, en faisant
dire à M. Hoffmann : « Nos informations prouvent que depuis des mois
« nous étions en pourparlers avec M. Wilson. »
« La note suisse est ainsi représentée tout à fait à faux comme le produit d'une collaboration prolongée avec le président des États-Unis.
« Le second malentendu pourrait bien être né d'un passage du discours de M. Motta à Genève.
« Parlant de la note suisse, le chef du département des finances a dit :
« Le président des États-Unis, tout en agissant en vertu d'une ini-
» tiative strictement personnelle, avait bien voulu informer le Conseil
« fédéral de sa démarche quelques heures avant que celle-ci ne fût com-
» muniquée aux belligérants. »

une chose : c'est que deux mois environ avant la production de la note américaine, la Suisse faisait faire des démarches à Washington, aux fins de savoir si les États-Unis n'allaient pas se décider à intervenir en faveur de la paix.

Quand on songe aux désirs de paix qui se faisaient jour depuis longtemps en Allemagne, et à la manœuvre pour la paix qui se préparait dans les bureaux de la Wilhelmstrasse ([1]), quand on songe, en outre, aux relations étroites qui existent, à Berne, entre le département politique fédéral et la légation allemande, on ne peut s'empêcher de penser que le rôle de la Suisse dans cette affaire lui a été suggéré par l'Allemagne ([2]), qui avait besoin de stimuler le

« Nous avons de bonnes raisons de croire qu'ici aussi il y a un malentendu. Grâce à des circonstances fortuites — plus grande diligence peut-être du déchiffreur, hasards de la transmission télégraphique, — la note a bien pu arriver au Palais fédéral quelques heures avant d'être remise à ses autres destinataires européens. Pour que le geste du président Wilson ait eu vraiment pour nous l'importance qui lui a été attribuée, il faudrait qu'il fût démontré que le message télégraphique destiné à la Suisse est parti de Washington avant les autres, ce qui, sauf erreur, n'est nullement établi.

« Si nous sommes bien informés, c'est jeudi 21 décembre, vers 4 heures du soir, qu'il est parvenu au Palais fédéral.

« Or le lendemain, une dépêche de Paris annonçait que la note américaine avait été communiquée la veille au ministre français des Affaires étrangères et une dépêche de Berlin disait que la note y était parvenue la veille au soir. »

([1]) La *Norddeutsche Allgemeine Zeitung* a publié, le 15 janvier, une lettre de l'empereur datée du 31 octobre, établissant que dès cette époque Guillaume II méditait de « proposer la paix ».

([2]) Le 13 décembre, à la suite de l'offre de paix par l'Allemagne, le germanophile *Berner Tagblatt* publiait la note suivante :

« On entend partout exprimer le vœu que l'Assemblée fédérale discute aujourd'hui la proposition de paix des Empires du centre et qu'une manifestation en faveur de la paix soit faite à cette occasion, car la Suisse a le plus grand intérêt à ce que la paix soit promptement conclue et elle a d'autre part le droit et le devoir moral de faire tout ce qui est en son pouvoir pour faciliter l'ouverture de négociations de paix et d'exprimer le vif désir de paix du peuple suisse. »

zèle des neutres et de savoir exactement à quoi s'en
tenir sur leurs projets, afin de pouvoir intervenir

Au même moment la *Züricher Post* écrivait :
« Si les propositions des Empires du centre ne trouvent pas d'écho,
une chose est certaine : *la guerre sera dorénavant conduite sans aucun
ménagement.* Toutes les horreurs des deux dernières années se renou-
velleront, encore aggravées. Non seulement les belligérants s'y saigne-
ront à mort, non seulement des nations d'une haute civilisation seront
vouées aux catastrophes, mais les neutres, qui ont eu déjà tant à
souffrir, se verront imposer de nouvelles privations. La question se pose
donc : le moment psychologique étant plus favorable à la paix qu'il n'a
jamais été, les neutres doivent-ils continuer à rester à l'écart et demeurer simples spectateurs en face de la ruine de l'Europe ?
« Lors même qu'ils ne seraient pas poussés à intervenir par des
considérations d'humanité, ne devraient-ils pas le faire par souci de
leur bien-être ? Une intervention doit sans doute être mûrement pesée ;
il est évident aussi qu'elle ne peut être tentée que si la chose ne nous
expose pas à des dangers plus grands. Mais la question se pose aux
neutres en ce moment de façon plus pressante que jamais.
« L'humanité assoiffée de paix tourne à cette heure ses regards vers
les neutres susceptibles d'offrir leurs services désintéressés en vue d'une
médiation. Nous exprimons l'espoir que le Conseil fédéral, placé devant
cette question, la résoudra dans un esprit de clairvoyance et tout pé-
nétré du sentiment de sa responsabilité. »
Ces rapprochements sont d'autant plus significatifs qu'en deux
occasions déjà le Conseil fédéral avait pris position — position négative
— dans le problème des négociations de paix.
Pendant la session parlementaire de juin 1916, alors que l'offensive
du général Broussilof se développait victorieusement, des initiatives se
produisirent en Suisse pour demander au Conseil fédéral de s'entre-
mettre en faveur de la paix. M.Hoffmann répliqua qu'il ne croyait pas
le moment venu pour tenter une démarche quelconque.
En septembre, au lendemain de l'intervention roumaine, le Conseil
fédéral s'occupa des requêtes relatives à la paix qui avaient été pré-
sentées durant la dernière session parlementaire, et approuva un rapport présenté par le département politique.Ce rapport reprenait la thèse
soutenue en juin par M. Hoffmann ; le moment n'était pas venu pour
tenter une démarche quelconque.
Pendant la dernière session, en décembre, où la commission chargée
d'examiner les pétitions en faveur de la paix n'a même pas présenté de
rapport,on affirmait encore que le moment ne paraissait pas opportun
au Conseil fédéral. « Aussi, dit une correspondance de Berne du 23 décembre à *la Suisse*, a-t-on été vivement surpris par la décision que celui-
ci a prise, à la fin de la session, en faveur de la démarche du président
Wilson. Jamais n'est apparue plus nettement l'absence complète de
contact en matière de politique extérieure entre le Conseil fédéral et le
Parlement. La dernière fois que le Conseil fédéral a traité de l'intervention des neutres dans le conflit européen, c'était en septembre, et

elle-même au moment psychologique avec le plus de chance de succès ([1]).

C'est ce qu'a certainement aperçu M. Jean Herbette, quand il dit dans l'*Echo de Paris* :

Peut-être l'Allemagne, si intéressée à engager une conversation trompeuse, a-t-elle tenté en Suisse, comme chez d'autres puissances neutres de l'Europe, un effort pour obtenir des interventions bénévoles. Nous nous faisons sans peine une idée des pressions et des intrigues qu'elle se permet en Suisse, quand nous constatons qu'elle ne livre pas à la Confédération le charbon qu'elle lui avait promis en échange de tant de faveurs, et quand nous voyons un journal de Berne, le *Berner Tagblatt*, qui passe pour être l'organe de la légation allemande, annoncer qu'il s'ouvrira prochainement, dans la capitale suisse, une conférence où les représentants des États scandinaves viendraient concerter une action commune en vue d'amener l'ouverture de négociations de paix.

C'est ce qu'a également compris M. A. Gauvain, lorsqu'il écrit à deux reprises dans le *Journal des Débats* :

son représentant exprimait la crainte qu'une démarche de ce genre ne fût considérée par un groupe de belligérants comme un « acte peu amical ». Sans transition apparente, le Conseil fédéral fait aujourd'hui la démarche à laquelle il se refusait il y a trois mois. Et il n'a pas songé à garder les députés un jour de plus à Berne pour leur exposer les motifs d'un si brusque changement. Il est très difficile, dans ces conditions, de se livrer à des commentaires sur les conséquences que la démarche peut avoir au point de vue extérieur. Quant au point de vue intérieur, il est certain qu'elle touche à l'un des points les plus sensibles de notre désaccord, à un domaine sur lequel on ne peut plus espérer de voir la Suisse allemande se rencontrer avec la Suisse romande. »

([1]) Une dépêche de Washington du 1er janvier au *Daily Mail* dit : « On déclare ici que les diplomates allemands ayant appris que le président Wilson avait l'intention d'envoyer une note aux belligérants au sujet de la paix, le gouvernement allemand s'empressa d'adresser lui-même des propositions de paix, afin de faire croire que le président Wilson appuyait la démarche de l'Allemagne. »

On se défend vivement à Washington d'avoir combiné la note américaine avec celle de la Suisse, et l'on affirme dans l'entourage de la Maison-Blanche que le président Wilson veut agir seul. En outre, l'empressement de l'Austro-Allemagne à répondre, à un jour d'intervalle, à la note américaine et à la note suisse semble indiquer que celle-ci a été inspirée par le désir de rendre un service à Berlin. L'activité remarquée du ministre de Suisse à Washington peut être interprétée dans le même sens. Non pas que le gouvernement suisse songe le moins du monde à se départir de la plus stricte impartialité. Mais il est assez naturel, étant donné les circonstances, qu'il cède à la fois au penchant helvétique pour le règlement des affaires internationales, à une amicale pression de l'Allemagne et à l'ambition de voir le grand Congrès mondial se réunir au palais de la Bundesgasse. Dans l'esprit de M. de Bethmann-Hollweg et du comte Czernin, Berne serait probablement, en effet, « l'endroit neutre » propice pour les conversations qu'ils souhaitent d'engager (30 décembre).

Et :

La Suisse s'est bien empressée d'adhérer à la proposition Wilson, qui était indépendante de celle des empires centraux, mais elle était visiblement poussée à cette démarche par une pression germanique et le désir de voir le Congrès mondial se réunir à Berne. Dans son numéro du 21 décembre, la *Correspondance politique de l'Europe centrale*, qui se publie maintenant à Zurich, et qui, depuis la guerre, remplace l'officieuse *Correspondance politique* de Vienne, indique Berne « comme lieu de résidence du Congrès ». Il est aisé de deviner que cette considération n'est pas étrangère à la complaisance du Conseil fédéral (4 janvier) [1].

[1] Le correspondant de Berne de la *Gazette de Lausanne* répond ceci, qui est peu probant :
« Parmi les appréciations erronées, il faut ranger un article publié le 4 janvier par le *Journal des Débats* sous le titre : « Les manœuvres

Dès lors la manœuvre du Conseil fédéral, ou plutôt de M. Hoffmann, car il semble que c'est lui surtout qui a mené toute cette intrigue (¹), s'explique com-

diplomatiques et la paix. » Après avoir constaté que la réponse des Alliés a détruit la combinaison diplomatique de l'Austro-Allemagne, le grand journal parisien, parlant de la note suisse, dit que notre pays était « visiblement poussé à cette démarche par une pression germanique et le désir de voir le congrès mondial se réunir à Berne ».

« Ce sont là des « suppositions » qui viennent assez naturellement sous la plume d'un journaliste placé dans une ambiance différente de la nôtre. Les très sérieuses réserves que, contrairement à la plupart des journaux romands, nous avons cru devoir faire d'emblée quant à l'opportunité de cette note qui nous paraissait lancée dans des conditions un peu hâtives et précipitées, nous mettent à l'aise pour réfuter l'appréciation du *Journal des Débats*. Les déclarations qui ont été faites publiquement par plusieurs membres du gouvernement, celles que nous avons eu personnellement l'occasion de recueillir, nous ont donné la conviction que le Conseil fédéral avait agi en toute liberté et en dehors de toute pression étrangère, qu'il a procédé de sa propre initiative et sans autre contact étranger que la démarche qui avait été faite quelques semaines auparavant par notre ministre à Washington.

« Quant au désir de voir le congrès mondial se réunir à Berne, si le Conseil fédéral avait vraiment voulu envisager une telle combinaison, il se serait certainement bien gardé d'intervenir dans le conflit européen par une démarche qui avait plus de chances de nuire à l'idée un peu mercantile qu'on lui prête, que de la favoriser. »

(¹) Le *Journal*, de Paris, a publié la dépêche suivante, datée de Zürich, 28 décembre :

« D'après des renseignements sûrs, la note suisse a rencontré une vive opposition au Conseil fédéral. MM. Decoppet, président de la Confédération, Schulthess, président pour 1917, et Calonder refusèrent d'emblée leur adhésion à la proposition faite par le chef du département politique d'approuver la note du président Wilson ; mais les trois autres conseillers s'étant déclarés d'accord avec M. Hoffmann, le principe de la note fut adopté. Cependant, M. Decoppet réussit à en faire modifier les termes et, au sortir de la séance, annonça à ses collègues qu'il les convoquerait dans la soirée pour examiner à nouveau la question. M. Hoffmann prétexta un empêchement et s'empressa de communiquer aux journaux le texte de la note. Il était ensuite trop tard pour revenir sur la décision prise. Mais si le gouvernement a pris position sur cette question, l'opinion publique s'est aussi prononcée dans toute la Suisse. De nombreux groupements de citoyens ont critiqué assez vivement l'attitude du Conseil fédéral. »

Cette dépêche a donné lieu à un démenti officieux. Si certains détails n'en sont pas exacts, le fond demeure. Voici ce qui se serait passé. Un premier texte, rédigé par M. Hoffmann, n'aurait pas été accepté par le Conseil fédéral. On se serait mis à peu près d'accord sur un nouveau

plètement. Il s'agissait tout d'abord de se créer une
virginité, c'est-à-dire une apparence d'impartialité,
en vue de se présenter avec plus d'autorité lors de la
prochaine intervention des neutres en faveur de la
paix. On décidait donc de se livrer à un semblant de
protestation contre les déportations belges. Ainsi
paré, on était prêt pour aborder, le front serein, la
grande manœuvre stratégique de la paix.

Il semble, toutefois, que celle-ci ait été déjouée par
le président Wilson avec sa question aussi brûlante
que captieuse aux belligérants, et avant tous à
l'Allemagne : « Faites-nous connaître clairement vos
buts de guerre. » Si l'on examine la note suisse, on
n'y trouve rien de pareil. La note suisse se borne à
épouser les suggestions allemandes. « Liée en même
temps d'amitié (¹) avec les deux groupes de puissances actuellement en guerre... la Suisse aspire à la
paix... Elle s'estimerait heureuse de pouvoir, même
dans la plus modeste mesure, travailler au rapprochement des nations en guerre et à l'établissement

texte, celui même de la note, à adresser éventuellement aux belligérants, mais on n'avait pris aucune décision sur l'opportunité de sa
communication. Lorsqu'on se réunit pour examiner cette question,
M. Hoffmann aurait déclaré qu'il était trop tard et qu'il avait déjà ex-
pédié la note. Il y aurait eu alors une vive altercation entre
MM. Schulthess et Hoffmann, au cours de laquelle M. Decoppet et un
troisième conseiller, qui serait soit M. Calonder, soit M. Motta, se
seraient rangés derrière le président. Il semble que depuis un certain
temps la dissension règne au Conseil fédéral, où MM. Schulthess et
Hoffmann ne s'entendent plus. Le drapeau de la Germanie n'est plus
un abri sûr.

(¹) Dans la *Gazette de Lausanne* du 28 janvier, M. Benjamin Vallotton dit à ce propos : « Peut-être n'était-il pas très urgent de rappeler,
dans un document officiel qui restera au livre de l'histoire, que la
Suisse est l'amie de tout le monde, que ses relations sont aussi cordiales
avec ceux qui tuent la Belgique qu'avec ceux qui, en la défendant, défendent la cause du droit dont nous vivons ! »

d'une paix durable. » C'est tout, et c'est ce qui différencie profondément la note suisse de la note américaine. La « paix durable » que la Suisse « aspire » à voir s'établir n'est autre que la paix allemande.

XXI

LA SUISSE AU PÉRIL DE LA GUERRE

Janvier 1917.

L'HYPOTHÈSE d'une violation de la neutralité suisse par l'Allemagne et d'une manœuvre offensive à travers le territoire helvétique a été envisagée plusieurs fois au cours de cette guerre. Elle l'a été, tout naturellement, au début, lors de la mobilisation (¹) ; elle l'a été en 1915, au moment de l'entrée en guerre de l'Italie ; elle l'a été en 1916, pendant l'affaire des

(¹) Le colonel Feyler écrivait le 4 août 1914 : « Quels risques la Suisse court-elle ? On entend partout poser cette question. Une réponse ne doit être donnée qu'avec prudence, car elle ne peut être basée que sur des hypothèses et des suppositions. On est fondé à admettre néanmoins que ces risques résulteront surtout des opérations futures, et moins des intentions des belligérants dans le moment actuel ; ni l'Allemagne, ni la France ne paraissent avoir avantage à violer notre territoire et à procurer ainsi à l'adversaire un appoint de 250.000 hommes... Reste l'alternative des risques provenant des opérations ultérieures. Ici, impossible d'émettre aucune supposition. Ce serait une question de fait. L'un ou l'autre des belligérants peut être mis dans une telle situation qu'il estime la violation du territoire de la Confédération sa dernière planche de salut... Ainsi la conclusion à laquelle on aboutit est que le Conseil fédéral a vu juste en ordonnant d'emblée la mobilisation de toutes nos milices. Cette résolution énergique répond en tous points aux dangers que fait courir à notre frontière la rencontre de deux adversaires disposant de forces égales. »

colonels, puis lors de la remobilisation en Hollande.
L'examinant de nouveau à l'occasion de l'établissement du front fortifié Belfort-Doubs, le colonel Feyler
écrivait, le 18 avril 1916, dans le *Journal de Genève* :

Nos voisins de l'ouest paraissent avoir craint d'abord
que l'attaque de Verdun ne fût qu'une démonstration
qu'accompagnerait une manœuvre décisive sur Belfort.
Aujourd'hui que l'attaque de Verdun s'est révélée comme
une entreprise elle-même à intention décisive et qu'elle a
été couronnée par un insuccès, certains de leurs journaux
reviennent à l'idée de l'attaque de Belfort avec enveloppe-
ment par la Suisse, à titre de manœuvre indépendante,
destinée à corriger le revers de Verdun.

Le colonel Feyler n'y croyait pas :

Non que cela soit impossible, disait-il. Dans le domaine
de la stratégie, il ne faut rien tenir pour impossible, et les
opérations estimées telles sont parfois celles qui ont réussi
le mieux. Mais l'entreprise semble invraisemblable, parce
que, pour un résultat au moins douteux, elle aggraverait
sûrement la situation générale de l'Allemagne.

Elle ne pourrait être envisagée par l'État-major
impérial, pensait-il, « qu'à titre de moyen désespéré,
à issue problématique ».

Ce qui ne signifie pas, concluait-il prudemment, que
nous ayons le droit de rien ignorer des mesures de précaution que nous nous devons à nous-mêmes. En matière
stratégique comme en tout autre domaine, l'invraisemblable peut devenir le vrai.

Sans devenir le vrai, ou le probable, l'invraisemblable a pu cependant devenir moins impossible. Il
a même paru un moment, exactement au commencement de décembre dernier, devenir extrêmement

possible. Une vive préoccupation régnait alors dans
les milieux militaires français, à la suite de constatations troublantes et de renseignements venus de
Berne. Rien n'avait encore transpiré dans le public
et la Suisse vivait dans une quiétude profonde. Indépendamment des faits positifs ou des présomptions
sérieuses qui avaient pu donner l'alarme, voici comment le raisonnement s'établissait :

Au premier printemps, évaluait-on, l'Allemagne
aura pu constituer une nouvelle et importante masse
de manœuvre, composée de la classe à l'instruction,
des divisions rendues disponibles par le rétrécisse-
ment du front de Roumanie, des récupérations à
résulter de la mobilisation civile, enfin des levées en
Pologne. Qu'allait faire Hindenburg de cette armée ?
Étant donné les doctrines de l'État-major allemand
et la nécessité pour les puissances centrales de terminer la guerre au plus vite, le maréchal devait être
poussé à concevoir quelque coup formidable à porter
de façon inattendue sur un point vulnérable des
fronts, dans une direction capable de donner des
résultats capitaux et d'amener une décision. Plusieurs entreprises plus ou moins séduisantes pouvaient, dans ce dessein, se proposer à sa stratégie :
deux sur le front oriental, une sur le front méridional,
trois sur le front occidental. Poursuivant la campagne
de Roumanie, il pouvait diriger son offensive sur
Odessa, avec ou sans opération connexe sur Salo-
nique. Il pouvait reprendre la marche sur Pétrograd,
suspendue en 1915 devant Riga. Il pouvait recom-
mencer sur des assises plus fortes l'affaire du Trentin

contre l'Italie. Mais aucune de ces opérations, dût-elle
être couronnée de succès, ne se présentait comme
décisive. La marche sur Odessa, celle sur Pétrograd
conquerraient d'un côté de riches territoires, de
l'autre une capitale et une mer : il n'en résulterait
pas nécessairement la fin de la guerre ; la Russie a
l'espace et ses fronts peuvent reculer presque indéfi-
niment. La mise hors de cause de l'Italie, quels qu'en
puissent être les bénéfices, n'apporterait pas davantage la solution définitive. Le maréchal renouvelle-
rait-il quelque part, sur le front occidental, le coup
de Verdun ? L'expérience était faite. Foncerait-il
sur la Hollande pour doubler la proie belge et mettre
en échec l'Angleterre ? En quoi l'Angleterre serait-
elle plus sensiblement mise en échec par la possession
de Rotterdam que par celle d'Anvers ou de Zee-
brugge ? Seule l'entreprise par la Suisse offrait de
sérieux avantages, sans présenter trop de difficultés :
la mince couverture suisse aisément bousculée, la
mobilisation bouleversée par les complicités et les
innombrables agents entretenus dans le pays, les
ponts et les tunnels sautant en quelques heures, le
plateau, le Jura occupés en peu de jours et
500.000 hommes jetés sur la France, dont les armées
auraient été accrochées par une formidable feinte
déclanchée préalablement en Lorraine. Et quelles
perspectives ! Besançon, Dijon, Le Creusot, Lyon,
Saint-Chamond, Bourges... La défense française pa-
ralysée, le front occidental tourné. En trois mois tout
pouvait être terminé et la paix dictée à Paris (¹).

(¹) M. Georges Batault, correspondant à Paris de la *Gazette de*

Telles étaient les considérations qui se méditaient,
dans le silence complet de l'opinion en France comme

Lausanne, examinant la situation militaire, écrivait le 12 janvier (publié dans la *Gazette* du 18) :

« C'est dès la seconde quinzaine de février 1916 que le Kronprinz
déclencha la ruée sur Verdun qui dégénéra en une série presque inin-
terrompue de combats gigantesques qui se déroulèrent pendant plus
de six mois. Il est fort possible que cette année l'attaque ait lieu encore
plus tôt et qu'avant la fin de ce mois Hindenburg, pour s'assurer l'initiative et pour imposer son plan aux Alliés, se décide à prendre l'offensive. Il n'est pas possible de prévoir ce que sera la nouvelle bataille,
mais tout fait supposer que, tenant compte des enseignements les plus
récents de la guerre, le haut commandement tentera d'inaugurer des
méthodes nouvelles tant en stratégie qu'en tactique, et qu'il aura à sa
disposition des moyens matériels qui dépasseront tout ce qu'on a vu
jusqu'à ce jour. Il n'est pas douteux, étant donnée la situation actuelle,
que l'Allemagne bandera toutes ses forces et accumulera toutes ses res-
sources pour obtenir des résultats décisifs. Les Alliés de leur côté, s'ils
ne devancent pas les projets de l'ennemi, se préparent en tous cas à lui
opposer une réplique foudroyante. Au calme apparent de la journée
que nous vivons succédera une tempête qui dépassera par sa violence
tout ce que nous avons pu voir jusqu'ici.

« Le schéma de la prochaine bataille, ou pour mieux dire du prochain
groupe de batailles sur le front occidental, peut s'établir ainsi, en supposant que ce soient les Allemands qui aient l'initiative de l'attaque :

« Une série de combats de démonstration sur divers secteurs répartis
sur tout le front, puis une attaque à fond sur un front choisi et assez
large. Cette attaque sera à la fois traînante et très violente, elle aura
pour but d'obliger l'adversaire à engager toutes ses réserves et à faire
défiler successivement le plus grand nombre possible de divisions
en dégarnissant d'autres parties du front. Enfin, dernière phase de la
bataille, une masse tenue en réserve pourra tenter un mouvement
tournant ou enveloppant qui menacerait de couper les communications
du défenseur en passant brusquement au travers des lignes par un
point de moindre résistance. A supposer, par exemple, que l'attaque
principale ait lieu en direction de Nancy, sur le front approximatif de la
première bataille de Lorraine, on peut imaginer, après un long combat
d'usure qui aurait amené la plus grande partie de l'armée française face
à l'Est, que la masse de manœuvre réservée, opérant par la droite plus
ou moins à l'ouest de Verdun, marcherait au sud pour couper la ligne
Paris-Châlons-Nancy. Dans une autre hypothèse, la masse de manœuvre
pourrait opérer à l'aile gauche et tourner le front français par le sud de
Belfort. Il est évident *a priori* que l'aile enveloppante ou tournante
cherchera pour manœuvrer les points de moindre résistance et qu'elle
sera abondamment pourvue de cavalerie et de troupes transportées en
automobiles pour pouvoir agir vite. Il faut en tous cas s'attendre à des
opérations de grande envergure, car seules elles peuvent donner les
résultats décisifs que l'on recherche. »

en Suisse, lorsqu'un article anonyme du *Journal de Genève*, paru le 13 décembre, vint aviver les craintes. A propos des événements de Roumanie et sous le titre « Une leçon », ce journal écrivait :

La Roumanie s'est jetée volontairement dans la guerre, tandis que la Suisse n'a cessé d'être un élément de paix. C'est vrai. Mais l'exemple de la Belgique et du Luxembourg doit se présenter constamment devant nos yeux. L'innocence de l'agneau ne le préserve pas de la boucherie. Nous ne doutons pas que nos pouvoirs militaires responsables ne cessent d'envisager les dangers qui continuent à menacer nos frontières. Il ne faut pas qu'une trop grande sécurité succède à la louable activité des premiers temps de la guerre.

... Nous savons que l'on a opéré d'importants achats de canons lourds. Il est permis d'espérer que nos Chambres ne feront aucune opposition aux crédits nécessaires et indispensables pour compléter notre matériel d'artillerie. Enfin, il nous plaît de penser que l'on a utilisé ces vingt-huit mois de mobilisation pour établir, sur tous les points menacés de toute notre frontière, les travaux de fortification passagère dont cette guerre a révélé l'extrême utilité.

Ce n'est pas un cri d'alarme que nous poussons ici. Ce que nous disons n'est que l'expression du sentiment public. Il y entre une inquiétude qui n'est, hélas, que trop justifiée par les événements extérieurs.

Le surlendemain 15, le même journal publiait une correspondance de Zurich, datée également du 13, où se lisait, à propos des propositions de paix de l'Allemagne :

On estime que l'Entente doit mettre à même la Quadruple Alliance de formuler des propositions préliminaires pouvant servir de base à des négociations futures. Une attitude purement négative de l'Entente lui causerait un

tort considérable dans l'opinion mondiale et ferait le jeu
des puissances centrales. En tous cas, si le moindre espoir
apparaît de la conclusion d'une paix acceptable garantissant en particulier l'indépendance complète de la Belgique,
on estime que la Suisse doit y travailler dans la mesure de
ses moyens. Elle a un intérêt primordial à voir finir cette
guerre, qui saigne et ruine l'Europe et constitue pour elle-
même un danger qui ira croissant à mesure que les adversaires épuisés et ne pouvant s'entamer en viendraient à
des résolutions désespérées (¹).

Rien n'avait encore paru en France. La première
allusion qui fut faite dans un journal français à
l'éventualité d'une violation de la Suisse par l'Allemagne est un petit mot de l'*Echo de Paris*, du 14 décembre, ainsi conçu :

Le nouveau commandant en chef, renseigné sur les ins-
tructions de l'ennemi, saura, le pays en a la certitude,
veiller à la sécurité de notre territoire sur n'importe quelle
frontière. Celle de Suisse, notamment, doit éveiller notre
attention... Si les Allemands, constatant l'inviolabilité de
notre front, méditaient de faire passer des troupes par le
territoire suisse, l'armée suisse, devant cette violation de
sa neutralité, je l'espère, ferait son devoir.

L'article du *Temps* intitulé : « L'autre danger », qui
a mis le feu aux poudres et donné le branle du tocsin
dans toute la presse française, est du 17 décembre.

(¹) Le *Genevois* du 15 décembre disait de son côté : « La continuation
de la guerre, c'est, pour la Suisse, un grand danger qui renaît. Nous ne
voulons effrayer personne, mais nous sommes persuadés que la vigi-
lance à nos frontières n'aura jamais été plus nécessaire qu'au cours des
mois qui vont suivre et qui verront une dernière et formidable ruée
allemande contre la France. Que nous soyons alors emportés dans la
tourmente, cela reste malheureusement dans les choses possibles ;
l'exemple de la Belgique est là pour ne pas nous faire oublier qu'un
principe a été et restera à la base de cette guerre : Nécessité fait loi. »

Après avoir cité et commenté l'article du *Journal de Genève* du 13, le *Temps* disait :

Les canons lourds que la Suisse a pu se procurer — et qui lui ont été cédés par l'Allemagne au cours de la bataille de la Somme — vaudront ce que vaudra par la capacité et les intentions le commandement militaire appelé à s'en servir. Quant aux travaux de fortification, la question est de savoir si, comme l'écrit le *Journal de Genève*, ils ont été établis « sur *tous* les points menacés de *toutes* les frontières helvétiques ». Il est à notre connaissance que l'opinion suisse garde à cet égard quelques doutes. Si enveloppé et si prudent que soit l'article que nous avons cité, on y sent, entre les lignes, paraître cette hésitation.

C'est une matière, assurément, où la Suisse est souveraine de ses décisions, et c'est entre Suisses que le débat doit se trancher. Mais pour qu'il soit tranché, il faut d'abord qu'il soit ouvert. La personnalité de certains commandants d'ouvrages fortifiés s'est affirmée par des manifestations publiques qui ont provoqué dans la Suisse romande quelques alarmes. L'importance relative des mesures de défense prises sur les diverses frontières a fait également l'objet d'appréciations diverses. Pour tout dire d'un mot — et sans manquer aux égards que nous devons à nos voisins et amis, — les tendances de l'État-major ont été, à propos de ces questions, remises en cause, sinon dans la presse helvétique, du moins dans les conversations des milieux renseignés.

Il est incontestable que les actes de violence et d'illégalité que l'Allemagne laisse prévoir comme la suite calculée des pseudo-propositions de paix mises par elle en circulation justifient ces inquiétudes. Si l'Allemagne croit avoir besoin de briser les droits d'un neutre pour obtenir une décision, elle ne reculera, ni n'hésitera. Le risque, ici, n'est pas platonique. Il est immédiat. Les alliés ne doivent pas l'ignorer. Mais il est naturel et désirable que la Suisse tout entière, sans distinction de parti ni de race et sur la

base exclusive de son indépendance nationale, l'envisage
également. De ses voisins allemands, elle peut tout
craindre. Et elle sait ce que pèsent à Berlin les « chiffons
de papier ».

On le voit par les dates, il n'est pas exact de prétendre,comme l'a fait la presse suisse, que cette campagne a commencé en France, non plus que de lui
attribuer, comme elle l'a fait également, des mobiles
d'ordre financier. L'inquiétude qui s'est traduite en
France n'était que trop naturelle et ne procédait que
de raisons purement militaires. Qu'elle ait eu comme
conséquence de faire rentrer beaucoup de valeurs
françaises déposées en Suisse, c'est certain, et c'est
ce qui explique peut-être la mauvaise humeur qu'elle
y a répandue, particulièrement dans la presse bourgeoise et capitaliste. « Il n'y a aucun danger ; nous
sommes bien tranquilles ; nous avons toute garantie
du côté de l'Allemagne ; mêlez-vous de ce qui vous
regarde ! » tel fut le thème abondamment développé.

Toute cette campagne, maugréait la *Gazette de Lausanne*, a déjà fait à la Suisse un tort considérable. En en-
tretenant en deçà comme au delà de nos frontières une
agitation dangereuse, elle aboutirait à nous forcer de
prendre des mesures sérieuses (¹), tout particulièrement
dans les circonstances actuelles.

La *Suisse libérale* se lamentait en ces termes :

Ces « on dit » ont inquiété l'opinion.Elle les a crus sans
chercher à les contrôler, à en découvrir la source, à savoir
exactement s'ils étaient fondés ou non. Chacun a colporté

_____

(¹) Heureusement, et la Suisse les a prises : changement dans le
commandement, complément de mobilisation.

des nouvelles qu'il prétendait très sûres, d'autant plus sûres qu'elles étaient plus alarmantes.

Aussi bien quels sont les auteurs de ces plans attribués à l'État-major allemand ? Ce n'est pas Hindenburg, assurément ; car alors, nous en pouvons être sûrs, nous les ignorerions. Ce pourrait bien être tout simplement la presse financière française.

Le *Journal de Genève*, oubliant qu'il avait jeté la première allumette, grondait à son tour :

Nous croyons rendre service à la presse française en l'avertissant que la campagne au sujet de la violation de notre pays par l'Allemagne commence à prendre un aspect fort déplaisant pour nous. Qu'on lui attribue des buts financiers ou, comme sont tentés de le faire quelques-uns de nos confrères, des arrières-pensées politiques, cette campagne systématique et qui se généralise ne saurait en aucune manière profiter aux sympathies dont jouit la France parmi nous.

Et, magnifiquement, il déclarait :

La ferme résolution de la Suisse de défendre son territoire et sa neutralité ne résulte pas seulement des paroles de magistrats, mais d'actes ; rien dans l'attitude de la Suisse, durant ces vingt-neuf mois de guerre, n'autorise le doute.

Il n'était pas si fier, il y a non pas vingt-neuf mois, mais onze seulement, lorsqu'il écrivait, le 5 février 1916 :

Les dépêches ont annoncé un prolongement du front français en crochet défensif, le long de la frontière suisse, de Belfort au Doubs. Il faut croire que nos assurances de neutralité ne paraissent plus à nos voisins de l'ouest une couverture suffisante. Leur confiance, entière en 1914 et 1915, a diminué en 1916. A qui la faute ?

Nous passons en ce moment par des heures tristes. En principe, nous sommes dans la situation de la Grèce. Il n'est pas nécessaire, en effet, qu'un pays neutre soit occupé pour qu'il y ait amoindrissement de sa valeur de neutralité ; il suffit qu'il n'ait pas rempli avec toute la loyauté qu'exige une parôle donnée les obligations de la politique qu'il avait promise.

Nous en sommes là et notre amoindrissement ressort du droit que nous avons perdu d'être surpris des mesures de précaution de nos voisins.

Il est vrai qu'on était alors en pleine affaire des colonels. Mais on oublie vite en Suisse. Un an ne s'est pas écoulé que le *Journal de Genève* reprend « le droit d'être surpris des mesures de précaution » de la France à nos frontières, tandis que le colonel Egli exposera doctement aux lecteurs des *Basler Nachrichten* les motifs de sécurité qui nous garantissent et l'impudence qu'il y a à venir nous empêcher de dormir sur nos deux oreilles.

Nous avons du moins gagné à cette alerte des déclarations de M. Schulthess, président de la Confédération ([1]), de M. Hoffmann, chef du département

([1]) Les déclarations de M. Schulthess ont paru dans le *Resto del Carlino*, de Bologne, le 28 décembre. En voici le passage essentiel :
« Je suis étonné des bruits et des craintes qui se produisent assez souvent quant à la possibilité d'une violation de la neutralité de la Suisse. Je suis convaincu qu'aucun des belligérants n'a l'intention de passer par notre pays. Du reste, aucun d'eux ne pourrait y trouver un intérêt quelconque, car il aurait à lutter contre de grandes difficultés de terrain et se heurterait à la résistance énergique de l'armée et du peuple suisse tout entier. Mon pays ne connaît qu'une neutralité, la neutralité absolue. Il n'admettrait jamais qu'une armée étrangère pénètre sur son territoire. La Suisse repousse avec la plus grande énergie toute autre éventualité et toute autre conception. »
Des déclarations analogues ont été faites par M. Schulthess au correspondant du *Berliner Lokal Anzeiger* (29 décembre).
Le *Temps* du 31 décembre a répondu :

politique, du général Wille lui-même, plus une harangue de M. Motta, conseiller fédéral, toutes plus rassurantes les unes que les autres. Il s'y est même joint, non moins rassurante, une note du ministre d'Allemagne affirmant, selon une formule analogue à celle du *Journal de Genève* et prenant, comme lui, en garantie le passé, que « rien dans l'attitude observée jusqu'ici par l'Allemagne n'autorise la presse

« On ne peut que rendre hommage à la fière probité de ce langage. Et nous croyons en toute sincérité que M. Schulthess a raison de dire que contre une invasion la Suisse tout entière se dresserait. Mais l'expérience de trente mois de guerre nous empêche de nous associer à ses deux autres affirmations. Qu'aucun belligérant ne songe à violer la neutralité suisse, en est-il sûr ? Qu'une telle violation soit militairement irréalisable, est-ce certain ? Nous voudrions le croire. Mais nous hésitons, et pour justifier nos hésitations, c'est aux événements mêmes des dernières années que nous empruntons nos raisons.

« L'Allemagne et l'Autriche violeront la neutralité suisse, si elles pensent avoir avantage à la violer : là-dessus, pas de discussion possible. La Belgique a été envahie, d'après les déclarations mêmes de MM. de Bethmann-Hollweg et de Jagow, parce que l'intérêt militaire exigeait son invasion. La Suisse le serait dans les mêmes conditions, et d'un cœur tout aussi léger, si Hindenburg croyait y gagner quelque chose. La situation économique de l'Allemagne, sa note aux neutres, les interviews de ses ministres et de ses généraux montrent nos adversaires obligés de faire vite et résolus à tout liquer pour aboutir. Si la cristallisation générale des fronts les oblige à ouvrir un nouveau théâtre d'opération, ils l'ouvriront. Or, la Suisse envahie en ouvrirait deux : un contre l'Italie, un contre la France. Cela suffit à nous interdire de partager la confiance de l'honorable M. Schulthess.

« Restent les difficultés mêmes d'une violation de frontière, difficultés qui résultent et du terrain et des hommes. Les premières ne comptent pas : on l'a constaté partout depuis trente mois, des Vosges aux Carpathes, du Carso aux monts macédoniens. Les secondes seraient sérieuses : car l'armée suisse est brave et bien instruite. Seraient-elles décisives ? Toute la question est là. Or, à cette question, nul ne peut répondre. La Suisse s'est préparée à se défendre. La Roumanie aussi s'était préparée : et cependant... Contre une masse puissante d'artillerie lourde, une armée qui ne dispose pas d'un matériel équivalent et qui fait ses débuts au feu est et sera toujours en danger. Les Allemands le savent et c'est pourquoi, ayant souvent bénéficié de cette supériorité, on n'a pas le droit d'exclure l'hypothèse qu'ils se flattent d'y recourir de nouveau. Ici encore, par conséquent, le président de la Confédération paraît trop optimiste. »

française à lui prêter d'autres intentions (que celle
de respecter strictement la neutralité suisse) et à
tenter de troubler les relations amicales traditionnelles entre l'Allemagne et la Suisse ». Nous voilà
tranquilles !

L'Allemagne ne nous violera pas, nous certifient
à l'envi tous ces personnages officiels. Qu'en savent-
ils et sur quoi se fonde une assurance aussi extraordinaire ? Si l'Allemagne a un intérêt militaire ou
autre à nous passer sur le corps, elle le fera, sans plus
de scrupule qu'elle n'en a eu avec la Belgique. Voilà
la vérité.

« Celui qui nous suppose capables de laisser passer
sur notre territoire les Allemands *sans les combattre*,
a dit M. Hoffmann au cours de sa déclaration, ne
connaît ni les Suisses, ni leur histoire six fois centenaire». *Sans les combattre* : en effet, tout est là. Malheureusement, la Suisse, dans son « histoire six fois
centenaire », a connu plusieurs fois l'invasion, et une
fois, il y a précisément cent ans, *sans combattre*.
Comment combattrions-nous, cette fois ? Il n'y a
pas d'autre question.

Je me suis laissé dire qu'interrogé à ce sujet par le
Conseil fédéral, le général Wille aurait répondu que
l'armée suisse ne pourrait défendre la ligne du Rhin.
Elle combattrait sur la Limmat. La ligne de la Lim-
mat se continue par celle de l'Aar et celle de la Sarine.
Ce serait abandonner à l'Allemagne le nord de la
Suisse, Bâle, le Jura et les cantons romands. L'Alle-
magne ne demande pas autre chose.

Il est certain que l'état de la défense fortifiée contre

l'Allemagne rend plausible cette prudente stratégie. Le *Volksrecht*, l'organe socialiste de Zurich, dit à ce propos :

L'irritation avec laquelle l'article du *Temps* a été relevé par une partie de notre presse bourgeoise mérite d'être notée, car elle relève qu'en effet un point faible de la neutralité suisse a été touché.

La contradiction qu'il y a d'une part entre l'affirmation répétée journellement sur tous les tons de la nécessité de monter la garde à nos frontières et du devoir d'être neutre envers tous et, d'autre part, le fait qu'on laisse sans défense la moitié des frontières, cette contradiction est trop surprenante pour qu'elle n'ait pas été constatée depuis longtemps par le peuple tout entier et qu'elle n'ait pas fini, d'une manière ou de l'autre, par être discutée publiquement. D'autant plus que le colonel germanophile Egli, qui doit être renseigné, a déclaré au procès des colonels, à Zurich, que, dans le cas d'une invasion subite de la Suisse, les Allemands pourraient être dès le premier soir à Lucerne et à Coire.

Voici, d'après le compte rendu de la *Gazette de Lausanne* (1er mars 1916), ce qu'a déclaré Egli au procès de Zurich :

Nos frontières sont presque partout ouvertes. Lorsque toute notre armée est mobilisée, le service des renseignements doit nous permettre de la concentrer. Si l'ennemi pénétrait subitement chez nous, il nous faudrait concentrer notre armée, ce qui est l'affaire de trois à quatre jours. Le service des renseignements doit annoncer la nécessité de cette concentration trois à quatre jours avant qu'elle soit nécessaire. Aujourd'hui, comme l'armée n'est pas tout entière mobilisée, il nous faut au moins le double de temps. Le danger vient de plus loin. Sur notre front nord, par exemple, où aboutissent sept lignes, on peut faire des

concentrations formidables, de sorte qu'un beau matin
on pourrait pénétrer jusqu'au cœur du pays avant que
notre armée ait pu être mobilisée.

Nous lisons d'autre part dans l'*Impartial*, de la
Chaux-de-Fonds :

Notre système de fortifications semi-permanentes est un
sujet d'étonnement non seulement à l'étranger, mais encore pour beaucoup de bons Suisses. Tout en n'avançant
que des faits notoires, qui ne peuvent compromettre en
rien notre défense nationale, on peut dire que nous n'avons
pas actuellement de travaux capables d'arrêter ou de retenir une armée venant de l'est ou du nord-est. Le
Hauenstein, fort utile contre une armée française forçant
la région de Bâle-Laufenbourg, appuyé qu'il est à l'ouest par
une chaîne montagneuse solide, est en l'air du côté de l'est,
par où il pourrait être tourné facilement, ce qui nous obligerait — vis-à-vis d'une armée pourvue d'une artillerie
lourde formidable — à l'évacuer sans combat pour nous
retirer jusqu'à la Birse et à l'Aar.

Or, le peuple suisse a le droit de demander à son État-
major qu'au lieu de concentrer les travaux de défense sur
deux frontières, il les répartisse de quatre côtés, indiffé-
remment. Quelques travaux entre Brugg et Baden seraient
peut-être plus utiles que les coûteuses fortifications de
Morat.

D'ailleurs, n'est-il pas dans l'esprit de la neutralité
suisse — pas de la neutralité « vacillante », mais de la neutralité solide — de répartir notre effort militaire contre
tous nos voisins ? Le jour où cela serait, nous aurions la
conscience plus à l'aise pour répondre comme il le faudrait
aux insinuations humiliantes de la presse parisienne. Et il
faut que cela soit. Il faut que notre État-major revienne
à la conception traditionnelle de la neutralité, qui est la
bonne. Et si notre État-major s'y refuse, il y a, ce nous
semble, un gouvernement civil pour l'y contraindre !

Hélas nos autorités civiles et nos [autorités militaires, en ces temps de pleins pouvoirs et d'abdication
populaire, sont, en effet, maîtresses [absolues de la
situation. Nous dépendons entièrement d'elles et,
malheureusement, en dépit de toutes leurs belles
phrases, notre confiance n'est pas aussi absolue que
leur domination.

Cette campagne a cependant porté ses fruits. Par
arrêté du 16 janvier, le Conseil fédéral a levé deux
divisions de plus, la deuxième et la cinquième (dont
un seul régiment était en service), plus les contin-
gents non mobilisés de la quatrième, portant à trois
divisions complètes sur six, soit la moitié de l'armée
de campagne, les troupes sur pied ('). D'importants

(¹) L'armée suisse est régie par l'organisation militaire du
1ᵉʳ avril 1912, en vertu de laquelle les forces de la Confédération sont
réparties en troupes de campagne, garnisons des fortifications, troupes
d'armée. Tout citoyen suisse doit le service militaire de 20 à 48 ans :
dans l'élite, de 20 à 32 ; dans la landwehr, de 33 à 40, et dans le landsturm, de 41 à 48. Avec l'élite, ont été constituées six divisions de troupes
de campagne, chaque division comprenant trois brigades d'infanterie à
deux régiments, une brigade d'artillerie (douze batteries de campagne
et deux batteries d'obusiers), deux escadrons de cavalerie, un bataillon
de sapeurs, une compagnie de pionniers-télégraphistes, un parc de division, un groupe de subsistances, un groupe sanitaire et divers autres
éléments. Leur effectif varie de 21.500 à 23.000 hommes ; certains régiments ont quatre bataillons. Ces divisions ne sont pas habituellement
réunies en corps d'armée. Ceux-ci cependant sont représentés par trois
états-majors en vue des groupements éventuels des divisions. Les garnisons des fortifications, englobant quelques compagnies de l'élite et
des bataillons de landwehr, gardent les ouvrages permanents érigés au
Gothard, à Saint-Maurice et devant l'entrée du Simplon. Les troupes
d'armée se subdivisent en unités d'élite et de landwehr mélangées, et
en six brigades de landwehr à deux ou trois régiments, auxquelles sont
adjoints de nombreux éléments en tous genres. L'effectif mobilisable est
évalué à 150.000 hommes de l'élite, 70.000 de la landwehr, 70.000 pour
le landsturm armé et 200.000 des services auxiliaires ou complémen-
taires ; soit une force d'environ 300.000 combattants. Le fusil est du
calibre de 7mm.5, à chargeur de six cartouches, tirant une balle
pointue du poids de 11gr.3. Le canon est un 75 à recul sur l'affût,

changements ont,en outre, été apportés dans le haut
commandement, notamment par la mise à disposition du colonel Iselin, commandant du 2e corps,
germanophile des plus 'dangereux. Sans qu'ils nous
satisfassent pleinement, on peut dire que ces changements sont heureux (¹). Nous serions plus ras-
surés encore si, par la même occasion, le général Wille—von Bismarck, l'ami de Guillaume II et
le cousin du général von.Bissing, avait été rendu aux
soins de sa famille.

Quoi qu'il en soit, si l'opération militaire par la
Suisse reste toujours tentante pour le grand État-
major allemand, elle l'est beaucoup moins depuis
qu'elle a été éventée. La *Gazette de Lausanne*, fort
mécontente de tout ce tapage, a voulu incriminer
à ce propos certains Suisses de Paris.

D'où proviennent, disait-elle le 30 décembre, ces ru-
meurs qui, à notre connaissance, ne reposent sur aucun
fondement sérieux ? Peut-être certains de nos compatriotes établis à Paris n'y sont-ils pas tout à fait étrangers.
Mais les organes — officiels ou autres — auxquels ils apportent leurs sensationnelles confidences feraient bien de
ne pas les prendre trop au sérieux. En fait, *rien* ne justifie
les bruits alarmistes qui, en dépit de tous les démentis,
continuent à circuler dans le public.

Rien ? La *Gazette de Lausanne* cultive, on le voit,
la sereine politique de l'autruche. Félicitons-nous, au
contraire,du bruit soulevé.Si quelque chose a pu con-

---

tirant un obus de 6 kil. 35 ; l'obusier est du calibre de 12 centimètres ;
toutes les pièces sont munies de boucliers. Un certain nombre de canons
lourds ont été récemment acquis.
(¹) Voir p. 226, note.

tribuer à éloigner le très réel danger que nous cou-
rions — que nous courons encore, — c'est précisément l'éveil donné, l'émotion suscitée, les précautions prises. Et si des Suisses de Paris ont joué un
rôle dans cette alarme guerrière, au lieu [de leur en
chercher noise, reconnaissons qu'ils ont bien mérité
de la patrie.

[(En plein conflit d'événements qui ne relèvent pas encore de l'histoire, en un temps où la vérité est difficile à connaître, où tant d'intérêts, de craintes, de scrupules, et de passions s'emploient à la déformer ou à la taire, au milieu de l'imprécision des renseignements souvent contradictoires, alors que les documents officiels mêmes sont parfois trompeurs et que les textes officieux le sont toujours, il est à présumer, il est même inévitable qu'un ouvrage comme celui-ci ne soit pas exempt d'inexactitudes de faits ou d'erreurs d'interprétation. L'auteur prie ceux de ses lecteurs qui en relèveraient dans ce livre de vouloir bien les lui signaler. Simple ami de la vérité sans fard, libre de toute autre considération que celle d'éclairer sa conscience et de former son jugement, il leur en sera reconnaissant.)

APPENDICES

1

LETTRE AU « JOURNAL DE GENÈVE »

Dans son numéro du 7 août 1915, le *Journal de Genève* publiait un article intitulé. *La Suisse à l'étranger.* Après la critique d'une étude de M. René Moulin sur la Suisse, parue dans la *Revue Hebdomadaire*, l'article se continuait comme suit :

M. Moulin est étranger et excusable de ne pas apprécier à leur valeur les faits de notre pays. M. Louis Dumur, bien qu'établi à Paris, est Suisse. Et l'on est surpris de lire sous sa plume, dans le *Mercure de France*, des phrases comme celles-ci : « C'est l'Allemagne qui gouverne à Berne par l'intermédiaire de son ministre plénipotentiaire », et plus loin cette accusation affreuse et injuste, tirée d'un pamphlet et reproduite sans réserve : « On rencontrerait par milliers des Suisses alémanes auxquels ne repugnerait aucunement l'idée de coiffer le casque prussien. » Avant de répandre dans une revue étrangère de pareils jugements sur son pays et sur ses compatriotes, M. Louis Dumur aurait pu mieux se renseigner. Il aurait appris que le ministre d'Allemagne n'est pour rien dans l'interdiction malheureuse et maladroite de la conférence

Fuglister par la police bernoise, pas plus que l'admonesta-
tion adressée à M. Baumberger n'a été dictée par l'am-
bassade de France. M. Fuglister a, du reste, prononcé sa
conférence quinze ou vingt fois sur le territoire de la
Confédération (¹), et les interventions du ministre d'Allemagne ne se sont produites que dans les journaux.

Quant à la censure fédérale, nous avons déjà dit sans
réticences ce que nous en pensions. La vérité nous oblige
à constater que jusqu'ici elle ne s'est manifestée le plus
souvent que par des avertissements et des menaces.
Écrire, comme le fait M. Dumur, que « la liberté d'opinion
n'existe plus en Suisse » est une de ces exagérations qu'il
est fâcheux de rencontrer sous la plume d'un Suisse dans
un organe étranger. Dernièrement, à Troyes, un journaliste a été condamné à un an de prison pour avoir publié
un article que la censure française (qui s'exerce avant la
publication du journal et non pas après comme chez nous)
lui avait demandé de supprimer. Nous ne savons pas ce
que contenait cet article. Certainement rien d'aussi grave
que ce que M. Dumur répand sur son pays, car, à cette
heure, aucun Français ne voudrait jeter le discrédit sur
sa patrie et sur ses compatriotes. On voudrait demander
aux Suisses — tout au moins à l'étranger — de se souvenir
que si la Suisse n'est pas en guerre, sa situation est tout
de même fort difficile, et qu'il leur convient de s'inspirer
eux aussi de cette tenue que nous admirons tous — et
M. Dumur le tout premier — chez les Français.

                                        G. W.

(¹) Il y a là une équivoque voulue. La conférence Fuglister a tout
d'abord été interdite par le Conseil fédéral sur tout le territoire de la
Confédération, et cela, bien que je ne puisse naturellement en fournir
la preuve, sur l'intervention certaine du ministre d'Allemagne. Ce n'est
que plus tard, à la suite d'une protestation neuchâteloise, qu'a été
rapportée cette interdiction illégale, qui a été reprise à son compte par
le canton de Berne. Je maintiens l'exactitude de mon récit. Cf. p. 65-67.

J'ai répondu par la lettre suivante qui a été insérée dans le *Journal de Genève* du 17 août 1915 :

Paris, 9 août 1915.

Monsieur le directeur,

Je regrette de voir le *Journal de Genève* se méprendre sur mon attitude dans la crise actuelle et suspecter la pureté patriotique des articles que je publie dans le *Mercure de France*. Permettez-moi donc quelques mots de réplique à votre note du 7 août.

Je ne crois pas qu'il soit de bonne politique de cacher nos dissentiments devant l'étranger. D'après tout ce que je vois et entends, je suis extrêmement ému de l'opinion fâcheuse qui règne en France à notre sujet. Si l'on n'a qu'une voix pour louer la générosité et la philanthropie de notre pays dans les œuvres humanitaires que la guerre a fait naître sur son sol et qui sont dans sa tradition nationale, on ne s'aperçoit que trop de l'esprit peu bienveillant qui domine dans sa partie germanique et l'on n'est pas loin d'incriminer la sincérité de sa neutralité. Montrer, comme je le fais, qu'il y a une opinion romande qui proteste contre certains procédés gouvernementaux, contre certaines tendances de la presse et de l'opinion alémane, ce n'est donc pas, comme vous le dites, discréditer le pays devant l'étranger, c'est, au contraire, lui rendre service, j'en ai la conviction.

Faire l'union, « l'union sacrée », c'est très bien : encore ne faut-il pas, pour notre bonne réputation devant l'étranger français, anglais ou italien, que ce soit l'union telle qu'on cherche à nous l'imposer à Berne par des mesures anticonstitutionnelles, l'union telle que la formulait naguère M. Hoffmann, la subordination absolue de l'individu à l'État jusque dans l'expression personnelle de ses sympathies, encore ne faut-il pas que ce soit la complicité du silence ordonné à coups de décrets extra-légaux à l'égard de tout ce qui fait notre raison d'être Suisses, des plus

19

justes revendications du droit offensé et de la signature
bafouée de la Confédération contre la violation des traités
et des conventions internationales.

Vous me blâmez de m'en exprimer dans un organe français. Je fais ce que je peux. Si le *Journal de Genève* m'ou-
vrait ses colonnes, je ne demanderais pas mieux que de
m'y expliquer plutôt que dans le *Mercure de France*. Au
reste, cette querelle — que je ne voudrais pas qualifier de
querelle d'Allemand — n'a guère de fondement. Les journaux romands, le *Journal de Genève* et la *Gazette de Lausanne* particulièrement, sont, actuellement, beaucoup plus
lus et répandus en France que le *Mercure de France* lui-
même. Faudrait-il donc les engager à commencer par faire
eux-mêmes l'union et à s'abstenir de toute critique sur ce
qui se passe en Suisse ? Vous ne le voudriez pas, moi non
plus. Permettez donc que je m'inspire à mon tour de leur
excellente campagne — parfois trop molle à mon gré — et
que je rende compte, fût-ce dans un organe français, de ce
mouvement de protestation dont la Suisse romande n'a
qu'à s'honorer, d'autant plus que les passages que vous
pourriez juger les plus vifs dans mes modestes aperçus ne
sont en général que des citations de nos meilleurs journalistes et des discours de nos conseillers nationaux.

Recevez, etc.

LOUIS DUMUR.

Le directeur du *Journal de Genève* faisait suivre
cette lettre des lignes suivantes :

Nos conseillers nationaux, pas plus que nos meilleures
gazettes, n'ont pu dire que « l'Allemagne gouverne à Berne
par l'intermédiaire de son ministre », ni qu' « on rencontrerait
des milliers de Suisses alémanes auxquels ne répugnerait
aucunement l'idée de coiffer le casque prussien », comme
M. Louis Dumur l'a écrit dans le *Mercure de France*. Et
c'est pourquoi nous avons marqué notre surprise et notre
regret de voir cet écrivain, qui est Suisse et qui représente

la Suisse à l'étranger dans le monde des lettres, prêter son autorité à des accusations si graves, si injurieuses et si contraires à toute vérité.

Certes, nous pensons avec lui que nous n'avons pas à cacher nos dissentiments ; mais convient-il vraiment de noircir la grande majorité de nos compatriotes afin de disculper les autres ? Nos distinctions nationales n'ont de valeur que pour nous. Pour l'étranger, quoi que nous puissions dire, la Suisse est un tout, elle n'a qu'un gouvernement, un drapeau ; elle est une nation. Le mal qui est fait à l'un de ses membres blesse au cœur la nation entière.

Dans cette époque de nationalisme farouche, tous les peuples font taire leurs divisions, subordonnant tous leurs sentiments et tous leurs actes à l'intérêt de la nation. Sommes-nous seuls dispensés de tout devoir vis-à-vis de l'État ? Certains journaux étrangers tendent à démontrer, par des séries d'articles, que la Suisse, la petite Suisse, comme on dit si souvent, s'applique à nourrir 68 millions d'Allemands, sans parler de 45 millions d'Austro-Hongrois. Les nombreuses lettres que nous recevons de France, d'Angleterre, d'Italie témoignent du tort qui est fait à nos compatriotes par cette campagne absurde et coupable. Est-ce bien à nous d'apporter des armes à ceux qui cherchent à nous nuire, d'augmenter la méfiance à l'égard de notre pays ? Avec une amitié dont nous sommes émus, des Français le défendent. Appartient-il à des Suisses de l'accabler ?   G. W.

En réponse au passage qui le concernait de mon article d'août 1915, paru dans le *Mercure de France* du 1er septembre, le directeur du *Journal de Genève* a adressé au directeur du *Mercure de France* la lettre qui suit, publiée dans le fascicule du 1er octobre de cette revue :

Genève, le 10 septembre 1915.

Monsieur et honoré confrère,

Dans le *Mercure de France* du 1er septembre, M. Louis Dumur assure que je l'ai menacé d'un an de prison.

Je n'ai pas tant de pouvoir ni de si noirs desseins. Que ceux qui auraient pu prendre au sérieux cette plaisanterie sachent bien que je n'ai rien écrit de pareil.

Ce qui est beaucoup plus grave, c'est de dire, comme l'a fait M. Dumur dans un précédent numéro, que l'Allemagne gouverne à Berne.

La Suisse a donné et ne cesse de fournir les preuves éclatantes de sa parfaite loyauté. A l'heure où elle s'impose d'énormes sacrifices pour défendre ses frontières, il est douloureux de voir un citoyen suisse proclamer à l'étranger que le gouvernement fédéral est inféodé à l'Allemagne, ce qui pourrait faire croire que nous avons mis sur pied toute notre armée pour le roi de Prusse. De pareilles accusations, dans une grande revue française, font le jeu des ennemis de la France.

J'ai dit en termes très modérés ma surprise indignée. Cela me vaut les propos fort désobligeants publiés dans le *Mercure de France* et que je ne relèverai pas.

Je me borne à vous prier de vouloir bien insérer ce mot d'explication et je vous en remercie d'avance.

Je saisis cette occasion de vous exprimer, monsieur et honoré confrère, l'expression de ma considération distinguée.   GEORGES WAGNIÈRE.

2

.NOUVELLE LETTRE AU « JOURNAL DE GENÈVE »

Le 8 mai 1916, le *Journal de Genève* publiait un article intitulé, comme le précédent, *La Suisse à l'étranger* et qui se terminait ainsi :

La Suisse est méconnue ; ses enfants sont calomniés. Nous devons lutter contre les préventions dont souffre notre patrie. De leur côté, nos compatriotes à l'étranger doivent se manifester davantage, comme le disait si justement M. Philippe Moricand dans le beau discours prononcé à l'Asile suisse de Paris. Ils n'imiteront pas M. Louis Dumur, citoyen suisse, qui, écrivant à Paris dans une revue française, s'exprime sur le compte du gouvernement suisse, de l'armée suisse et de la majorité des Suisses en termes tels que la censure française a été naguère obligée d'intervenir. La censure française protégeant la Suisse contre un Suisse, c'est une belle leçon de dignité nationale.

Si des Suisses à l'étranger ne disent que du mal de la Suisse, comment attendre des étrangers qu'ils n'en disent que du bien !   G. W.

J'ai répondu par la lettre suivante :

Paris, le 12 mai 1916.

Monsieur le directeur,

Je lis dans le *Journal de Genève* du 8 mai un article sur la *Suisse à l'étranger* incriminant les chroniques que je publie sur mon pays « dans une revue française » et qui seraient conçues « en termes tels que la censure française a été obligée d'intervenir ». « La censure française protégeant la Suisse contre un Suisse, dites-vous, c'est une belle leçon de dignité nationale. »

Il est vrai que la censure française exerce ses ciseaux sur mes articles, mais elle ne prétend m'infliger aucune leçon, et quant à la dignité, c'est précisément par dignité, sinon nationale, du moins personnelle, que j'écris. Vous vous méprenez au reste sur le sens de cette intervention. Comme me le disait récemment M. Jules Gautier, directeur de la censure (qui a eu lui-même maille à partir avec la censure suisse et dont le *Bulletin de l'Alliance française* a été, si je ne me trompe, saisi quatre fois par nos autorités), l'institution de la censure couvre en quelque sorte d'un

caractère presque officiel tout ce qui paraît dans la presse.
Il en résulte que le gouvernement français, quels que
soient ses sentiments véritables, se trouve tenu de ne rien
laisser imprimer qui puisse porter atteinte aux relations
officielles qu'il entretient avec les autorités des pays
alliés et des pays neutres. A ce titre M. Hoffmann,
M. Schulthess, le général Wille ou le colonel von Sprecher
sont pour lui des personnages tout aussi intangibles que
les membres du gouvernement anglais, les ministres italiens ou les généraux russes. Telle est la ligne de conduite
de la censure sur le terrain international. On me laisse dire
ce que je veux sur les questions suisses, sur le peuple
suisse, les députés suisses ou même les autorités cantonales. On me coupe chaque fois que je mets en cause le
Conseil fédéral, les autorités militaires fédérales, la justice
fédérale ou les représentants diplomatiques de la Confédération. Rien de plus, rien de moins. Il n'est question là,
vous le voyez, ni de « dignité », ni de protection », mais
simplement de correction protocolaire.

Quant à mon attitude, elle est ce qu'elle doit être, pour
rester honorable et digne vis-à-vis de moi-même. Quand
je serais seul à penser ce que je pense, je devrais encore
parler. Mais je n'exprime, très modérément, que ce que
pensent une multitude de mes concitoyens, et, en particulier, la grande majorité des Suisses de Paris, y compris
mes excellents compatriotes alémaniques, auxquels, dans
les pénibles épreuves que vaut actuellement à beaucoup
d'entre eux la politique du gouvernement fédéral, je me
plais à rendre mon plus sympathique hommage.

J'aurais préféré dire en Suisse même ce que j'avais à
dire. Mais la presse suisse m'est fermée. Ne me le serait-elle
pas, je suis encore plus libre en France, malgré la censure,
que je ne le serais aujourd'hui dans ma patrie. Quand
j'aurai terminé ce que j'ai à dire et dégagé ma responsabilité d'homme libre et de citoyen suisse, je me tairai. Je
ne fais pas de politique, je n'en veux pas faire, mais j'ai
ma conscience, qui ne peut rester silencieuse. J'aurais

dû me taire, selon vous. Ce n'est pas mon sentiment, certain que je suis qu'en libérant ma conscience, je ne dessers nullement mon pays, au contraire.

Depuis César de La Harpe, ce n'est pas la première fois qu'un Suisse juge devoir s'exprimer librement, à l'étranger, sur les affaires de son pays, et ce n'est pas le journal qui a accueilli les articles d'un Français écrits « au-dessus de la mêlée » qui devrait en vouloir à un Suisse d'essayer en toute franchise, et selon les moyens qui sont en son pouvoir, de voir clair en lui-même et autour de lui.

Veuillez agréer, etc.   LOUIS DUMUR.

Cette lettre, dont réception m'a été accusée, n'a pas été publiée par le *Journal de Genève*.

3

LETTRE A LA « NEUE ZUERCHER ZEITUNG »

Le 18 mai 1916, la *Nouvelle Gazette de Zurich* publiait un article sur les « Suisses à l'étranger » où j'étais mis en cause au sujet du manifeste des Suisses de Paris. J'ai répondu : ⸲

Paris, den 8. Juni 1916.

Geehrter Herr Redakteur,

In der *Neuen Zürcher Zeitung* vom 18. Mai lese ich einen Artikel über den Aufruf der schweizerischen Kolonie in Paris, worin sich die folgende Stelle findet :

« Wie man vernimnt, ist er einem engern Zirkel entsprungen, dem u. a. auch Herr Dumur angehört, jener Schweizer, der jüngst wieder im *Mercure de France* unter dem Titel « Sous la botte ([1]) » einen Artikel veröff-

([1]) Il s'agit du chapitre intitulé dans ce livre : « La dictature militaire ».

entlicht hat, worin er sich über Bundesrat, Armee und die
Volksmehrheit in der Schweiz derart ausdrückte, dass
die französische Zensur selber einschreiten musste.
« Wenn die Schweizer im Auslande nur Schlechtes von
« der Schweiz sagen, können wir dann vom Ausland
« erwarten, dass es nur Gutes über uns sage ? » fragte
angesichts der Diatribe Dumurs Herr G. Wagnière vom
Journal de Genève. »

Es ist richtig, dass die Idee eines Aufrufes der Schweizer
in Paris einer kleinen Gruppe von Personen entsprungen
ist, der ich angehörte. Es liegt dies in der Natur jeder
Initiative, welche nicht gleichzeitig im Gehirn aller derer
entstehen kann, die ihr später zustimmen. Die schweize-
rische Eidgenossenschaft, sofern die Legende Glauben
verdient, wurde von drei Männern gegründet. Und
welches war die Zahl der auf dem Rütli Versammelten ?
Das Initiativ-Comitee des Pariser Manifestes zählte
ungefähr dreissig Mitglieder, sämmtlich in Paris bekannte
Persönlichkeiten, von denen die Hälfte der deutschen
Schweiz angehören. Angesichts des Eifers mit dem die
Listen unterzeichnet werden, die jetzt circulieren, darf
ich behaupten, dass zwei Tausend Bürger aus allen Kan-
tonen den Aufruf billigen.

Als ich zur schweizerischen Politik Stellung nahm und
meine Artikel im *Mercure de France* schrieb, übte ich bloss
mein Recht als freier Mann und Schweizerbürger. Es ist
richtig, dass ich den Fehler begehe, Verschiedenes zu
kritisieren was seit Kriegsanfang in der Schweiz geschieht.
Indem ich frei heraussage was ich denke und was viele
meiner Mitbürger, sowohl der deutschen als der französischen Schweiz, denken, bin ich überzeugt, dass ich, ohne
den Boden einer wahren Neutralität zu verlassen, meinem
Vaterlande einen Dienst erweise. Es ist mir dies um so
angenehmer, als ich dabei Gelegenheit finde, mein
Gewissen zu entlasten.

Man wirft mir vor, in einem fremden Organe zu schrei-
ben. Es wäre mir lieber gewesen, ein schweizerisches Blatt

zur Verfügung zu haben ; aber ich schreibe dort wo mir Gelegenheit dazu geboten wird, d. h. in der Zeitschrift, die ich mitgegründet habe und deren Mitarbeiter ich von Anfang an gewesen bin. Die Schweizer Presse stellt mir ihre Spalten nicht zur Verfügung, und ich verlange nichts von ihr. Uebrigens liegt es nicht in meinem Charakter die Hilfe der Zeitungen anzurufen und meine offene Sprache den Anforderungen einer Zeitungsdirektion oder der Geistesenge des Publikums zu opfern.

Sie führen eine boshafte Behauptung des *Journal de Genève* an, welche dahin geht, dass ich mich derart über die Schweiz ausdrücke, dass die französische Zensur selber einschreiten muss. Das *Journal de Genève* spricht nicht in gutem Glauben oder weiss nicht was es sagt. Die Zensur lässt mich frei, die schweizerischen Tagesfragen so zu behandeln wie ich es für gut finde. Aber die Zensur, als eine staatliche Institution, ist verpflichtet, nichts veröffentlichen zu lassen, was den offiziellen Beziehungen zwischen der französischen Republik und den Regierungen der alliierten und neutralen Mächte schaden könnte. Sie streicht daher diejenigen Stellen in meinen Artikeln, welche mit zu wenig Hochachtung von den Bundesbehörden und unserer diplomatischen Vertretung sprechen. · Nichts ist natürlicher und selbstverständlicher. Handelt etwa die Schweiz anders Deutschland, Oesterreich und, gelegentlich, selbst Frankreich gegenüber ? Als Beweis für diese Behauptung übersende ich Ihnen einen Bürstenabzug meines nächsten Artikels, der mir von der Zensur zurückgesandt wurde. Der Artikel ist vollkommen unberührt geblieben, ausser eine Stelle, die nichts anderes enthielt als ein Zitat aus einer schweizerischen Zeitung, der recht wenig revolutionären *Tribune de Genève*, welche unsern Minister in Paris, Herrn Lardy, betraf ([1]).

[1]) Cette citation figure à la fin du chapitre intitulé : « Le manifeste des Suisses de Paris ». Dans un article subséquent, une citation du

Gestatten Sie mir zum Schlusse, die französische Zensur, trotz ihrer übertriebenen Vorsicht, der unsrigen vorzuziehen, welche beschlagnahmt, verurteilt und die Betroffenen in Witzwil einsteckt.

Mit vorzüglicher Hochachtung,

LOUIS DUMUR.

La *Nouvelle Gazette de Zurich* a accusé réception de cette lettre dans un entrefilet, en déclarant qu'elle ne la publiait pas. Sans doute préfère-t-elle réserver ses colonnes aux inspirations du prince de Bülow qu'à la juste défense d'un citoyen suisse diffamé par elle.

4

RÉPONSE AU « JOURNAL DE GENÈVE »

A la suite de ma chronique *Les Germanophiles en Suisse romande*, le *Journal de Genève* a publié, le 19 octobre 1916, l'article suivant :

A PROPOS D'UNE CHRONIQUE SUISSE

M. Louis Dumur, le romancier, verse sur la direction du *Journal de Genève* sept pages de mauvais propos. « Étriquée, veule », la direction du *Journal de Genève* « exerce sa mauvaise humeur », « répand son fiel », « distille sa perfidie », montre « une hypocrisie coutumière », « de la duplicité », « de la mauvaise foi », « le mépris de la vérité » ; elle est « l'organe d'une caste pouvant se monter au maximum à deux cents personnes », elle « compromet la Suisse aux yeux des puissances alliées ». En un mot, sans qu'on ose l'avouer absolument, elle est « germanophile ».

Journal de Genève lui-même a été l'objet d'une coupure de la censure française.

Voilà le grand mot lâché. Ceux qui nous connaissent et qui nous lisent en souriront. Il faut se résigner, de nos jours, à être, quoi qu'on fasse, le « boche » de quelqu'un.

M. Dumur fait cependant une distinction subtile et où le public aura peine à le suivre entre ce qu'il appelle la rédaction et la direction. Et il cherche à les opposer l'une à l'autre. En épluchant les textes, il a trouvé que M. Albert Bonnard et moi avions apprécié de façon un peu diverse l'affaire de Loys. C'est vrai. Il est arrivé aussi au colonel Feyler d'exprimer dans la *Revue militaire suisse*, dont il est le directeur, des idées différentes des miennes sur des sujets d'ordre militaire. Cette liberté d'opinion et de langage est le privilège de notre maison. Nous ne voulons rien y changer. Nous pouvons différer dans notre jugement sur les intentions d'un colonel, mais nous n'avons qu'un seul sentiment à l'égard de l'armée, nous la mettons bien au-dessus de ces petites discussions ; nous visons le même but, nous avons le même culte et le même idéal. Et c'est ce qui permet à mes deux collègues de travailler sans trop d'humiliation sous une direction étriquée, veule, hypocrite, perfide et qui compromet la Suisse aux yeux des Alliés.

Ces sentiments à l'égard de notre armée, M. Dumur ne pourrait les comprendre, lui qui publiait dans une grande revue parisienne une accusation odieuse, ramassée dans un pamphlet, à savoir que des milliers de Suisses étaient prêts à coiffer le casque prussien. Lisez ses chroniques suisses du *Mercure de France*, où il parle de « la Suisse boche », où il déclare que « l'Allemagne gouverne à Berne ». Parlant de son pays, en France, à des Français, il écrit ceci :

« Notre armée ne nous protège plus contre les menaces « ou les tentations du nord. Nous sommes à la merci « d'hommes dont le plus cher désir est de transformer « notre pays en une marche de l'Allemagne...

« Grâce à l'abdication de ses citoyens, de ses députés « et de ses gouvernants devant une caste militaire inféodée

« à l'Allemagne, la Suisse n'a jamais été neutre...

« Quel est au seuil de cette troisième année de guerre
« l'état moral de la Suisse ? Il n'a guère changé : égoïsme,
« mesquinerie... abdication, complicité du silence, hypo-
« crisie... »

Nous citons au hasard. La censure française a fini par
intervenir pour protéger la Suisse contre les attaques de
ce Suisse. Et nous ne connaissons pas les passages qui ont
été supprimés (¹).

Sans doute M. Dumur accompagne ses invectives de
couplets patriotiques. Mais le lecteur étranger ne retiendra
de tout cela que les suspicions et les calomnies que l'auteur
répand sur son pays.

M. Dumur nous en veut d'avoir signalé ce langage et de
nous en être indigné. Et c'est ce qui motive sa colère et ses
injures. Il va jusqu'à chercher des calculs d'argent dans
l'attitude que le *Journal de Genève* a prise dans cette
guerre. Et ceci est particulièrement bas et ignoble. Nous
pourrions nous servir à son égard des mêmes armes et lui
demander si les vociférations qu'il pousse à Paris sur son
balcon, à l'heure où tant de gens se battent et meurent
sur la place, lui sont commandées par des intérêts de bou-
tique et des besoins de réclame.

Quel pays prétend-il servir ? La Suisse, en excitant
contre elle l'opinion étrangère ? Ne voit-il pas qu'en mê-
lant l'étranger à nos discussions il affaiblit les causes pour
lesquelles nous, qui sommes sur la brèche, nous ne cessons
de combattre ? Pense-t-il être utile à la France en s'exprimant dans une revue française sur le compte de la
Suisse comme il le fait ? L'Allemagne seule peut l'en féliciter.

A cette heure, tous les petits pays d'Europe, entraînés
l'un après l'autre dans la mêlée, se voient écrasés ou as-
servis. Au milieu de l'incendie, la Suisse, pour défendre
son indépendance, ne peut compter que sur elle-même, sur

(¹) Le directeur du *Journal de Genève* est aujourd'hui servi.

ses enfants, sur ses soldats qui depuis 27 mois gardent sa frontière. Ils gardent, en même temps, avec une loyauté qui ne s'est jamais démentie et qui ne subira aucune défaillance, la porte par laquelle les belligérants peuvent tourner l'adversaire. La Suisse accomplit un effort énorme. Parmi les neutres que la guerre n'a pas encore atteints, elle est celle qui souffre le plus et qui s'impose les plus durs sacrifices. Le moment est mal venu pour un Suisse établi à l'étranger de calomnier ses concitoyens et son armée et de provoquer à l'égard de sa patrie les soupçons de l'Europe. Le journal le *Genevois* peut trouver que c'est admirable ; nous trouvons que c'est odieux.

G. W.

Un journal de la Suisse romande, qui n'appartient à aucun parti, m'ayant ouvert ses colonnes pour répondre au *Journal de Genève*, je lui ai envoyé l'article qui suit :

LES PHARISIENS DU PATRIOTISME

Je n'ai jamais fait de politique et j'ai des amis dans tous les partis, car il y a des honnêtes gens partout. Il y a aussi partout des gens de mauvaise foi, partout de bons patriotes et partout de faux patriotes.

Le patriotisme est aujourd'hui un tréteau très achalandé, autour duquel s'engagent les enchères et les surenchères les plus inquiétantes. Chacun veut être plus patriote que son voisin, et incrimine volontiers d'antipatriotisme quiconque ne l'est pas à sa façon. Où donc est le bon patriote, où le faux patriote ?

J'appelle bon patriote celui qui, n'importe où, en toute circonstance, fort de l'idéal national que lui ont inculqué les traditions de son pays, n'hésite pas à dénoncer les attentats répétés qu'une caste gouvernementale sans scrupules, après avoir instauré un régime de bon plaisir sur les ruines des libertés constitutionnelles, perpètre

sans relâche contre les droits séculaires des citoyens, la
dignité de la patrie et les intérêts matériels et moraux des
peuples confédérés qu'elle entend asservir à sa domination,
sous l'œil complice de l'étranger.

J'appelle faux patriote celui qui, sachant très bien où
l'on veut en venir, connaissant le danger et voyant se
tramer fil après fil le menaçant complot, après quelques
blâmes prudemment dosés, savamment diplomatiques,
destinés à sauver la face, s'emploie hypocritement à
prêcher on ne sait quelle servile concorde, à voiler les
scandales, à créer l'illusion d'une patrie unie et toujours
fidèle à elle-même, et, couvrant les coupables, atténuant
les fautes, distribuant la confiance aux plus suspects,
sans réussir, heureusement, à combler le fossé qui nous
sépare de nos concitoyens infestés de pangermanisme,
n'arrive pour tout résultat qu'à discréditer vis-à-vis de
l'Europe libérale la partie restée saine du pays.

M. Georges Wagnière, directeur du *Journal de Genève*,
pratique à merveille ce dernier patriotisme. Entouré de
ses conseils comme d'un sanhédrin, il juge, décide, rend ses
arrêts. Lui seul connaît la Loi et les Prophètes ; seul il
détient la Doctrine, dans sa pureté et son intransigeance :
seul il est admis, par décret spécial du Vieux Dieu suisse,
à formuler les articles de la foi patriotique, en dehors de
laquelle il n'y a pas de salut. Et, du haut de son tribunal,
il distribue l'éloge ou fulmine l'anathème avec une égale
assurance et une même fatuité.

J'ai eu l'heur d'encourir sa disgrâce, pour avoir osé répondre, l'échine trop peu courbée, aux jugements som-
maires qu'il porte contre moi. Avec Caïphe, il faut se
laisser condamner sans répliquer.

M. Wagnière a son opinion sur le patriotisme, j'ai la
mienne. Nous ne nous entendons pas, c'est certain, et je
veux qu'il en soit ainsi. Mais les armes qu'il emploie pour
me convaincre d'indignité ne sont pas toujours d'une
loyauté irréprochable.

C'est ainsi, que, dans son dernier monitoire, il me rappelle, pour la seconde fois, avec une sainte horreur, les coupures que la censure française pratique dans mes articles « pour protéger la Suisse contre les attaques d'un Suisse », bien que, dans une lettre que je lui ai adressée et qu'il s'est abstenu scrupuleusement de publier, je lui eusse donné les raisons de ces coupures, raisons qui n'avaient rien de commun avec celles qu'il imaginait pour me nuire.

C'est ainsi encore qu'il me reproche d'aller « chercher des calculs d'argent dans l'attitude qu'a prise le *Journal de Genève* », alors que je n'ai rien dit de pareil. Ne confondons pas : ce n'est pas moi qui ai porté cette accusation de vénalité, mais bien la *Solothurner Zeitung*, à l'applaudissement du colonel de Loys. Pour moi, j'ai avancé simplement qu'un grand journal romand comme le *Journal de Genève* était tenu d'être francophile, sous peine de ne plus avoir de lecteurs, ce qui est tout différent. Je suis même persuadé qu'en prenant l'attitude que nous connaissons, le *Journal de Genève* va à l'encontre de ses véritables intérêts, ceux de son autorité comme ceux de son tirage.

On fait pendre un homme avec quatre lignes de son écriture. Le directeur du *Journal de Genève* a trouvé mieux : il entend faire pendre ses adversaires avec quatre lignes de la sienne.

Espère-t-il m'accabler sous quelques autres citations tronquées, plus authentiques, il est vrai, et que je ne renie pas ? Il tombe mal. Il vient de paraître en Suisse allemande un remarquable article de M. L. Ragaz, professeur de théologie à l'Université de Zurich, qui ne dit pas autre chose que ce qu'en termes moins énergiques je m'efforce de faire entendre depuis dix-huit mois ([1]). Que M. Wagnière

---

([1]) Voici les passages principaux de l'article du professeur Ragaz, publié en octobre 1916 dans la revue *Wissen und Leben* :

Après avoir montré que la Suisse, ayant insensiblement renoncé à poursuivre un grand idéal, avait fini par s'enliser dans le plus abject matérialisme politique, M. Ragar juge ainsi l'attitude de la majorité de nos confédérés à partir du mois d'août 1914 :

ne le traîne-t-il comme moi devant son tribunal de grand-prêtre ? Il s'en gardera bien.

C'est ici que nous arrivons au grand argument de

« Il n'y avait plus de Suisse pour rechercher les buts qui auraient dû être les nôtres. Ou, du moins, de la Suisse, il ne restait que des morceaux dont l'helvétisme était douteux. Et c'est dans la Suisse allemande — je le maintiens — qu'il en restait le moins, dans cette Suisse allemande qui vraiment n'était que trop « allemande ». Cette Suisse allemande paraissait effectivement être devenue une province allemande. Aucune trace de jugement indépendant, de jugement suisse, ni de sentiment républicain et démocratique. Acceptation béate de la légende officielle de l'Allemagne au sujet de la guerre. Enthousiasme aveugle pour les Empires centraux et fureur non moins aveugle contre les puissances occidentales. Voilà ce qu'était la Suisse, la Suisse allemande, telle qu'elle s'offrait d'une manière générale au regard de l'observateur. Une minorité, assez importante sans doute, pouvait être d'un avis différent ; elle était submergée par le flot. »

Le professeur Ragaz n'admet nullement que la Suisse allemande eût à prendre parti contre les Empires centraux. Il était pour une attitude hautement conciliatrice.

« Mais, ajoute-t-il, ce que la Suisse allemande a fait (je ne parle que d'elle) équivalait tout simplement à un abandon de l'idée suisse.

« Je le déclare ouvertement, quoi qu'on puisse m'objecter : celui qui pouvait assister tranquillement, ou même avec joie, à l'écrasement de la France républicaine ; celui qui ne protestait pas d'un mot contre les violences subies par la Belgique et n'éprouvait pas une sympathie virile pour les Serbes ; celui qui s'enivrait des victorieuses apothéoses des Hohenzollern et autres potentats ; celui qui attendait de l'Empereur allemand la protection de notre patrie ; celui qui considérait comme désirable une hégémonie de l'Allemagne en Europe ; celui qui saluait la défaite de la démocratie et la dissolution de la Suisse — sans s'en rendre compte, évidemment, — celui-là n'est plus un Suisse, à mes yeux. En présence de ces choses et de choses plus tristes même, plusieurs d'entre nous se sont dit, au cours de ces deux années : « Il n'y a plus de Suisse ; nous n'avons plus de patrie. » Car la Suisse ne se réduit pas pour nous à un concept géographique ; elle n'est pas uniquement une affaire de territoire ou d'acte d'origine, mais avant tout une valeur *spirituelle*, une idée, l'amour de notre cœur et le foyer de notre âme. Quand des Suisses, dans une voiture de tramway, nous citent avec un air rayonnant tel passage d'un journal « suisse » annonçant la prochaine entrée des Allemands à Paris, ou que, répétant docilement ce qu'ils ont pu trouver dans des gazettes d'outre-Rhin, ils accablent de lourds et grossiers outrages cette Angleterre, qui, de toutes les nations, a été notre meilleure amie, nous n'avons plus rien de commun avec ces gens-là et, justement parce qu'ils sont des nôtres, ils sont pour nous les plus étrangers des étrangers.

« En dépit de toutes les expériences antérieures, ceci nous a plus particulièrement frappé : le *ruere in servilium*, le talent de servitude

M. Wagnière. Le professeur Ragaz s'exprime en Suisse, tandis que j'écris à l'étranger. A l'étranger! Voilà l'accusation majeure, celle dont je ne dois pas revenir. Examinons-la.

Tout d'abord, je dois faire remarquer que ce n'était pas au *Journal de Genève,* publicateur d'articles d'un

que ces Suisses manifestent. Si l'on observe la conduite de la plupart de nos journaux, de nos intellectuels, de nos hommes politiques — sauf d'honorables exceptions,— on doit forcément se convaincre de ce que, pour les Suisses, il n'y aurait pas de bonheur plus enviable que celui de l'esclave. Quand on n'apprécie pas ce bonheur, quand on ne se sent pas ce talent pour la servitude, on en est presque à se demander si l'on ne représente pas un cas pathologique. Et pourtant, il est des Suisses qui ont trop dans le sang la passion de la démocratie et d'une fière liberté. Ils ne peuvent pas se résigner à la nouvelle mode, ils conçoivent de moins en moins que la libre Suisse ait dégénéré en une vague apparence. »

Se demandant quelles peuvent être les raisons de cette dégénérescence de notre pays, M. Ragaz dit :

« En ce qui me concerne, je me suis mis à rechercher les causes profondes du mal que j'ai signalé. Je n'ai jamais trouvé que cette explication, qui, je le concède, a besoin d'être elle-même expliquée et dont la valeur ne peut être que provisoire : *La Suisse est devenue réactionnaire.*

« Je dis expressément réactionnaire et non point conservatrice. On peut être conservateur, tout en étant un ami de la liberté et de la démocratie. Les tendances conservatrices sont toujours légitimes dans une société politique de vie saine. En revanche, l'esprit réactionnaire est un mal. Si donc j'affirme que la Suisse est devenue réactionnaire, je n'entends point désigner par là toute la Suisse, mais uniquement certaines classes dirigeantes : ce sont des souffles de réaction qui circulent parmi nous.

« On n'est pas moins las de la démocratie que de la liberté, et non point de leurs formes dégénérées, mais de leur principe même. Au fond du cœur, on ne se réjouit plus d'une véritable souveraineté populaire ; on ne la respecte plus. En échange, on se tourne vers tout ce qui est ordre établi, autorité, pouvoir officiel, et l'on s'appuie en dernier ressort sur la police et les moyens de coercition militaires. On est pour tout ce qui est du passé, contre tout ce qui est de l'avenir. Dès qu'on a perdu le sens démocratique, on est un réactionnaire, car c'est de tout cela qu'est faite la réaction.

« Etre conservateur, c'est s'attacher fidèlement à la continuité dans le développement social, conserver pieusement toutes les vérités éprouvées, et, si de nouvelles forces apparaissent comme nécessaires, veiller à ce qu'hier rejoigne aujourd'hui ; tandis qu'être réactionnaire, c'est s'opposer aveuglément à tout progrès, c'est, en particulier, se fier à la force plutôt qu'à l'esprit. La Suisse a pu être conservatrice, et rester la Suisse ; une Suisse réactionnaire n'est plus la Suisse. Ce que, pendant ces dernières années, nous avons vu en fait d'inutiles et d'arbitraires suppressions de droits et de libertés démocratiques, qui sont l'essence

20

Français qui ont provoqué beaucoup plus de scandale en France que les miens n'ont pu en causer en Suisse, que ce n'était surtout pas au journal qui me refuse ses colonnes pour y présenter ma défense quand j'y suis attaqué, à venir ensuite m'accuser d'écrire à l'étranger. Le droit de réponse n'existe pas à Genève, je le sais, mais le devoir moral de celui qui profite ainsi de ce défaut de la loi est au moins de renoncer pour sa part à faire état d'une accusation qui prend de la sorte un véritable caractère de perfidie.

Je ne sais où M. Wagnière a pris l'usage de pareils procédés. Mais qu'il les tienne de Jérusalem, de Biscaye, patrie de Loyola, ou de Bigorre, ils n'en sont pas moins « odieux », pour employer un de ses adjectifs favoris.

Quoi qu'il en soit, retenons l'argument en lui-même, comme s'il ne venait pas du seul journal qui n'avait pas le droit de le formuler.

Il y a donc deux sortes de vérité : la vérité que l'on peut se permettre de faire entendre en Suisse et la vérité à l'usage de l'étranger, qui est, en général, le contraire de la première. Si l'on a le malheur de révéler la première à l'étranger, elle se transforme aussitôt en calomnie. Telle est la thèse.

Si des cloisons étanches séparaient la Suisse de l'étranger, cette thèse des deux vérités, malgré son immoralité, pourrait être soutenue. Ce serait la « fraude pieuse » dont parlent les casuistes.

Mais il n'en est pas ainsi. En France, en Angleterre, on est parfaitement renseigné sur ce qui se passe en Suisse, mieux parfois que les Suisses eux-mêmes. Rien ne s'y imprime qui ne soit reproduit, cité, à l'étranger. Des rapports sur ce qui se fait ou se dit sont adressés quotidiennement aux gouvernements. On sait tout. Écrire quelque

---

même de la tradition suisse, ce que nous avons vu en fait de dédain de l'opinion populaire, d'appel à la police et à l'armée, lorsque d'autres moyens eussent rendu de meilleurs services, cela nous a poussé à dire : « Nous n'avons plus de Suisse. » Cela, en effet, on peut l'avoir ailleurs comme chez nous, et mieux que chez nous ; mais, pour cela, il n'est pas nécessaire qu'il y ait une Suisse. Quelle joie un homme libre, et qui a le cœur à la bonne place, peut-il avoir à une Suisse pareille ? »

chose à Genève, à Zurich, ou l'écrire à Paris ou à Londres
revient, en fait, au même et la répercussion n'en est pas
différente. On attachera même plus d'importance à ce qui
vient de Suisse, où le document est pris à sa source.

Voici l'article de M. Ragaz. Il paraît en allemand dans
une revue zurichoise. Il fait du bruit, on le traduit, on
l'exporte. Un grand journal romand le cite (qu'on se ras-
sure, ce n'est pas le *Journal de Genève*). Ce journal est
actuellement beaucoup plus répandu en France que la
revue où j'écris. Voici donc M. Ragaz, qui dit les mêmes
choses que moi, plus lu en France que je ne le suis moi-
même. Pourquoi M. Ragaz aurait-il le droit de parler à
Zurich et n'aurais-je que le devoir de me taire à Paris ?

Le grand argument de M. Wagnière ne tient pas debout
et se révèle, à l'examen, un simple sophisme.

La vérité est la vérité. Il n'y en a qu'une. On la dit ou
on ne la dit pas. Mais en digne fils des Pharisiens d'autrefois, M. Wagnière n'admet que la sienne, qu'il veut imposer.
Il veut extirper par tous les moyens le crime capital de la
liberté d'opinion. Il emploie pour cela l'argument autori-
taire de toutes les réactions, de tout ce qui est antirépu-
blicain et antidémocratique, l'argument suprême des
états-majors : Silence !

Eh bien, non, il ne faut pas faire le silence. Il ne faut le
faire nulle part.

Et je ne saurais mieux terminer que par ces mots qui
servent de conclusion au bel article du professeur Ragaz :
« On nous donne cet étrange mot d'ordre : ce n'est pas le
moment de sortir la vérité de son puits, mais de *se taire*
pour sauvegarder les plus hauts intérêts. Je suis naïf au
point de croire que la vérité est excellente *en tout temps et
en tous lieux*. »

LOUIS DUMUR.

Cet article, bien qu'il ait été reçu et accepté par le
journal qui s'était offert à le publier, n'a jamais paru.

5

L'AGENCE INTERNATIONALE
DES PRISONNIERS DE GUERRE

Soucieux de montrer que je n'ai pas méconnu le rôle charitable joué par la Suisse dans cette guerre, je reproduis ici des extraits d'un article que j'ai publié en 1915 dans la *Revue Bleue* sur l'Agence internationale des prisonniers de guerre. Cet article a été réimprimé par la *Feuille Littéraire*, qui l'a tiré à 100.000 exemplaires et largement répandu sur le front.

Quand de la haute ville, officielle et aristocratique, groupée autour de son hôtel de ville et de sa cathédrale, on descend, par la rampe de la Treille, vers la place Neuve, le premier édifice qui reçoit le regard du promeneur, à Genève, est un assez vaste bâtiment blanc à l'antique, dont la façade sans fenêtres s'orne d'un beau portique de six colonnes corinthiennes, surmonté d'un fronton nu surbaissé, où s'inscrivent en lettres de bronze ces mots : Musée Rath.

Le décor est ample, le lieu plein de majesté. Les terrasses et les demeures xviiie siècle de la ville haute le dominent, soutenues par le vénérable mur d'une ancienne enceinte forte. La place étend au bas sa belle ordonnance moderne, entre son opéra, son conservatoire de musique, sa grille monumentale et les colonnes du Musée, le long duquel s'ouvre la Corraterie, l'artère la plus élégante de la ville, où le Tout-Genève qui se respecte croit de son devoir de s'exhiber au moins une fois le jour. Tout cet ensemble, gai, vaste, harmonieux, juste assez solennel, forme vraiment le centre vivant de la cité.

Or, un point de ce bel ensemble constitue à son tour, en quelque sorte, le centre actuel de l'Europe en guerre. Et c'est précisément notre Musée. Car, sur le sommet de cet édifice et au-dessus de son fronton triangulaire se dresse, depuis un an, une haute hampe où flotte un grand drapeau blanc frappé de la Croix rouge de Genève, tandis que, barrant largement ses colonnes corinthiennes, une longue enseigne blanche arbore cette inscription : COMITÉ INTERNATIONAL DE LA CROIX-ROUGE. AGENCE DES PRISONNIERS DE GUERRE.

Combien de préoccupations, d'inquiétudes, d'espoirs, d'interrogations anxieuses ou d'élans de reconnaissance partent chaque jour de tous les coins de l'Europe, pour affluer sur ce minuscule espace ! Si l'on songe que des millions de cerveaux humains, des millions de pères, de mères, d'épouses, de sœurs et de compagnons d'armes y font incessamment converger leurs pensées, on peut bien dire, en effet, qu'à l'égal des fronts de guerre, des lignes de combat, des quartiers généraux des armées ou des cabinets des diplomates, plus encore, peut-être, l'Agence des prisonniers de guerre de Genève détermine, à l'heure présente, un des pôles d'attraction de l'émotion humaine.

Entrons-y à la suite des visiteurs qui, non contents de lui adresser leurs lettres ou leurs dépêches, font le voyage de Genève et s'y présentent, chaque jour, souvent par centaines, espérant recevoir ainsi plus vite ou plus complètement des nouvelles de leurs disparus. Montons les douze marches qui mènent à son péristyle et franchissons sa haute porte.

Tout l'intérieur de l'édifice, son étage et son sous-sol ont été distribués, par salles séparées ou par divisions dans les salles, entre les multiples services de l'Agence. Ce sont d'abord, à la suite de la salle d'attente ornée des portraits des fondateurs de la Croix-Rouge, les deux cabinets de réception, l'un pour les personnes qui recherchent des militaires, l'autre pour celles qui recherchent des

civils. C'est là que les visiteurs fournissent les indications
qui permettent d'établir les fiches de signalement des
disparus et que, parfois, ils reçoivent, séance tenante, les
renseignements que l'Agence peut déjà posséder à leur sujet.

L'étage où nous sommes se divise en trois parties pa-
rallèles dans le sens de la longueur. La portion centrale
est tout entière occupée par l'office du dépouillement de
la correspondance. On en concevra l'importance par le
chiffre des lettres reçues qui se monte quotidiennement à
plusieurs milliers et qui, en novembre 1914, époque où il
a été le plus fort, dépassa souvent 25.000 par jour. La
partie de gauche, donnant sur la rue Diday, présente
successivement la salle des civils, celle de la « moisson »,
désignant le service qui assemble et trie les fiches avant
leur répartition dans les fichiers, la salle dite des prisonniers, affectée à tout ce qui concerne l'échange de la
correspondance des prisonniers avec leurs familles, enfin
la trésorerie. La partie de droite, qui longe la Corraterie,
comprend les trois salles consacrées aux services de recherche des prisonniers allemands en France et en Angleterre, auxquelles font suite la salle des télégrammes et le
bureau de la direction.

Au sous-sol, vaste, aéré, bien éclairé par de larges baies,
nous trouvons installé le département peut-être le plus
imposant de l'Agence : le fichier franco-anglo-belge, où
viennent se classer les renseignements et demandes de
renseignements concernant les prisonniers français, anglais et belges internés en Allemagne. Il est accompagné,
comme le fichier allemand, d'un service d'enquêtes spéciales et d'un bureau de réponses.

. . . .

Le but principal de l'Agence est, d'une part, de constituer un répertoire aussi étendu que possible de tous les
renseignements qu'elle s'efforce de recueillir sur les prisonniers de guerre, de l'autre de se tenir à la disposition
des familles et des Croix-Rouges pour recevoir leurs demandes et y satisfaire selon les moyens en son pouvoir.

Il s'ensuit que ses services peuvent se grouper sous deux grandes rubriques : ceux qui sont affectés à la réception des demandes et ceux qui s'occupent des réponses à y faire. Il s'ensuit aussi que ses dossiers comportent deux sortes de documents : ceux qui ont trait aux demandes et viennent se résumer en des « fiches-demandes », ceux qui apportent des renseignements et donnent lieu à des « fiches-renseignements ».

Voyons comment s'établit la « fiche-renseignement », cette pièce capitale qui soutient toute l'armature de l'Agence. Des diverses sources d'information dont dispose l'Agence, la plus importante est fournie par les listes officielles de prisonniers que lui adressent plus ou moins régulièrement les autorités militaires. De nombreux renseignements lui viennent, en outre, des familles, des sociétés de la Croix-Rouge, des institutions de secours, des hôpitaux et des prisonniers eux-mêmes.

Il va de soi que le Comité international de la Croix-Rouge, sous la direction de son président, M. Gustave Ador, doit déployer une activité inlassable, une ingéniosité toujours renouvelée pour arriver à déterminer et à coordonner cet afflux de renseignements, condition même du succès de l'œuvre entreprise. On peut imaginer les innombrables démarches, les incessantes négociations auxquelles il doit se livrer à cet effet, auprès des pouvoirs militaires des pays belligérants, états-majors, départements ministériels, commandants de camps de concentration, médecins-chefs d'hôpitaux. Il y a là une tâche admirable qu'en dépit des difficultés éprouvées, des obstacles dressés de tous côtés par les mauvaises volontés, les défiances, les prescriptions militaires souvent inexplicables, les insuffisances d'organisation, il a su mener à bien, avec une méthode, une intelligence, un sens diplomatique qui lui font grand honneur.

Abordons, pour entrer dans le détail de la confection d'une fiche, les listes officielles allemandes de prisonniers français en Allemagne.

. . . .

Ces listes sont très exactement dépouillées et chacun
des noms qu'elle contient donne lieu à l'établissement
d'une fiche. Cette fiche porte le nom du prisonnier et, si
les indications le permettent, son ou ses prénoms et son
incorporation française, soit, par exemple : « Pasquier
Étienne, 73e inf., 7e comp. » Au bas de la fiche s'inscrit la
cote de la page du registre où figure ce nom et où l'on
n'aura qu'à se reporter pour trouver les indications com-
plémentaires : nature de la blessure, époque et lieu de la
capture, lazaret ou camp d'internement. Ces fiches sont
vertes. Elles sont confectionnées et collationnées par des
services spéciaux, rangées par ordre alphabétique de
noms et de prénoms, classées, enfin, selon le même ordre,
dans le fichier définitif franco-anglo-belge, en compagnie
de toutes les autres « fiches-renseignements » et de toutes
les « fiches-demandes » se rapportant aux prisonniers ou
disparus français, anglais et belges.....

Passons à la « fiche-demande ». Elle est confectionnée
d'après les lettres adressées à l'Agence ou les données
fournies sur place par les visiteurs. Elle arrive souvent
toute faite, l'Agence prenant soin de répandre partout des
formulaires que le public n'a plus qu'à remplir. Elle doit
comporter le plus d'indications possibles sur le disparu
recherché. Les formulaires demandent : le nom, les prénoms, le grade, l'incorporation, les numéros matricules,
la date et le lieu de la disparition. Toutes ces indications
ne sont pas indispensables, mais elles sont utiles. En général, avec le nom, le prénom principal, l'arme et le numéro du régiment, on a les éléments nécessaires pour faire
aboutir une recherche.....

Voilà la « fiche-demande » constituée. Elle est de couleur
blanche et vient se classer dans le fichier définitif, à son
ordre alphabétique, en compagnie des fiches vertes de
renseignements.....

Fiches blanches et fiches vertes se mélangent donc dans
le fichier en une seule série alphabétique. Il en rséulte

qu'automatiquement la fiche blanche de demande se trouve rapprochée de la fiche verte de renseignement et qu'il suffit d'une rapide inspection des fiches voisines pour découvrir la concordance, s'il y en a une.

Chaque jour, les nouvelles fiches, tant vertes que blanches, établies par les services spéciaux arrivent au fichier. C'est ce qu'on appelle la « moisson ». Cette « moisson » se répartit entre les personnes chargées de la tenue du fichier, qui l'intercalent, fiche après fiche, dans leur tranche de fichier respective. C'est ainsi que l'auteur de cette étude tient depuis le mois de novembre 1914 la tranche PA du fichier franco-anglo-belge et que toutes les fiches vertes ou blanches se référant à des prisonniers ou disparus dont le nom commence par PA lui ont passé entre les mains.....

C'est pendant ce travail de classement de la « moisson » que se recherchent les « concordances ». Quand une fiche blanche et une fiche verte concordent, c'est-à-dire présentent une identification certaine ou probable, la cote figurant sur la fiche verte est reportée sur la fiche blanche et celle-ci envoyée au service des réponses.

Beaucoup de fiches blanches restent malheureusement depuis longtemps et resteront peut-être toujours sans « réponse ». Ce sont celles des trop nombreux « disparus », morts anonymes couchés par masses après les grandes batailles, dans les fosses communes sans qu'on ait eu le temps ou la possibilité de relever leurs médailles, quand ils n'ont pas été simplement déchiquetés et anéantis par les effroyables engins de destruction de la guerre moderne.

. . . .

On comprend, après ce que nous venons d'exposer, que l'Agence des prisonniers de guerre constitue une véritable administration et que son fonctionnement nécessite un nombre de collaborateurs considérable. On en a compté jusqu'à 1.200 travaillant simultanément.

. . . .

Beaucoup des hommes dont Genève s'honore et qui se

sont illustrés dans les sciences, les lettres, les arts ou l'érudition, figurent parmi les plus fidèles travailleurs de l'Agence. Un grand nombre de notabilités de la société genevoise ou de la colonie étrangère se sont également fait un honneur et un devoir de lui prêter leur concours.

. . . .

Combien de familles françaises doivent au labeur de tous ces collaborateurs de la grande œuvre de M. Gustave Ador le réconfort, l'espoir, la sécurité au sujet du sort de ceux qui leur sont chers, trop souvent aussi, hélas ! l'annonce fatale d'une fin héroïque, moins douloureuse pourtant, pour les âmes françaises, que l'affreuse angoisse de l'incertitude et du silence !

Au milieu de l'Europe en feu, la Suisse, dont aucun violateur n'a jusqu'ici profané le sol, demeure comme une oasis de paix. Sa neutralité perpétuelle, dont elle assure, l'arme au pied, le respect, lui interdit, sans être attaquée, de prendre parti dans la lutte gigantesque qui se livre autour de ses frontières. On a pu lui reprocher, sinon cette attitude, dont son histoire et sa constitution lui dictaient l'obligation, du moins son silence officiel devant les crimes commis par l'un des belligérants et les violations des conventions internationales. Mais il n'y aura qu'une voix dans le monde pour reconnaître la valeur et la beauté du rôle humanitaire de la Suisse. Dans ce domaine, qui est le sien propre, elle aura rempli son devoir. Elle aura mis le plus pur de son cœur et le meilleur de son honneur à l'organisation sur son territoire des passages d'évacués, des échanges de grands blessés, des transits postaux, enfin, et surtout, à la création, à Genève, de l'Agence internationale des prisonniers de guerre, qui restera le plus beau fleuron de sa couronne pacifique.

INDEX DES NOMS CITÉS

Abréviations : c. = conseiller ; c. f. = conseiller fédéral ; c. n. = conseiller national ; col. = colonel ; corr. = correspondant ; d. = député ; dir. = directeur ; gén. = général ; m. = ministre ; pr. = professeur ; réd. = rédacteur ; u. = université·
[Les chiffres entre crochets indiquent des références sans désignation nominale dans le texte.]

TABLE DES MATIÈRES

IMPRIMERIE BUSSIÈRE. — SAINT-AMAND (CHER)

J.-A. BALFOUR (*Ministre des Affaires Étrangères britannique*). — **L'idée de Dieu et l'esprit humain**, traduction de « *Theism and humanism* » par Louis Bertrand. 1 vol. de luxe, in-8 carré, 330 p., sur vélin de Rives, 1916. Prix . . . . **9 fr.**

Pierre BERTRAND. — **L'Autriche a voulu la Grande Guerre**, 1 vol., in-16, Petit-Colombier, XVI-487 p., 1916. Prix. . . . **7 fr. 50**

Emile LALOY. — **La Diplomatie de Guillaume II**, *depuis son avènement jusqu'à la déclaration de guerre de l'Angleterre (1888-4 août 1914)*, 1 vol., in-8 carré, 432 p., 1917. Prix . . . . **6 fr.**

Louis DUMUR. — **Les Deux Suisse** — **1914-1917**, 1 vol. in-8 carré, 320 p. Prix . . . . **5 fr.**

Jules CHOPIN (*J.-E. Pichon, lecteur chargé de cours à l'Université tchèque de Prague*). — **L'Autriche-Hongrie, « brillant second »**. Préface de M. Ernest Denis, professeur à la Sorbonne, 1 vol. in-8 carré, 320 p. Prix. . . . . **5 fr.**

Florian DELHORBE. — **Essai sur le Neutre**. 1 vol. in-16 raisin. Prix. . . . . **1 fr. 50**

Gabriel ARBOUIN. — **La psychologie des peuples d'après leurs journaux**. 1 vol. in-16 raisin. Prix . . . . **2 fr.**

Jean AJALBERT, Conservateur de la Malmaison — **L'Heure de l'Italie** (*Voyage de guerre, 1916*). — Frontispice de Conot. Sept planches hors-texte de Albert Besnard, Raffaelli, Vallotton, Villani, Van Dongen, 1 vol. in-16 raisin. Prix . . . . **3 fr. 50**
Il a été tiré de cet ouvrage 20 exempl., sur japon, numérotés de 1 à 20 au prix de **15 fr.**, et 35 exempl., sur hollande, numérotés de 21 à 55 au prix de **10 fr.**

Traité de la Guerre en général, comprenant les qualités et les devoirs des Gens de Guerre, depuis le Général jusqu'au Soldat, et des Règles sur les principales opérations militaires par un OFFICIER DE DISTINCTION (1742). — 1 vol. in-16 raisin . . . . **2 fr. 50**

Harold BEGBIE. — **L'Angleterre justifiée** (traduction de l'anglais), 1 vol. in-8 carré. Prix . . . . **6 fr.**

Pour paraître dans le courant du mois de mai :

Eugène PITTARD, professeur à l'Université de Genève. — **La Roumanie** 1 vol. in-8 carré, 40 illustrations hors-texte, d'après des photographies prises par l'auteur. Prix. . . . . **9 fr.**

Auguste GAUVAIN. — **L'Europe au jour le jour**. — Tome I. — *La Crise Bosniaque* (1908-1909), 1 vol. in-8 raisin, 500 p. Prix . . . **7 fr. 50**

Fernand ENGERAND, député du Calvados. — **La Frontière de l'Est et du Nord**, 1 vol. in-8 carré, avec cartes. Prix . . . . . **4 fr. 50**

Henry BIDOU. — **Verdun**, in-8 carré avec nombreuses cartes Prix. . . . . **6 fr.**

Woodrow WILSON, Président des États-Unis d'Amérique. — **L'Histoire du Peuple Américain**. — *Paraîtra en livraisons.*

P.-N. MILIOUKOF, Ministre des Affaires Étrangères du Gouvernement provisoire russe. — **Le Mouvement intellectuel Russe**, in-8 raisin, 420 p. Prix . . . . **7 fr. 50**

IMPRIMERIE BUSSIÈRE. — SAINT-AMAND (CHER).